古典文獻研究輯刊

二 編

潘美月・杜潔祥 主編

第 9 冊

《墨子閒詁》訓詁研究

劉文清 著

國家圖書館出版品預行編目資料

《墨子閒詁》訓詁研究／劉文清著 — 初版 — 台北縣永和市：
花木蘭文化出版社，2006〔民95〕

目 6＋214 面；19×26 公分（古典文獻研究輯刊 二編；第 9 冊）

ISBN：986-7128-29-X（精裝）

1.（清）孫詒讓－學術思想－訓詁 2.墨子－研究與考訂 3.訓詁

802.1   95003569

ISBN 986712829-X

9 789867 128294

古典文獻研究輯刊
二　編　第九　冊　　　　　　　　　ISBN：986-7128-29-X

《墨子閒詁》訓詁研究

作　　者　劉文清
主　　編　潘美月　杜潔祥
企劃出版　北京大學文化資源研究中心
出　　版　花木蘭文化出版社
發 行 所　花木蘭文化出版社
發 行 人　高小娟
聯絡地址　台北縣永和市中正路五九五號七樓之三
　　　　　電話：02-2923-1455／傳眞：02-2923-1452
電子信箱　sut81518@ms59.hinet.net
初　　版　2006 年 3 月
定　　價　二編 20 冊（精裝）新台幣 31,000 元　　　版權所有‧請勿翻印

《墨子閒詁》訓詁研究

劉文清　著

作者簡介

劉文清，國立臺灣大學中國文學博士，現任臺灣大學中國文學系副教授。學術研究範圍以訓詁學、墨學為主。著有《系統字義研究——古韻之部端章二系字組》、〈再論墨經、二取之篇名及其相關問題〉、〈俞樾《墨子平議》訓詁術語析論〉、〈《讀書雜志》「之言」術語析論——兼論其「因聲求義」法〉、〈訓詁學新體系之建構——從當前訓詁學研究之回顧與反思談起〉、〈墨家兼愛思想之嬗變——從「兼」字涵義談起〉等論文十餘篇，編有《中韓訓詁學研究論著目錄初編》（與李隆獻合編）一書。

提　要

孫詒讓為清末乾嘉學派大師，《墨子閒詁》為其生平代表作，係研究墨學之重要著作，本書即以此為主題展開探究。文分八章：第一章緒論。概述本文之研究動機、方法與綱要。第二章孫詒讓之生平與學術。簡介孫氏之生平事蹟及學術著作。第三章《墨子閒詁》釋名及其版本研究。探討《閒詁》得名之由；並取其書之二種不同版本——聚珍本與定本，相互對勘，共校得歧異處九百餘則。第四章《閒詁》訓詁之基礎工夫。探討《閒詁》校勘、考證、輯錄等方法及其得失，以明諸法對訓詁之重要性。第五章《閒詁》訓詁方法述略。《閒詁》之最大成就，乃在訓詁。本書因概論《閒詁》常用之訓詁方法，歸納為以下六端：一、參驗群書。二、以形索義。三、因聲求義。四、就義論義。五、審定文例。六、疏證名物制度。第六章《閒詁》訓詁術語析論。因於《閒詁》訓詁方法之研討中，往往涉及專門術語之運用，而對其訓詁之瞭解，頗有關係，不可不察，乃擇其要者凡十一項，一一加以析論，試為歸納、分析此諸術語之音韻條件及使用情形，並從而提出字義系統之觀念，以與《閒詁》作為比較、對照。第七章《閒詁》訓詁補正。則就《閒詁》訓詁疏失之例，為之訂正、補苴，凡六十四則。第八章結論。書末並附錄聚珍本與定本《閒詁》異文、異說對照表。

目

錄

第一章 緒 論

第一節 研究動機

　　戰國時代儒墨並稱顯學。經獷秦隱儒，墨學亦微。至西漢武帝罷黜百家，獨尊儒術，儒復興而墨竟絕，垂二千年矣。而《墨》書僅存，然治之者殊尟，脫誤尤不可校。舊有曾魯勝〈墨辯注〉及孟勝、樂臺之注，唯皆久佚。直至清代墨學復興，畢沅始爲之注，途徑既闢，自茲以後，有蘇時學之《墨了刊誤》、王念孫之《讀墨子雜誌》、洪頤煊之《讀墨子叢錄》、俞樾之《墨子平議》及戴望之《墨子校記》等等〔註 1〕，然後《墨子》之書稍稍可讀。逮至孫詒讓出，乃集諸說之大成，復斷之以己見，而成《墨子閒詁》，「整紛剔蠹，啟摘無遺，旁行之文，盡還舊觀，訛奪之處，咸秩無紊，蓋自有《墨子》以來未有此書也」〔註2〕。故「自此書出，然後《墨子》人人可讀。現代墨學復活，全由此書導之。」〔註 3〕是孫氏實爲墨學復興之最大功臣也。

　　自孫氏後，治墨者無不奉《閒詁》爲圭臬，雖偶有續補之作，如李笠之《定本墨子閒詁校補》、張純一之《墨子閒詁箋》及劉昶之《續墨子閒詁》等，然成就皆遠遜之。即以近數十年而論，墨學之研究方興未艾，唯已由校勘、訓詁而轉向義理、思想方面之探討，尤其對墨辯義理之研究，更形成空前之熱潮〔註 4〕。相形之下，訓詁注釋全書之作有如鳳毛麟角，遑論全面研究、補正《閒詁》，似此情形，對墨學

〔註 1〕參《閒詁·自序》。
〔註 2〕參《閒詁·俞序》。
〔註 3〕見梁啓超，《中國近三百年學術史》，頁 254。
〔註 4〕參張斌峰，〈近代《墨辯》復興的歷史過程〉，收錄於《墨子研究論叢（三）》。

而言，豈非憾事！故本文寫作之第一重意義，即冀從校勘訓詁已呈荒涼之葛徑展開，希望能對此學有所裨益。

有清乾嘉學派鼎盛，其治學一本「實事求是，無徵不信」之根本大法，而於校勘、考證、訓詁諸方面，皆獲致前所未有之佳績。逮至清末，乾嘉之學盛極而衰，「然在此期中，猶有一、二大師焉，為正統派死守最後之壁壘，曰俞樾曰孫詒讓，皆得統於高郵王氏。」〔註5〕是孫氏之學，實上承乾嘉學派，追步王氏父子，為清末最後之樸學大師。而《墨子閒詁》又為孫氏生平著述之第一〔註6〕。雖《閒詁》之作，乃孫氏有感於當時世局之紛擾，而欲「以墨子之書輔之，儻足以安內而攘外乎？」〔註7〕其志在於經世致用，唯在方法上仍是本諸乾嘉治學諸法，故名其書曰「閒詁」，即取正其訓詁之意也〔註8〕。因此，藉由對《閒詁》之研究，當可一窺乾嘉學派之堂奧，此實具有訓詁學上之特殊意義，而亦即本文寫作之第二重意義也。

第二節　研究方法與綱要

孫氏之學，側重校勘、考證、訓詁，本文即循此門徑，以窺其奧。橫探縱索，俾呈顯其所長，更從而議論之，或有一、二所得，非謂暴其短也，以燕石之陋補琬琰之瑕，敢以自勉焉。此余法之大經，實亦初學者之梯階也，諸章即循此以展佈。至其校勘考證訓詁諸端，皆依前人繩墨，一以理據為依歸，不煩縷述矣。

本文共分八章，內容大要如下：

第一章緒論。概述本文之研究動機、方法與綱要。

第二章孫詒讓之生平與學術。簡介孫氏之生平事蹟及學術著作，藉以了解孫氏一生之學思歷程與學問旨歸。

第三章《墨子閒詁》釋名及其版本研究。夫《閒詁》之名，於他書罕見，是孫氏必有所取意焉，以寓其著作之旨趣，故本文即先為之釋名。其次，孫氏所校定《閒詁》之版本有二：一為聚珍本，一為定本，其間之優劣異同為何，於研究其書之前亦須有所了解，方知取擇也。

第四章《閒詁》訓詁之基礎工夫。清儒之治古籍，必先從事於校勘，其注釋工夫所以能加精密者，泰半因為先求基礎於校勘。而孫氏之治《墨子》，亦從校勘入手。

〔註5〕參梁啟超，《清代學術概論》二。
〔註6〕見梁啟超，《中國近三百年學術史》，頁254。
〔註7〕參《閒詁·俞序》。
〔註8〕參第三章第一節〈《閒詁》釋名〉。

故本文乃試爲探討《閒詁》校勘之方法及得失，以明其對訓詁之重要性。另一方面，《閒詁》之內容又涵蓋考證、輯錄諸方面，且其考證、輯錄之所得，或可與訓詁轉相發明，故對於其考證、輯錄之範疇及得失，本文亦略作評介。

　　第五章《閒詁》訓詁方法述略。《閒詁》之最大成就，乃在訓詁。本文因概論《閒詁》常用之訓詁方法，擬就以下數端分別探究之：一、參驗群書。孫氏作《閒詁》乃「集諸說之大成」，因試爲分析其參驗群書之範疇、方法及疏失。二、以形索義。三、因聲求義。四、就義論義。孫氏精研小學，故其運用文字學、聲韻學及字義學之知識，以施用爲《閒詁》訓詁之各項方法，乃本文探討之重點之一。五、審定文例。乾嘉學者治學之另一法寶，即依據文例以校字釋義，而《墨》書之特殊文例尤多，故《閒詁》中審定文例之方法及得失，亦值得詳加探究。六、疏證名物制度。孫氏治學素重名物制度，而其撰作《閒詁》之際，適爲修訂另一部力作《周禮正義》之時，遂時以《周禮》之典章制度及所涉及之文史知識，以印證《墨子》。故對其疏證名物制度之範疇及得失，亦加以論述。綜言之，本文冀藉由上述六端，以對《閒詁》訓詁所施用之方術，作一全面而具體之探討。

　　第六章《閒詁》訓詁術語析論。於前一章對《閒詁》訓詁方法之研討中，往往面臨一大問題，即其中某些方術每以其專門術語表達之，故欲對諸法作更深入研究，則必須解讀其所用之各項術語。本文因爲此章，首先蒐集、選擇《閒詁》常用之訓詁術語，而爲之歸類、統計、分析，以明其術語之涵義。其次，則就其術語所反映之觀念與現象，予以整理、歸納，且逐一檢視之，庶幾更完整呈現《閒詁》訓詁之利弊得失；並與現代字義系統之觀念相比較，以觀其優劣異同也。

　　第七章《閒詁》訓詁補正。孫氏《閒詁》甫成，「已有旋覺其誤者，則其不自覺而待補正於後人，殆必有倍蓰於是者」〔註9〕，是孫氏固嘗殷殷寄望於後人之訂正、補苴。故今不揣淺陋，爲作此章，聊以貢獻愚者之一得也。

　　第八章結論。

　　附錄聚珍本與定本《閒詁》異文、異說對照表。

〔註9〕見《定本閒詁・自序》。蓋《閒詁》之〈自序〉有二，一爲聚珍本之〈自序〉；一爲定本之〈自序〉。參第三章第二節2-1-2。

第二章　孫詒讓之生平與學術著作述略

第一節　孫氏之生平

　　孫詒讓，字仲容，晚號籀膏（廎）居士，浙江溫州瑞安人，生於清道光二十八年（1848），卒於光緒三十四年（1908），年六十有一。

　　詒讓之名，間或書作「貽讓」；其字仲容，亦或作「中容」、「仲頌」。前者見於中央圖書館善本書室所藏薛尚功《鐘鼎彝器款識法帖》（阮元刻本，嘉慶二年）上有詒讓題識，均題作「貽讓」〔註1〕。後者則見於其外孫洪煥椿〈四庫全書簡明目錄箋迻·後記〉云：

> 瑞安孫氏玉海樓藏，先外王父籀廎徵君手校鈔本《四庫全書簡明目錄》
> 二十卷，十冊。首冊首葉鈐有「遜學齋攷藏圖籍」朱文方印。……卷一首
> 葉，鈐有「仲頌」及「瑞安孫仲容斠讀四部群書之印」大小兩朱文方印。……
> 第十冊末葉有「中容」二字小方印，亦朱文也。

　　「中」、「仲」二字通用，自無可疑。「容」與「頌」字亦可相通，蓋自阮元研究《詩經》「風、雅、頌」之「頌」字義，寫成〈釋頌〉一文後〔註2〕，「頌」即是「容」已成清代學者之基本常識，故孫氏混用之〔註3〕。此外，孫氏又曾於所撰〈顧亭林詩校記〉一文後自署「蘭陵荀羡」。據陳謐注云：

> 右顧亭林詩校文及佚詩補若干首，都爲一卷，鄉先達孫籀膏先生詒讓

〔註1〕參陳暐仁，《孫詒讓的金文學·孫詒讓之生平與交遊》。
〔註2〕阮元云：「『頌』之訓爲『形容』者，本義也，且『頌』字即『容』字也。故《說文》：『頌，貌也。從頁，公聲。籀文作𩕾。』是『容』即『頌』。」見〈釋頌〉，收錄於《揅經室集》。
〔註3〕參陳暐仁，《孫詒讓的金文學·孫詒讓之生平與交遊》。

之所作也。此記作於清光緒戊戌、庚子之間，寄示黨人某君之書。末署「蘭陵荀羕記」五字，蓋避當時黨禁之禍。昔荀卿以漢宣帝諱，史稱成曰孫卿，故此以「孫」易「荀」。「羕」字又爲「詒讓」二字之轉音，而別署「蘭陵」者，其即以荀卿嘗爲蘭陵令歟！〔註4〕

又章太炎文鈔附有孫先生最後書，亦自署「荀羕」。太炎自注云：「先生孫氏名詒讓，字仲容，其自署荀羕者，荀、孫通假，羕則詒讓之切音耳〔註5〕。」章太炎於光緒二十三年丁酉，以平陽宋恕平子之介，與詒讓訂交〔註6〕。可見「荀羕」爲詒讓自署別名，蓋無疑議。而以避黨禍，乃易以同音通假字及切音耳。〔註7〕亦由此可見，孫氏嫻於小學，自其名字之變易中可見一二。

父衣言，字劭聞，號琴西。幼穎異，書過目成誦。道光三十年成進士，入翰林，始出仕。

先生爲衣言次子。咸豐年間，父衣言供職翰林院，先生隨侍在旁，年八、九歲，始讀《四書》及《漢魏叢書》，嘗於《札迻‧序》自述爲學經過云：

> 詒讓少受性迂拙，於世事無所解，顧竊嗜讀古書。咸豐丙辰、丁巳間，年八、九歲，侍家大人於京師澄懷園。時甫受四子書，略識文義，度閣有明人所刻漢魏叢書，愛其多古冊，輒竊觀之，雖不能解，然瀏覽篇目，自以爲樂也。

十二歲，父衣言授詩法，見於其〈周星貽〈窳橫詩質〉跋〉〔註8〕云：

> 詒讓少年，先君嘗授詩法，稍長，治經史小學，此事遂廢。

同治二年，十六歲時，補學官弟子。始治經史小學，撰〈廣韻姓氏刊誤〉，其《札迻‧序》云：

> 年十六、七，讀江子屏《漢學師承記》及阮文達所集刊《經解》，始知國朝通儒治經史小學家法。

此後先生治學，即循此經史小學路線發展，以成其一生之學〔註9〕。

同治四年，父衣言主講杭州紫陽書院，先生隨侍。衣言始蒐採鄉邦文獻，刻行《永嘉叢書》。而此時亦爲先生治金石文字學之始，其〈薛尚功《鐘鼎款識》跋〉

〔註4〕見林慶雲，《惜硯樓叢刊》，收有孫詒讓撰〈顧亭林詩校記〉一卷。
〔註5〕見《章太炎文鈔》卷四。
〔註6〕見章氏〈瑞安孫先生傷辭〉，收錄於《章氏叢書‧文錄二》。
〔註7〕參陳振風，《孫詒讓之生平與學術思想‧孫詒讓之生平與著作》。
〔註8〕收錄於《籀廎述林》卷六。
〔註9〕參陳振風，《孫詒讓之生平與學術思想‧孫詒讓之生平與著作》。

〔註10〕云：

> 余少嗜古文大篆，年十七、八，得杭州本讀之，即愛翫不釋。嘗取考
> 古、博古兩圖，及王復齋款識、王俅集古錄，校諸款識，最後得舊景鈔手
> 蹟本，以相參校。則手蹟本，多與考古諸圖合。杭本訛誤甚多，釋文亦有
> 舛互。

夫金石文字學乃先生之另一大學術專長，研習蒐拓凡四十年之久，而溯其源，
即發軔於是時也〔註11〕。

同治五年，十九歲時，兩江總督曾國藩設立金陵書局，召集莫友芝、張文虎、
劉壽曾、戴望、劉恭冕等學者校勘經籍，皆一時方聞之士也。從此數年中，先生侍
父居於江東，而得與諸大儒揚榷問學。

同治六年，二十歲，舉浙江補甲子科鄉試，座主為張之洞，次年，應試禮部，
報罷。此時父衣言授江寧布政使，先生隨侍，因江南正值太平天國之亂後，地方上
各家藏書散出，父命先生收藏書籍，十餘年間，致書約八、九萬卷。自此以後，為
先生學問邁進時代〔註12〕。《札迻・序》有云：

> 既又隨家大人官江東，適當東南巨寇蕩平，故家秘藏多散出，閒收得
> 之，亦縶數萬卷。每得一佳本，晨夕目誦，遇有鈎棘難通者，疑牾縈積，
> 輒鬱轖不悟。或窮思博討，不見崖倪，倘涉它編，迺獲塙證，曠然昭寤，
> 宿疑冰釋，則又欣然獨笑。若涉窮山，榛莽霾寒，忽覯敨徑，竟達康莊。

同治十年，二十四歲，應試禮部，又報罷。此時撰成《溫州經籍志》。同治十二
年，撰《周禮正義》始稿。又撰《商周金識拾遺》成，嗣後重定，改名《古籀拾遺》。
同時又撰〈毛公鼎釋文〉。同治十三年，撰〈周虢李子白盤跋〉。光緒元年，撰〈六
秣甄微〉成。

光緒二年，二十九歲，隨父上京，購得漢陽葉志詵金文拓本二百種，其〈商周
金文拓本題詞〉〔註13〕云：

> 光緒初年，余得漢陽葉氏金文拓本兩百種，有龔定庵禮部攷釋題字，
> 信足寶也，因檢篋中藏拓本二百餘種，益之，莊成四巨冊，因題百廿八字
> 於冊首。

光緒三年，撰《墨子閒詁》始稿。

〔註10〕收錄於《籀廎述林》卷六。
〔註11〕參朱芳圃，《孫詒讓年譜》。
〔註12〕參朱芳圃，《孫詒讓年譜》。
〔註13〕收錄於《籀廎述林》卷九。

　　光緒五年，《集韻考正》刊成。是年，永嘉重修縣志，聘先生爲協纂。光緒八年，《永嘉縣志》成。同年，《永嘉叢書》刊竟。夫孫氏《永嘉叢書》，刻於同、光二朝。發起於衣言昆仲，而校勘諸事，先生之力爲多〔註14〕。

　　光緒九年，應試禮部，報罷。

　　光緒十一年，官刑部主事，與當代名流潘祖蔭、盛昱、王懿榮、江標、費念慈及黃紹箕等人，討論金石文字之學。

　　光緒十二年，三十九歲，辭官引疾歸。

　　光緒十四年，父衣言爲先生起玉海樓，爲讀書藏書之所。此年先生改《商周金識拾遺》爲《古籀拾遺》，重校付刊，越二年而刊成。

　　光緒十七年，撰《宋政和禮器文字考》成。光緒十八年，撰《尙書駢枝》成。次年，撰成《墨子閒詁》及《札逸》。時公元一八九三年，先生年四十六歲。

　　光緒二十年，先生以《墨子閒詁》屬吳門梓人毛翼庭用聚珍版印成三百冊。同年，撰《周禮三家佚注》刊成。《札逸》亦刊成。

　　光緒二十一年，中日甲午戰爭後，簽訂馬關條約。父衣言卒，年八十一。自是，先生閉門讀《禮》，唯著述自適。然每論及時局，憂悶塡膺，乃作〈學約〉，其〈與梁卓如論《墨子》書〉〔註15〕云：

> 　　承詢學約，……大恉不出尊著說群之意，而未能精達事理，揆之時勢，萬不能行。平生雅不喜虛憍之論，不意懷抱鬱激，竟身自蹈之。及讀鴻議，知富強之原，在於興學，其事深遠，非一蹴所能及，深悔前說之孟浪，已拉雜摧燒之矣。

於是於次年與瑞安同人議開學計館，以教邑之子弟。此乃先生爲學之大轉捩點也。前此，先生爲學專力於金石訓詁小學，以及鄉邦文獻資料之蒐集整理，乃純粹爲學問而學問。自是，由傷父之痛，轉而對國事之關心，乃於爲學問而學問者外，又專力於經世致用之學，而「知富強之原，在於興學」，故提倡教育〔註16〕。同年，撰〈周麥鼎考〉。又撰《逸周書斠補》成。又覆梁啓超書，蓋先生《墨子閒詁》刊成後，間用近譯西籍，覆事審校，擬更爲墨詁補義，以續前緒，是書即討論此事〔註17〕。

　　光緒二十五年，五十二歲，撰《周禮正義》成，此書始撰於同治十一年，至是，前後歷二十有八載矣，故與《墨子閒詁》同爲先生畢生竭盡心力之二大代表作。而

〔註14〕參朱芳圃，《孫詒讓年譜》。
〔註15〕收錄於《籀廎述林》卷十。
〔註16〕參陳振風，《孫詒讓之生平與學術思想・孫詒讓之生平與著作》。
〔註17〕參朱芳圃，《孫詒讓年譜》。

由是書，亦可概見先生學風之丕變，蓋於前期所撰《周禮正義》之注疏，乃循乾嘉諸儒之學述途徑，重訓詁、考據，故云：

> 宋元諸儒說，於周公致太平之跡，推論至詳，而於周制漢詁，或多疏謬，今所搴擇，百一而已[註18]。

又云：

> 後世新法，古所未有，不可以釋周經及漢注也[註19]。

逮至後期所撰《周禮正義・自序》，則循道光諸儒經世致用之學術途徑，而云：

> 其期閎意眇恉，通關常變，權其大較，要不越政教二科。

顯然與其前期不重政教新法者不同[註20]。同年，又撰《大戴禮記斠補》成書。

光緒二十六年，撰《九旗古義述》成。

光緒二十七年，武進金武祥以鈔本張惠言《墨子經說解》寄貽先生，先生移書仲謝。

光緒二十八年，撰《周禮政要》四十篇，爲其經世致用思想之總萃[註21]。

光緒二十九年，重定〈毛公鼎釋文〉，又撰《古籀餘論》成。同年，從張之綱所，假得陽湖楊葆彝《墨經校注》。

光緒三十年，重定《墨子閒詁》竟。又撰〈籀文車字說〉、《契文舉例》。

光緒三十一年，與同志於溫州開設瑞平化學學堂。是年《周禮正義》刊成。又撰《名原》成。

光緒三十三年，先生重定《墨子閒詁》十五卷、目錄一卷、附錄一卷、後語二卷。越三年（宣統二年），其家始付剞劂。校字之役，王景羲任之。

光緒三十四年，先生患風痺卒，時年六十有一。

觀先生一生研治經子小學，備極精賅，遂爲清末第一大師[註22]。復又整理鄉邦文獻，致力地方教育，以興學救國，影響後世學風，厥功甚偉。所謂「學問淵博，潛心經術，深明教育，成效昭著」之舉，洵足以當之也[註23]。

[註18] 見《周禮正義，略例九》。
[註19] 見《周禮正義，略例十》。
[註20] 參《孫詒讓之生平與學術思想・自序》。
[註21] 參《孫詒讓之生平與學術思想・自序》。
[註22] 參梁啓超，《近代學風之地理的分布》。
[註23] 參陳振風，《孫詒讓之生平與學術思想・孫詒讓之生平與著作》。

第二節　孫氏之學術著作述略

　　孫氏一生學問淵博，著述豐富，專著達三十餘種，且範圍極廣，遍及經、史、子、集各部，其中尤以經子之校詁、目錄學及古文字學等三方面成績斐然，略述如下，以明其梗概。

1. 經子校詁

　　孫氏之世，已當有清乾嘉學派盛極而衰之期，然孫氏自少時「讀江子屏《漢學師承記》及阮文達所集刊《經解》，始知國朝通儒治經史小學家法」〔註24〕，即篤志循此學術路線發展，以力挽狂瀾於既倒，故梁啟超譽之曰：「然在此期中，猶有一、二大師焉，為正統派死守最後之壁壘，曰俞樾曰孫詒讓，皆得統於高郵王氏。」〔註25〕章太炎亦曰：「當是時，吳越間學者，有先師德清俞君，及定海黃以周元同，與先生三，皆治樸學，承休寧戴氏之術，為白衣宗。」〔註26〕是孫氏之學，實上承乾嘉學派，其治學以經學為中心，旁衍及子學，至其方法，則側重於校勘、訓詁諸端。茲分別闡述之。

1-1 經書之校詁

　　孫氏於經學，其專著有《尚書駢枝》、《周禮三家佚注》、《周禮正義》、《九旗古義述》、《周禮政要》、《經迻》、《大戴禮記斠補》等等，除《駢枝》詁訓《尚書》之外，別篇皆與禮經有關，故王更生以為「孫氏之經學即禮學也」〔註27〕。其中尤以《周禮正義》一書，前後歷二十餘年始撰成，與《墨子閒詁》並為孫氏一生竭盡心力之代表作。

　　《周禮正義》凡八十六卷，孫氏嘗自述其著述之動機曰：

　　　　鄭注本極詳博，賈氏釋經，隨文闡義，或與注複，而釋注轉多疏略，
　　於杜、鄭三君異義，但有糾駁，略無申證，故書今制，擘畫闕如〔註28〕。
是孫氏乃有感於《周禮》鄭注之精奧及賈疏之疏略，而發憤著述也〔註29〕。因取唐石經為底本以校經，以明嘉靖仿宋本以校注，皆最善最精之本〔註30〕。又采「漢儒

〔註24〕見《札迻‧序》。
〔註25〕見梁著，《清代學術概論》。
〔註26〕見〈瑞安孫先生傷辭〉，收錄於《章氏叢書‧文錄二》。
〔註27〕參王著，《籀廎學記‧孫詒讓之經學》。
〔註28〕見《周禮正義‧略例三》。
〔註29〕參陳振風，《孫詒讓之生平與學術思想‧詒讓周禮正義之體例》。
〔註30〕見《周禮正義‧略例一》。

治經家法,以《爾雅》《說文》正其訓詁,以《禮經》《大小戴記》證其制度」〔註31〕。
故《周禮正義》之最大成就即在校勘訓詁及疏證名物制度方面,博稽眾書,復能有
所創獲,而奠定其不朽之地位,如曹元弼〈書孫氏周禮正義後〉即譽之曰:

> 孫氏《周禮正義》,博采故書雅記,疏通證明;雖於高密碩意,間有
> 差池,而囊括網羅,言當理博,自賈氏以來,未有能及之者。

梁啓超亦云:

> 仲容斯疏,當為清代新疏之冠,雖後起者勝,事理當然,亦其學識本
> 有過人處〔註32〕。

以其書為「清代新疏之冠」,可謂推崇備至矣。

1-2 子書之校詁

孫氏於子部之專著有《墨子閒詁》一書。其書歷十六年,三易其稿,始成定本,
且為其生平最後校成之著作,故其一生學問、著述之精華,莫不畢集於斯,可見其
對是書之重視,故梁啓超以為「仲容一生著述亦此書為第一也」〔註33〕。

孫氏之精研墨子,蓋有感於清末時局之紛擾,而欲以墨學經世致用。如其於〈與
梁卓如論墨子書〉所云:

> 倭議初成,普天憤懣之時,詒讓適以銜恤家居,每與同人論及時局,
> 憂悶填匈。

俞樾亦云:

> 嗟呼!今天下一大戰國也。以孟子反本一言為主,而以墨子之書輔
> 之,儻足以安內而攘外乎?勿謂仲容之為此書,窮年兀兀,徒敝精神於無
> 用也〔註34〕。

可見孫氏宣究微言,俾為世用之意,至為深遠矣。

孫氏之作《閒詁》,亦本乾嘉學派治學大法,肆力於校勘、考證及訓詁諸端,而
皆獲致極大之成就,所謂「蓋自有《墨子》以來未有此書也」〔註35〕,將於以下諸
章再一一詳論之,茲不贅述。

1-3 札 迻

孫氏又撰有《札迻》一書,乃規模王念孫《讀書雜志》之體例,以校詁古書,

〔註31〕見《周禮正義・敘》。
〔註32〕見《中國近三百年學術史》,頁223。
〔註33〕見《中國近三百年學術史》,頁255。
〔註34〕見《閒詁・俞序》。
〔註35〕見《閒詁・俞序》。

其〈自序〉云：

> 詒讓學識疏謭，於乾嘉諸先生無能爲役；然深善王觀察讀書雜志及盧
> 學士群書拾補。伏案掌誦，恒用檢覈，間竊取其義法，以治古書，亦略有
> 所窺。

因作《札迻》十二卷，校詁古書凡七十七種，包括經、子、集諸部，而勤爲校讎、精於訓詁，鞷然欲復古書之舊觀，如俞樾所云：

> 至其精孰訓詁，通達假藉，援據古籍，以補正訛奪，根抵經義，以詮
> 釋古言，每下一說，輒使前後文，皆怡然理順。阮文達序王伯申先生《經
> 義述聞》云：「使古聖見之，必解頤曰：『吾言固如是，數千年誤解，今得
> 明矣。』」仲容所爲札迻，大率同此〔註36〕。

章太炎亦許之曰：

> 札迻者，方物王念孫《讀書雜志》，每下一義，妥聑寧極，渾入腠理。
> 書少于俞氏《諸子平議》，校讎之勤，倍《諸子平議》〔註37〕。

分別將《迻札》與王氏父子之《讀書雜志》、《經義述聞》相提並論，足以顯示其書之價值也。

2. 目錄學

孫氏自幼承庭訓，對鄉邦文獻之蒐集董理，不遺餘力，撰作《溫州經籍志》，以整理溫州地方歷代之經籍文獻目錄，劉壽曾《溫州經籍志·序》云：

> 瑞安孫仲容同年，博聞強識，通知古今，承吾師琴西先生過庭之訓，
> 于其鄉邦文獻，尤所研究。以郡縣舊志之于經籍，疏漏踳駁，無裨考證，
> 而姜氏之書又不傳也，乃討論排比，成書三十七卷（案：當三十六之誤），
> 得書目一千三百餘家。

可見孫氏研究鄉邦文獻之勤與蒐采之博〔註38〕，而使其書成爲地方目錄學中之重要文獻，如近人呂紹虞即推許爲：

> 孫詒讓的《溫州經籍志》，是一部較好的地方文獻目錄著作，它突過了
> 《經義考》和《小學考》的成就。他還寫了一篇「敘例」，總結了我國一千
> 多年來地方文獻目錄的方法和成就，是一篇很有價值的參考資料〔註39〕。

〔註36〕見《札迻·俞序》。
〔註37〕見《章氏叢書·文錄二·孫詒讓傳》。
〔註38〕參陳振風，《孫詒讓之生平與學術思想·孫詒讓之生平與著作》。
〔註39〕參呂著，《中國目錄學史稿》，頁266。

王欣夫亦曰：

> 孫詒讓的《溫州經籍志》三十三卷、《外編》二卷，義例精審，條理完密，可以說是專書中體例最好的一部。全書以書編次，而全錄序跋，仿馬氏（馬瑞臨）《經籍考》、朱氏（朱彝尊）《經義考》例。又每書下注存、佚、闕、未見四目，也是用《經義考》例，于是一掃濫列虛名，有目無書的流弊。每書最後，間有自加按語，考證都確有所見，絕無空論〔註40〕。

故知其義例精審，修理完密，直可目之爲一部嚴謹之溫州學術史也〔註41〕。

3. 古文字學

孫氏之校詁經子雖然成績斐然，猶不出乾嘉學派之矩矱；至其研治古文字，則爲古文字學之研究開創出一新局面，對後世之影響，可謂深遠矣〔註42〕，學者多所推崇，如容庚於《占籀餘論・跋》云：

> 竊謂治古文字之學，譬如積薪，後來居上。嘉、道之間，阮元、陳慶鏞、龔自珍、莊述祖皮傅經傳，鹵莽滅裂，晦塞已極。吳氏大澂明于形體，乃奏廓清。然而訓詁假借，猶不若孫氏（孫詒讓）之精熟通達，所得獨多。

吳闓生《雙劍誃吉金文選・序》云：

> 吉金文字之學肇自有宋，歐（歐陽脩）、劉（劉敞）諸公開其端，及有清吳清卿、孫仲容推闡益精。

楊樹達〈積微居金文說弁言〉則云：

> 孫仲容以治經之暇，理董古文，石破天驚，獨多眇論，以視餘人，夐乎卓矣。

又云：

> 周生寄孫仲容《古籀拾遺》來。昔年曾讀一過，皆已忘之。今日重讀，勝義紛披，不可指屬。……然其恰當人意處至多，迥非阮、吳諸家可及。
> 其爲金文開闢一新天地，無可疑也〔註43〕。

是孫氏於古文字學之地位，自無可疑也。

孫氏研究古文字，先攻金文，繼又考釋甲骨文，最後則總結其治甲、金文之心得，撰《名原》一書，而爲現代古文字學之開山之作〔註44〕。亦分別概述之。

〔註40〕參王著，《文獻學講義・總論方志藝文的體例》。
〔註41〕陳瑋仁，《孫詒讓的金文學・孫詒讓之生平與交遊》。
〔註42〕參胡奇光，《中國小學史》第五章十、「小學后殿孫詒讓與古文字學」。
〔註43〕收錄於楊著，《積微翁回憶錄》。
〔註44〕參胡奇光，《中國小學史》第五章十、「小學后殿孫詒讓與古文字學」。

3-1 金文學

　　金文學興起於宋代，至有清，古器物出土者日眾，使金文學之研究蔚然成風。孫氏既身處於此時代風氣下，自少年時開始學習金文，積四十年而不遺餘力，「所見彝器款識逾二千種」〔註45〕，而撰成《古籀拾遺》、《古籀餘論》等專著。孫氏嘗自述其著作之動機曰：

　　　　攷讀金文之學，蓋萌柢于秦漢之際。《禮記》皆先秦故書。而〈祭統〉述〈孔悝鼎〉銘，此以金文證經之始。漢許君作《說文》，據郡國山川所出鼎彝銘款以修古文，此以金文說字之始。誠以制器爲銘，九能之選，詞誼瑋奧，同符經埶；至其文字，則又上原倉籀，旁通雅故，博稽精斠，爲益無方。

又云：

　　　　蓋古文廢于秦，籀缺於漢，至魏晉而益微，學者欲窺三代遺跡，舍金文奚取哉〔註46〕？

是孫氏研究金文之目的，乃欲以金文證經、說字也。至於在方法上，孫氏一則運用六書條例；一則運用辭例推勘之法〔註47〕，以分析文字偏旁之法考釋金文，故能識字獨多。由此可見孫氏乃是在資料之累積及方法之建立兩方面爲考釋金文之工作奠定科學之基礎也〔註48〕。

3-2 甲骨學

　　清光緒二十五年，甲骨始出土於河南安陽小屯，光緒三十年，孫氏因劉鶚《鐵雲藏龜》而著《契文舉例》，是爲第一本研究甲骨文字之著述〔註49〕。

　　孫氏之著是書乃利用其在小學及金文學之深厚基礎，透過不同時期古文偏旁之辨析，追尋古文字之歷史演變規律，《契文舉例・序》云：

　　　　今就所通者，略事甄述，用補有商一代書名之佚，兼以尋究倉後籀前文字流變之跡。

而另一方面，孫氏又冀藉由古文字以探求其所反映之古代社會，故將其書分爲日月、貞卜、卜事等十類，既首創甲骨分類研究之體例，亦始開古文字考釋與古史考證相結

〔註45〕見《契文舉例・自敘》。
〔註46〕見《古籀拾遺・敘》。
〔註47〕陳暐仁，《孫詒讓的金文學・孫詒讓研究金文的方法與成就》。
〔註48〕參江淑惠，《郭沫若的金石文字學研究・緒論》。
〔註49〕參董作賓先生，《甲骨學六十年》。

合之先例，而孫氏對甲骨學之最大貢獻，即在於此〔註50〕。至若《契文舉例》之最大弊病，則在於其對文字之考釋及篇章之通讀，說者每病其疏，如董作賓先生所云：

> 孫詒讓《契文舉例》所據之材料，僅限劉書，雖舉例解釋甚多，但其認錯之字，觸目皆是，加以夢爲廖，以翌爲獵，以涉爲歲，以勿爲參，以王爲立，不勝悉舉，而亦有至今不可更易者〔註51〕。

是孫氏之粗疏，實由材料不足故也。然小疵不掩大醇，孫氏對甲骨學之研究，自有其一定之地位與貢獻也。

3-3 名　原

孫氏繼《古籀拾遺》、《古籀餘論》、《契文舉例》後，又作《名原》，乃一系列之著作也，如唐蘭所云：

> 孫詒讓從研究金文作《古籀拾遺》、《古籀餘論》，研究甲骨作《契文舉例》，綜合一起來作《名原》，是這個時代的先驅〔註52〕。

孫氏著作《名原》之動機，於《名原・敘錄》中可一窺端倪：

> 余少耆讀金文，近又獲見龜甲文，咸有譌錄，每惜倉沮舊文，不可復睹，竊思以商周文字展轉變易之跡，上推書契之初軌，沉思博覽，時獲塙證。

是其乃欲「以商周文字展轉變易之跡」，推求文字制作之本源，並進而探索其變化沿革之大例，唐蘭因許之爲「文字之學也」，其言曰：

> 溯其本原，考其流變，湮晦者發明之，訛誤者校正之。合之可以知社會之演化，析之可以考一字之歷史，此文字之學也。……孫詒讓《名原》其類也〔註53〕。

至於其研究之材料，《名原・敘錄》亦有言之：

> 今略摭金文、龜甲文、石鼓文、貴州紅岩古刻，與《說文》古、籀，互相勘校，楬其歧異以著渻變之原。兩會聚比屬，以尋古文、大、小篆沿革之大例，約舉辜較，不能備也。

可見取材之廣泛，爲一有系統之研究。今觀全書共分七篇，前三篇爲原始初文之考校，其後三篇明文字形體之變化，末一篇補許氏《說文》之訛，可謂創文字學前所

〔註50〕參胡奇光，《中國小學史》第五章十、「小學后殿孫詒讓與古文字學」。
〔註51〕參董作賓先生，《甲骨學六十年》。
〔註52〕參唐著，《中國文字學》，頁24。
〔註53〕參《甲骨文編・唐敘》。

未有之先例〔註54〕，故所謂「許愼以後第一人」〔註55〕，洵非過譽也。

綜觀孫氏一生，以學術爲職志，研讀不斷，著作等身，其學包廣探深，千錘百煉，以成其堅實之學基，而識見自迥異恆流，此其《墨子閒詁》一書之所以卓絕千古也。

〔註54〕參王著，《籀廎學記·孫詒讓之文字學》。
〔註55〕參唐蘭，《古文字學導論》，頁65。

第三章　《墨子閒詁》釋名及其版本研究

第一節　《閒詁》釋名

　　《墨子閒詁》之書名，孫氏曾於〈自序〉中自釋其義曰：

　　　　昔許叔重注淮南王書，題曰《鴻烈閒詁》、閒者，發其疑悟；詁者，

　　　　正其訓釋。今於字誼多遵許學，故遂用題著。

是「閒詁」之名，乃取自許慎《鴻烈閒詁》一書，唯許書久佚，孫氏乃以己意釋之
曰「閒者，發其疑悟；詁者，正其訓釋」。夫「詁」者，爲訓詁、訓釋義，自無疑義。
然於「閒」者何以有「發其疑悟」義，則發人疑竇，孫氏亦未再加說明，故人多不
解，而別爲之解，即與之共同校訂是書之黃紹箕，亦不得不爲之詮釋，曰：

　　　　太史公曰：「書缺有閒，其軼乃時時見於他說。」鄭康成《尚書大傳・

　　　　敘》曰：「音聲猶有訛誤，先後猶有差舛，重以篆隸之殊，不能無失。數

　　　　子各論所聞，以己意彌縫其閒，別作章句。」所謂閒者，即指音聲之訛誤，

　　　　先後猶有差舛，篆隸之殊失而言。彌縫其閒，猶云彌縫其闕也〔註1〕。

引鄭氏「彌縫其閒」語，以釋「閒」字，黃氏此說，可謂巧矣。然康成之書，既不
名之曰「閒詁」，則其言是否即爲許慎書名之註腳，仍有待斟酌。

　　約與此同時，葉德炯於《淮南鴻烈閒詁》輯本之〈跋文〉中，對「閒詁」之名，
又有不同見解：

　　　　本書「閒詁」猶言夾注，與箋同實而異名。《說文》：「閒，隙也。」

　　　　《墨子・經說上》：「閒謂夾者也。」又云：「閒不及旁也。」蓋其書爲許

〔註 1〕《閒詁・跋》。

君未卒業之書，僅約略箋識其旁，若夾注然，故謂之閒詁。

以為「閒詁」猶言夾注，並引墨經為證。其說看似言之成理，故後人或從之；然近人汪少華辯之曰：

> 許慎的注文，從現有輯本看來確乎「質略」，這正是「漢儒注書，只注難曉處，不全注盡本文，其辭甚簡」（《朱子語類》卷一三五）的表現，不得視作「未卒業之書」〔註2〕。

其說可從。則閒詁之意殆非夾注矣，葉說非是。故汪氏仍宗主孫氏之說，以為「發其疑牾，正其訓釋」即「閒詁」正解，並釋其義曰：

> 「發其疑牾」的「疑牾」即「疑難、不順」；「發」就是「稽核異同、啟發隱滯」的啟發，亦即「闡發、發明」。

又因

> 「閒」的本義為縫隙。縫隙的特點是狹窄不通、幽暗不明，因而可以引申為「疑難不通、不易明瞭的地方」；經「動靜的引申」，又可指「闡明疑難不通，不易明瞭之處」。

是故

> 「閒詁」就是「發其疑牾，正其訓釋」，也即：闡發文中疑難不通、不易明瞭的地方，依據《爾雅》、《說文解字》校正文字並且作出力求合乎原意的訓釋〔註3〕。

乃以「閒」字由「疑難不通、不易明瞭的地方」；經「動靜的引申」，而為「闡明疑難不通，不易明瞭之處」。實則此即訓詁學所謂「相反相因」者也，如「亂」本為混亂義，而可引申為治也；「皮」本為皮膚義，而可有剝皮義，皆可為此之比〔註4〕。故其說可從，殆得孫氏「閒詁」之旨也。

第二節　《閒詁》之版本研究

1. 從聚珍本至定本

孫氏所校定之《墨子閒詁》版本有二：一為聚珍本；一為定本。聚珍本「寫定於（清光緒）壬辰癸巳間，逮甲午（光緒二十年）夏，屬吳門梓人毛翼庭，以聚珍

〔註2〕〈《墨子閒詁》書名正義〉，收錄於《墨子研究論叢（一）》。
〔註3〕〈《墨子閒詁》書名正義〉，收錄於《墨子研究論叢（一）》。
〔註4〕參龍師宇純，〈論反訓〉，收錄於《華國》第四期。

版印成二百部」﹝註5﹞，故謂之聚珍本。而孫氏於聚珍本付梓後，嘗「親自校讎，錯誤之字，皆用鉛粉抹去重印。定本係籀膏亡後刊就，故此本彌足珍貴。」﹝註6﹞考其親自校正之例，有如：

　　　　〈非攻中〉「計營之所以亡於齊越之間者」吳毓江云：「聚珍本《墨子
　　閒詁》原作『聞』，改作『閒』，『閒』字不誤。」﹝註7﹞

又如：

　　　　〈備城門〉「斗大容二升以上到三斗」注：「此革盆有柄以挈持，又有
　　科以容水。」

定本下「以」字訛作「之」，李笠云：「聚珍本初亦作『之』，後抹去改『以』。」﹝註8﹞由此俱可見聚珍本校讎之精審，爲定本所不及。

　　聚珍本刊後，「黃中弢（紹箕）學士爲詳校一過，舉正十餘事」，孫氏「亦自續勘，得臘義逾百事」，繼又得張惠言《墨子經說解》及楊葆彝《墨子經說校注》，凡其說有可取者，并刪簡補錄入冊，而勒成定本﹝註9﹞。唯書未刊就，孫氏已亡，乃由王景羲續爲校訂﹝註10﹞，「刊布於宣統二年，其時距孫氏之卒已兩年矣，今通行之《定本墨子閒詁》是也」﹝註11﹞。

　　由是可知，「定本所網羅，殆富於聚珍本矣；然就版本之校勘而論，則聚珍本之錯誤少於定本」﹝註12﹞，故二者各有短長，將於下文詳論之。

2. 聚珍本與定本之比較

　　聚珍本與定本《閒詁》既各有所長，則二本若能比合而觀，將有助於截長補短，更完整呈現《閒詁》之全貌。此法實自李笠《定本墨子閒詁校補》已啓其端，《校補・自敘》云：「取定本《閒詁》，與聚珍、畢刻本對勘，互有不合，定本之挩訛尤多（原注：自挩一字至五、六字不等。）」即已取定本與聚珍本相互對勘。然其書似非長時間用功之作﹝註13﹞，僅校得定本訛脫處數十則，校而未備之處仍所在多有，故今日乃重爲覆校，根據無求備齋《墨子集成》影印清光緒二十年蘇州毛上珍聚珍木

﹝註5﹞見《定本閒詁・自序》。
﹝註6﹞見《定本墨子閒詁校補》，頁28。
﹝註7﹞見《墨子校注》，頁842。
﹝註8﹞見《定本墨子閒詁校補》，頁1019。
﹝註9﹞見《定本閒詁・自序》。
﹝註10﹞見《定本墨子閒詁校補》，頁29。
﹝註11﹞見《墨子校注》，頁837。
﹝註12﹞見陳柱，《墨學十論・歷代墨學述評》，頁199。
﹝註13﹞見《墨子校注》，頁845。

活字本及近人孫以楷所點校之《定本墨子閒詁》（簡稱點校本），兩相對校之下，共校得二本歧異處九百一十五則，遠超出《校補》之數，即扣除定本於〈墨經〉諸篇改從張惠言、楊葆彝二家之說者二百八十一則，此以其數過於繁多，《校補》已「不詳舉」〔註14〕，今亦不一一列舉之（說詳下文），餘亦得五百三十四則，爲便省覽，謹製表以條列之（參〈附錄〉「聚珍本與定本《閒詁》異文、異說對照表」）。而此九百餘則，依其性質可分爲以下數類：正文之異，此又可分爲異文、異說；注文之異，亦可分爲異文、異說。以下即分述之。

2-1 正文之異
2-1-1 異　文
凡六十八則。其中聚珍本之訛脫略多於定本，例如：

〈自序〉：「世有成學治古文者。」

「治」字聚珍本誤作「始」，定本正之。

〈非攻下〉：「則我甲兵強。」

「甲」字聚珍本誤作「田」，而定本不誤。又如：

〈經下篇〉旁行句讀：「且然，不可正，而不害用工。」

聚珍本脫「用工」二字，與〈經〉文不合，定本據補。此皆定本補正聚珍本者也。

然而，亦有聚珍本不誤而定本誤之者，關於此，《校補》已有說明，曰：「定本《閒詁》訛字，諸家校對，往往疑爲今本異文。茲以茅、沈、畢、王諸本，與聚珍本詳勘，始明眞相，孫氏有知，當亦釋然。」〔註15〕可見定本之不盡可恃，舉例如下：

〈尚同中〉：「以求興天下之害。」

「興」下脫「天下之利除」五字，各本皆不脫、聚珍本亦不脫，而定本獨脫，《校補》已補之。又如：

〈經說下〉：「或不非牛而非牛也，則或非牛或牛而牛也，可。」《校補》云：「聚珍本《閒詁》，『則』上原有『可』字，道藏本、茅本、畢本、王本、張本、楊本，並同。定本偶挩『可』字，而梁（啓超）氏云：『孫本無此字，據嘉靖本增。』胡適〈後序〉，便謝爲創獲，曰：『梁先生的校釋，有許多地方與張惠言、孫詒讓諸人大不相同。』又曰：『梁先生這一條，乃是用嘉靖本校墨的第一次。』噫！何其出言之悖，而厚誣孫、張諸人與？」〔註16〕

〔註14〕見《校補》，頁714「通意後對」案語。
〔註15〕見《校補》，頁573「登屋窺井挑鼠穴探滌器而求其人矣」語。
〔註16〕見《校補·敘》。

所言極是，此皆篤信定本之過也。

2-1-2 異　說

　　二本正文之異，有時乃由異說所致，此皆見於〈自序〉、〈墨經〉及〈附錄〉諸篇之中，都十一則。所謂〈自序〉之異，蓋孫氏於光緒十九年聚珍本撰成後，曾作一序，其後「校寫既竟，復記於後」，又爲「後記」，此皆聚珍本之〈自序〉也。逮至光緒三十三年，孫氏重定是書，以爲定本，又別爲一序繫於原序之後，此則定本之〈自序〉是也，故二者有別。所謂〈墨經〉之異，則如：

　　　　〈經下〉：「知其所以不知，說在以名取。」

聚珍本讀「名」字爲句，「取」屬下讀，定本則改從張惠言之說而正其句讀。

　　　　「無窮不害兼，說在盈否知。」

聚珍本讀「否」字句，「知」屬下讀，至定本亦改從張說而正其句讀。至如〈附錄〉之異，譬若：

　　　　〈墨子佚文〉「使造，二年而成一葉，天下之葉少哉。」

此則聚珍本無，定本乃據《韓非子‧外儲說‧左上》「宋人爲玉楮葉」章而增補。

　　故諸如此類，皆聚珍本之前說未密，而定本後出轉精之例也。

2-2 注文之異

2-2-1 異　文

　　此類多達一百四十四則，其中多屬定本之訛誤，蓋定本刊刻《墨子》正文已有所誤差，遑論注文。略舉數例如下：

　　　　〈三辯〉「息於聆缶之樂」孫氏引王念孫云：「上文云：『諸侯息於鐘鼓，士大夫息於竽瑟。』」

「上大夫」當爲「士大夫」之訛，聚珍本正作「士」字也。

　　　　〈尚賢下〉「昔伊尹爲莘氏女師僕」孫氏引王念孫云：「《淮南‧時則篇》：『其曲桛莒筐。』」校補云：「注文『具』訛『其』，據《淮南‧時則篇》正。聚珍本亦作『具』不誤。」

又如：

　　　　〈尚同中〉「以爲唯其耳目之請」孫氏引洪頤煊云：「《荀子‧成用篇》：『聽之經，明其請。』」

〈成用篇〉當爲〈成相篇〉之誤，點校本因據《荀子》改，不知聚珍本正作「相」字不誤。於此已可概見定本校勘之粗疏。

　　然而，亦有聚珍本訛誤而定本正之之例，唯爲數較少。如：

〈所染〉「大夫種」孫氏云：「《文選・豪士賦序》（下略）。」
「序」字聚珍本誤脫，而定本補之。

〈三辯〉「息於聆缶之樂」孫氏引王念孫云：「蓋《墨子》書『瓴』字
本作『㲯』。」

上『瓴』字聚珍本亦誤作『㲯』，而定本不誤。又如：

〈經下〉「擢慮不疑」孫氏云：「《荀子・議兵篇》（下略）。」

〈議兵篇〉聚珍本訛作〈用兵篇〉，而定本正之。

以此觀之，則定本之校勘亦非全無可取。

2-2-2 異　說

聚珍本與定本《閒詁》文字之差異，多達六百九十二則。其中差異最大者，即在於定本之斟酌損益舊說，而視聚珍本更爲周密。《校補》云：「聚珍本《閒詁》修正定本時，恒有刪削。蓋因：一、與張、楊注暗合。二、不及二家之精審。三、原文易知，不待詮釋。四、寫定本時誤挩。」〔註17〕實則定本之修正聚珍本，不獨刪削，亦有增補。唯其改易舊說最多之處，多與張惠言、楊葆彝二氏之說有關，可見其精益求精之具體表現。蓋孫氏於聚珍本刊布後，始得張惠言《墨子經說解》及楊葆彝《墨子經說校注》，而以爲「固有精論，足補正余書之闕誤者」〔註18〕，故凡其舊說與張、楊注暗合、或不及二家精審、或本無其說者，皆改從二家之說，致多達三百八十一則，茲以其過於浩繁，且讀者但觀定本引述此二家言者即可知矣，故不一一贅列之，姑舉數則，以見其例，如：

〈經上〉：「攸不可。」

孫氏於聚珍本注云：「（攸）疑當爲彼。」至定本則云：「楊云：『攸，〈經說〉作彼。』張云：『攸當爲彼。』案：張校是也。」此乃其舊說與張注暗合，而改從之者，以示不敢攘善也。又如：

〈經下〉：「知其所以不知，說在以名取。」

孫氏於聚珍本讀「名」字爲句，而注云：「〈說〉無『名』義，疑當作『明』。謂或知或不知，明辨無遺。」至定本則改從張說，讀「取」字句，而引張云：「名所知而取于不知之中，則知不知。」此其舊說不及張注精審，而改從之者也。至如：

〈經下〉：「狂舉不可以知異。」

「狂」字孫氏於聚珍本無注，至定本則云：「張云：『狂，妄也。』案：張說是也。」此則本無其說，而取張說之例。

〔註17〕見《校補・凡例三》。
〔註18〕見《定本閒詁・自序》。

由上述諸例，可知孫氏對此二家言，甚爲取重也。

然聚珍本《閒詁》修正定本時，不徒僅據張、楊二家之注，亦有孫氏自立新說而盡棄前說者，凡二百一十一則，諸如：

〈尚賢中〉：「無故富貴。」

孫氏於聚珍本注云：「『無故』疑當爲『毋故』。毋、貫古今字。《爾雅·釋詁》云：『貫，習也。』『毋故』猶言故舊狃習耳。毋、母形近，母、無音近，毋三寫成無，遂不可通。上文不言毋故者，以毋故可賅於富貴之中也。《韓非子·孤憤篇》云：『凡當塗者之於人主也。希不信愛也，又且習故。』舊注釋『習故』爲習慣故舊，即此毋故之義。《呂氏春秋·求人篇》亦云：『故賢主之於賢者也，物莫之妨，戚愛習故，不以害之。』」至定本則注云：「竊疑『故』當爲攻，即功之借字。〈下篇〉云：『其所賞者，已無故矣。』『故』亦『攻』之訛，可以互證。」今案：定本之說是也。〈尚賢下〉：「其所賞者，已無故矣，其所罰者亦無罪。」王念孫云：「『故』乃『攻』字之誤，『攻』、『故』字相似，又涉上文『無故富貴』而誤，『攻』即『功』字也，『無功』與『無罪』對文。」〈非攻下〉：「利人多，功故又大。」戴望云：「『故』即『功』之衍文，蓋『功』一本作『攻』，因誤爲『故』，而寫者合之耳。」皆是其證。又考《韓非子·孤憤》：「臣利在無功而富貴。」與此文意同，正作「無功」，亦足以證成孫說。故此爲定本訂正舊說之例也。又如：

〈尚同下〉：「光譽令聞，先人發之。」

「令」字孫氏於聚珍本無注，至定本則引《禮記·孔子閒居》鄭注云：「令，善也。言以名德善聞。」此則定本增補舊說之例。至若：

〈節用上〉：「若純三年而字子，生可以二三年矣。」

孫氏於聚珍本並引「《說文·宀部》云：『字，乳也。』《廣雅·釋詁》云：『字、乳，生也。』」以爲說。至定本則但引「《說文·子部》云：『字，乳也。』」此乃定本刪改舊說之例。

故知定本之增補損益舊說，至爲勤矣，定本之受重視，固其宜也。

雖然，定本之斟酌損益，亦偶有不照，而轉不如前說者，諸如：

〈七患〉：「爲者疾，食者眾，則歲無豐。」

孫氏於聚珍本引俞樾之說，云：「『疾』當爲『寡』。爲之者寡，食之者眾，則雖有豐年，不足以供之，故歲無豐也。今作『爲者疾』，不可通矣。蓋後人據〈大學〉以改之，而不知其非也。」至定本則非俞說而別爲之解，云：「俞說未塙。此疑當作『爲者疾，食者寡，則歲無凶。爲者緩，食者眾，則歲無豐。』此上文咸以『歲善』與『歲凶』對舉，是其證。今本挩『食者寡』至『爲者緩』十字，文義遂舛悟不合矣。」

今案：俞說是也。吳毓江云：「『寡』，畢本誤『疾』，舊本並作『寡』，今據正。〈貴義篇〉曰：『食者眾而耕者寡。』《商子‧農戰篇》曰：『農者寡而游食者眾，故其國危。』又曰：『農者寡而游食者眾，則農者殆。』《賈子‧孽產子篇》曰：『一人耕之，十人聚而食之，欲天下亡飢，胡可得也？』《潛夫論‧浮侈篇》曰：『一夫耕，百人食之，以一奉百，孰能供之？』義均類此。」說至諦。故聚珍本從俞氏之說，是也；至定本易之以己說，並無佐證，反失之矣。

此外，定本之修改舊說，又偶有顧此失彼，應改而未改之例，此如：

〈尚賢下〉「無故富貴」，聚珍本及定本並注云：「『無』疑當爲『毋』，下同。詳〈中篇〉。」

今案：考〈尚賢中〉「無故富貴」，聚珍本注云：「『無故』疑當爲『毋』。」至定本則易其說曰：「竊疑『故』當爲『攻』，即『功』之借字。」上文已具論之，故定本此處亦當一併改之曰：「『故』疑當爲『攻』。」而孫氏偶或失檢，未改及此，苟非聚珍本尚存其本來面目，知其致誤之由，則將不知所云，若蔣禮鴻即直斥其「寫誤」也〔註19〕。

綜上所述，可見聚珍本與定本《閒詁》果各有所長，故二本當比觀參照，不可偏廢。唯今之治《閒詁》者，大多篤信定本，不知稽徵聚珍本，而「因陋就簡，將有不自覺者」〔註20〕，除上述所言梁啓超之《墨經校釋》有因定本而致誤者外，又如孫以楷點校之《定本墨子閒詁》，雖號稱「點校」，然未嘗參校聚珍本，以改正定本因重刻而產生之脫誤，如上文所舉〈尚同中〉「以求興天下之害」，「興」下脫「天下之利除」五字，聚珍本不脫，定本獨脫，點校本則仍因其脫誤而不知校正；又或但據原書及上下文義校改，而不知聚珍本原不誤，如〈尚同中〉「以爲唯其耳目之請」孫氏引洪頤煊云「《荀子‧成用篇》」，點校本校作〈成相篇〉，云：「據《荀子》改。」不知聚珍本正作「相」字不誤。〈大取〉「其利人不厚於正夫」孫氏引蘇時學云：「『正』讀如『征』，語。」「語」當爲「誤」字之誤，點校本因「據文義改」，不知聚珍本正作「誤」也。又如〈襍守〉「善蓋上治中令可載矢」孫氏云：「舊本脫『中』字，今據道藏本、吳鈔本、茅本補。」點校本云：「孫云『中』字據道藏本、吳鈔本、茅本補，然《閒詁》各本均未補，今據補。」亦不知聚珍本已補「中」字，唯定本脫誤耳。凡此，皆由未檢聚珍本，而不識孫氏《閒詁》之眞面目也。本文爲便於讀者查索，特撰「聚珍本與定本《閒詁》異文異說對照表」，作爲附錄，繫於文末。

〔註19〕參蔣著，〈《墨子閒詁》述略〉，轉引自朱宏達，〈孫詒讓和墨學研究〉一文，收錄於《墨子研究論叢（二）》。

〔註20〕見《校補‧敍》。

第四章 《閒詁》訓詁之基礎工夫

　　有清乾嘉學派之治學，素以嚴謹著稱，其治學一本「實事求是，無徵不信」之根本大法，已近乎「近世科學之研究法」〔註1〕，故能獲致前所未有之佳績，方東樹因謂「實足令鄭、朱俛首，自漢、唐以來未有其比」〔註2〕也，洵非過譽。

　　孫氏之世，已當乾嘉之學盛極而衰之期，梁啓超云：「然在此期中，猶有一、二大師焉，爲正統派死守最後之壁壘，曰俞樾曰孫詒讓，皆得統於高郵王氏。」〔註3〕是孫氏之爲學，實上承乾嘉學風而直迫步王氏父子，其學肆力於校勘、考證、輯佚及訓詁諸端，皆有所創獲，卒能成就其大師之業，所謂「得此殿後，清學有光矣。」〔註4〕故孫氏之學術成就，實得自其門徑、義法之故。而《閒詁》之作，又經梁啓超推許爲孫氏生平著述第一〔註5〕，故今謹就《閒詁》一書，試爲分析其治學所運用之方法，並藉以說明其得失。唯本文之重心在訓詁，而校勘、考證、輯佚則爲訓詁之基礎，因擬於討論訓詁之前，略述孫氏於茲三方面之大概情形，作爲此章。

第一節　校勘方面

1. 校勘之方法

　　清儒之治古籍，必先從事於校勘。梁啓超云：「校勘之學，爲清儒所特擅，其得力處眞能發蒙振落。他們注釋工夫所以能加精密者，大半因爲先求基礎於校勘。」

〔註1〕說詳梁啓超，《清代學術概論》。
〔註2〕見《漢學商兌》卷中之下。
〔註3〕見梁啓超，《清代學術概論》，頁6。
〔註4〕見梁啓超，《清代學術概論》，頁6。
〔註5〕見梁著，《中國近三百年學術史》，頁255。

〔註 6〕相較於治群經，治諸子書尤須倚重校勘工夫，因為「經自漢以來，經師遞相傳授，無大錯誤；子書則歷代雖亦著錄，然視之不甚重，讎校不精，訛闕殊甚。」而「傳寫苟且，莫或訂正，顛倒錯亂，讀者難之。」〔註 7〕其中尤以《墨子》一書，最為難讀，因「漢、晉以降，其學幾絕，而書僅存，然治之者殊尠，故脫誤尤不可校。」「先秦諸子之訛舛不可讀，未有甚於此書者。」〔註 8〕故孫氏之治《墨子》，即先從校勘入手。分析其方法，有下列數端：

1-1 旁羅異本

孫氏校定《墨子》，嘗取舊刊精校為據依，《閒詁‧自序》云：

> 余昔事讎覽，旁摭眾家，擇善而從，於畢本外又獲見明吳寬寫本（原注：黃丕烈所景鈔者，今藏杭州丁氏，缺前五卷，大致與道藏本同。）顧千里校道藏本（藏本，明正統十年刊，畢本亦據彼校定，而不無舛漏。顧校又有季本，傳錄或作李本，未知孰是。明槧諸本，大氐皆祖藏本。畢注略見，今並不復詳校。又嘗得倭寶歷閒放刻明茅坤本，并為六卷，而篇數尚完具，冊尚附校異文，閒有可采，惜所見本殘缺，僅存後數卷。）用相勘覈，別為寫定。復以王觀察念孫、尚書引之父子，洪州倅頤煊，及年丈俞編修樾，亡友戴茂才望所校，參綜考讀。

是《閒詁》乃以畢沅校刻本為底本，而輔之以吳鈔本、顧校道藏本、顧校季本及日本寶歷閒仿刻明茅坤本等諸本；並參之以王念孫父子、洪頤煊、俞樾及戴望等諸儒之所校；復斷之以己見，可謂旁羅異本，彙參眾說，詳加考訂。茲略舉數例以明之，如：

> 〈耕柱〉「衛君以夫子之故」孫氏云：「舊本脫『衛』字，今據道藏本、季本、吳鈔本補。」

又如：

> 〈號令〉「門者及有守禁者皆無令無事者得稽留止其旁」，舊本「止」作「心」，畢沅云：「『心』當為『必』，或衍一『稽』字。」王引之云：「改『心』為『必』，義仍不可通。『心』當為『止』，言勿令無事者得稽留而止其旁也。隸書『止』『心』相似，故『止』訛為『心』。」孫氏云：「王校是也，蘇說同，今據刪正。倭刻茅本校云：『心一作止。』正與王校同。」

皆是其例也。

〔註 6〕見梁啟超，《中國近三百年學術史》，頁 249。
〔註 7〕見俞樾，《諸子平議‧序目》。
〔註 8〕見《閒詁‧自序‧後記》。

1-2 參驗群書

清儒校讎群籍，異本「對校」〔註9〕而外，又喜據古注、類書及關係書之所稱引，以資質證，此所謂「他校法」〔註10〕也。蓋「故書常因古注、類書（及關係書）之稱引，而存其本來面目」，故雖「斷圭碎璧，亦足為篋櫝之珍」也〔註11〕。孫氏亦箇中翹楚，其所徵引以校注《墨子》之古籍，多達數百餘種，可謂博矣，說詳下章第一節。其中有助於校勘者，如：

〈辭過〉「未知為宮室時」畢沅云：「舊脫『室』字，據《太平御覽》
增。」孫氏曰：「趙蕤《長短經·適變篇》引亦有『室』字。」

又如：

〈尚賢下〉「明於小而不明於大也」孫氏云：「上『於』字舊本脫，今
據《群書治要》增，與下文合。」

皆是幸賴類書之徵引，而存其本來面目也。

不唯如此，孫氏於所徵引諸書，又往往擇其善本而從之。如其在《周禮正義·略例十二》所云：「舉證古書，……所據或宋、元舊槧，或近儒精校，擇善而從，多與俗本不同。其文義殊別，有關恉要者，則於疏中特箸某本。」其治《墨子》，亦復如此，如：

〈明鬼下〉「其三年」畢沅云：「《文選注》引作『必死吾君之期』。韋
昭注《國語》引『三』作『二』。《太平御覽》引作『後三年』」。俞樾云：
「『必使吾君知之』絕句，『其』下脫『後』字，本作『其後三年』。《太平
御覽》引此文正作『後三年』，但刪『其』字耳。韋昭注《周語》引作『後
二年』，雖誤『三為二』，而『後』字固在，皆可為證。《文選·劉孝標重
荅劉秣陵書》注，引作『必死吾君之期』，則誤『其』為『期』，而屬上讀，
且誤『使』為『死』，又脫『知』字，文不成義，不足據也。」孫氏云：「宋
尤袤本《文選注》惟『其』作『期』，餘並與今本同。《國語》韋注宋明道
本，亦正作『三年』。畢、俞並誤據俗本疏矣。《史記·周本紀·正義》引
《周春秋》，亦作『後三年』」。

又如：

〈備城門〉「大鋌，前長尺」畢沅云：「〈考工記〉云『鋌十之』，注云：
『鋌讀如麥秀鋌之鋌。』鄭司農云：『鋌，箭足入槀中者也。』《說文》云：

〔註9〕「對校法」見陳垣先生，〈校勘學釋例〉，收錄於《陳垣史學論著選》。
〔註10〕「他校法」見陳垣先生，〈校勘學釋例〉，收錄於《陳垣史學論著選》。
〔註11〕說詳王叔岷先生，《校讎學》，頁71～87。

『鋌，銅鐵樸也。』陸德明《周禮音義》『徒頂反』。」孫氏云：「古兵器無名鋌者。『鋌』疑並『鋋』之誤。《說文‧金部》云：『鋋，小矛也。』《六韜‧軍用篇》云：『曠野草中，方胸鋋矛千二百具，張鋋矛法，高一尺五寸。』今本《六韜》亦誤『鋌』，惟施氏講義本不誤，後文別有連梃，與此異。」

此皆「擇善而從」，「與俗本不同」，而「文義殊別，有關悄要者」也。

1-3 審定文例

熟悉古書文例，亦校書之一法，所謂「本校法」〔註12〕是也。孫氏之於《墨子》文例，亦多所措意，故勝義日出，不刊之論多矣，說詳下章第五節。其中有助於校訂原書者，略舉數例如下：

〈尚同中〉「賞譽不足以勸善，而刑罰不沮暴」孫氏云：「『沮暴』上，亦當有『足以』二字。」

案：上文亦云：「賞譽不足以勸善，而刑罰不足以沮暴。」〈尚同下篇〉亦云：「故計上之賞譽，不足以勸善。計其毀罰，不足以沮暴。」皆有「不足以」三字，吳毓江亦云：「李本、縣眇閣本並作『不足以沮暴』，今從之。」皆足以證成孫說。

又如：

〈公孟〉「處而不出有餘粞」孫氏云：「『粞』，舊誤『精』。王校下文諸『精』字皆爲『粞』，惟此未正。今審校當與彼同。《淮南子‧說山訓》云『巫之用粞藉』，高注云：『粞，祀神之米。』」

皆是審定文例以校正原書之失也。

1-4 以理推求

陳垣云：「段玉裁曰：『校書之難，非照本改字，不訛不漏之難，定其是非之難。』所謂理校法也。遇無古本可據，或數本互異，而無所適從之時，則須用此法。此法須通識爲之，否則鹵莽滅裂，以不誤爲誤，而糾紛愈甚矣。故最高妙者此法，最危險者亦此法。」〔註13〕是理校法乃校勘之最高法門，而孫氏亦善爲之，如：

〈節葬下〉：「仁者將興之天下，誰賈而使民譽之，終勿廢也。」孫氏云：「『誰賈』義不可通，當爲『設置』之誤。〈兼愛下篇〉『設以二士』，『設』今本亦訛作『誰』，可證。『置』與『賈』亦形近而訛。畢校一本作『霸』，

〔註12〕「本校法」見陳垣先生，〈校勘學釋例〉，收錄於《陳垣史學論著選》。

〔註13〕「理校法」見陳垣先生，〈校勘學釋例〉，收錄於《陳垣史學論著選》。

尤訛謬不可據也。下文云『仁者將求除之天下，相廢而使人非之。』興與除，置與廢，譽與非，文並相對也。」

乃由下文文義，及〈兼愛〉之「設」字亦訛作「誰」，推度「誰賈」當為「設置」之誤，所校極是。蓋古書兩字同時訛誤之例，間亦有之，如本篇下文「後得生者而久禁之」，「後得」殆為「從事」之訛，說詳下文（參第七章第（26）則）。

由上所述，知孫氏之於校勘諸法，嫻熟運用，而迭有創見，故王叔岷先生譽之為「乾、嘉以來，校讎之業，惟瑞安孫詒讓最為精審，幾可與王氏父子頡頏」〔註14〕，允為知言也。

2. 校勘之疏失

《顏氏家訓·勉學篇》云：

校定書籍，亦何容易！自揚雄、劉向方稱此職耳。觀天下書未徧，不得妄下雌黃。或彼以為非，而此以為是；或本同末異；或兩文皆欠，不可偏信一隅也。

可見校勘之難。即「照本改字，不訛不漏」，亦非易事，宋沈括《夢溪筆談》卷二十五云：

宋宣獻博學，喜藏異書，皆手自校讎。嘗謂校書如掃塵，一面掃，一面生。故有一書，每三四校猶有脫繆。

是校書誠難也〔註15〕。故精於校勘即如孫氏者，其審定之際，恐亦難免囿於私見，或蔽於耳目，未必盡能復原書之舊也。茲分別論之。

2-1 校勘訛漏

夫校勘欲求「不訛不漏」，理雖可能，實則難至。孫氏之校《墨子》，亦多訛漏。如：

〈法儀〉：「其賊人多。」「其賊」舊作「賊其」，孫氏引俞樾云：「當作『其賊人多』，與上文「其利人多」相對。」

案：孫氏據俞校乙，是也。然陳柱云：「考《治要》所引，正作『其賊』。而俞孫二家，據《治要》以校墨子，均未之及，未免漏略。」〔註16〕是也。又如：

〈非命中〉「雖昔也三代之窮民，亦由此也。」孫氏云：「《治要》『窮』作『偍』，與下文同。」

〔註14〕說詳王叔岷先生，《校讎學》，頁44。
〔註15〕說詳王叔岷先生，《校讎學》第四章「申難」。
〔註16〕見《墨學十論·歷代墨學述評》，頁242。

案：龍師宇純云：「下文『雖昔也三代之僞民，亦猶此也。繁飾有命，以教眾愚樸人。』《治要》此云：『雖昔也三代之僞民，亦猶此也。繁飾有命，以教眾愚。』觀其『猶』不作『由』而作『猶』，『亦猶此也』下且有『繁飾有命，以教眾愚』之句，則《治要》所錄爲下文，非此文也，不得云《治要》『窮』字作『僞』也。孫氏失檢。」〔註17〕其說至塙。此乃孫氏校勘之訛誤處也。

又如：

〈公孟〉且有二生於此，善筮（案：此據王氏校改，孫氏云：「舊本『筮』訛『星』，王據下文改。」），一行爲人筮者，一處而不出者，行爲人筮者（孫氏云：「此十一字舊脱，王據上下文義補。」）與處而不出者，其糈熟多？」

案：吳汝綸云：「『善星一』句。『善星』即善占星，猶云『日者』也。『一』者，同也。下無脱文，王氏增改，由失其句也。」吳毓江云：「吳說是也。……劉孝標〈辨命論〉曰：『爲善一，爲惡均。』其句法正與此『善星一』、『仁義鈞』相似。」說皆極是，故原文當作：「且有二生於此，善星一。行爲人筮者，與處而不出者，其糈孰多？」孫氏從王校改非也。凡此，皆《閒詁》校勘之訛漏，而亟待補正者也。

2-2 版本未備

前項所述，乃據孫氏所已見之《墨子》舊本，取以覆勘，訛漏時有。而孫氏所未見之版本尤多，如正德俞鈔三卷本、正統道藏原本、縣眇閣本……等等皆未之見也，近人吳毓江氏廣爲搜集訪求其所未逮者，至十五種之多，而現存古刊本《墨子》殆已爲之網羅無遺矣〔註18〕。持以校讎孫書，異同時有。如：

〈親士〉「分議者延延」孫氏引洪頤煊說云：「延延，長也。」

案*1：王闓運云：「『延』當作『廷』，『廷廷』，正直也。」吳毓江云：「『延延』陸本作『廷廷』。《新序・雜事五篇》曰：『主明臣賢，左右多忠主。有失皆敢分爭正諫。』此『分議』猶彼『分爭』也。」說皆是。蓋「廷」字有正直義，《風俗通》：「廷，正也。」《蒼頡篇》：「廷，直也。」合爲疊字讄語「廷廷」，亦爲正直之義，如《左傳・襄五年》「周道挺挺」注：「挺挺，正直也。」即爲此之比。而所謂「分議者廷廷」，殆即《新序》之「分爭正諫」，「分議」

〔註17〕見龍師，〈墨子閒詁補正〉，收錄於《學術季刊》第四卷第二期。

〔註18〕參《墨子校注・自敘》，頁4。

＊ 案語後有＊符號者，表示又見於第七章之補正條目。

猶分辨、爭論之意，「廷廷」則狀其正曲使直、正直之貌，而與上文之「君必有弗弗（《說文通訓定聲》：「弗，矯也。」即矯正之意。）之臣」，正相呼應。故知王說可從，而陸本適足以證成之也。

又如：

〈非攻中〉「雖北者且不一著何」孫氏云：「道藏本如此。」

案：吳毓江校作「且一不著何」，云：「道藏本作『且一不著何』，孫謂作『且不一著何』者，蓋由於顧校本偶然筆誤，而孫氏又無原本以訂正之也。諸本並作『且一不著何』，無作『且不一著何』者。」是比合而觀，其誤立見也。

2-3　體例不一

孫氏於《閒詁・自序・後記》云：「凡譌脫之文，舊校精塙者，徑據補正，以資省覽。其以愚意訂定者，則箸其說於注，不敢專輒增改，以昭詳慎。」立意甚佳，蓋校勘古書，最忌安改，致真像反晦；然於其實際從事校勘之際，並未謹守此原則，鄭吉雄云：「凡譌脫之處，於徑行刪改抑或箸於注文之間，實並無一定之體例也。」〔註19〕最顯著之例，如：

〈非攻下〉：「故當若非攻之為說，而將不可不察者此也。」孫氏引王念孫說云：「『不可不察者此也』，本作『不可不察此者也』。……今本『此者』二字倒轉。」

是孫氏於此雖從其說而不為之正。然於〈節葬下〉之相同文例，則徑行乙作「故當若節喪之為政，而不可不察此者也。」而云：「『此者』二字，舊本倒，今依王校乙，詳〈非攻下篇〉。」故同一文例也，而有不同之處理方式，或校而不改、或校而徑正，若無體例可言。尤有甚者，吳毓江嘗批評其「于〈備城門篇〉輕加移易，甚有底本不誤而移之反誤者，錯亂之跡，幾于不可復識矣。」〔註20〕若於：

「與計事得」下補「先」至「用人少易守」四十三字，而云：「以上四十三字舊本誤錯入〈雜守篇〉，今審定與此上下文正相承接，移箸於此。」

即是並無實據，但憑臆斷，而專輒增改者也。諸如此類之例頗有，其持例之不謹，或因篇幅浩瀚之故乎？

〔註19〕參〈論墨子傳本及版本的幾個問題〉，收錄於臺大中文學會主編之《新潮》第四十四期。

〔註20〕參《墨子校注・附錄二》，頁884。

第二節　考證輯錄方面

1. 考證輯錄之範疇

　　乾嘉之學世或稱之爲「考證之學」〔註21〕，則其學與考證之淵源可知也。至於「輯佚」之業，亦入清後而成專門之業，本起於漢學家之治經，其後茲業日昌〔註22〕。故即在此二種學風浸淫濡染下，孫氏之爲《閒詁》，「訓詁」而外，書後並有〈附錄〉及〈後語〉，專門蒐集、考辨有關墨子研究之各項資料，「凡墨翟行事之本末，道術之源流，學說之精微，史遷之所不詳，後儒之所勿考者，咸檢覈載籍，條貫而闡明之。」〔註23〕目之爲「墨學全書」〔註24〕可也。茲以其考證、輯錄之所得，或可與訓詁相發明，故亦繫於斯。今即略舉其犖犖大端如下：

1-1 考證墨子生平

　　夫讀其書，不可不知其人也。故孫氏爲作〈墨子傳略〉及〈墨子年表〉，載於〈後語〉，以考見墨子之生平事蹟，而所言大體不謬。如考墨子爲魯人之說，最得其實。又考墨子之生卒年代爲周定王初年至安王之季，即不中亦不遠矣〔註25〕。再如墨子之遺事，在西漢時已莫得其詳，故太史公爲《史記》，僅於〈孟荀列傳〉末附綴墨翟姓名，「尚不能質定其時代，遑論行事」，而孫氏則就現存《墨子》書五十三篇鉤考之，而得其梗概，並依據年代表列之，然後世人始對墨子之生平事略，有較爲系統之認知，故孫氏嘗自謂其說「雖不盡詳塙，然愈於馮虛臆測，舛誤不驗者爾。」〔註26〕其後錢穆、方授楚、吳毓江等之〈墨子年表〉，皆本於此而再加推敲也〔註27〕。

1-2 考證《墨子》書

　　《墨子》一書原有七十一篇，今僅存五十三篇，關於其篇目存亡之考定，畢沅已啓其端，孫氏則續有校補，即〈附錄〉之〈墨子目錄〉及〈墨子篇目考〉是也。

〔註21〕參梁啓超，《中國近三百年學術史》，頁25。
〔註22〕參梁啓超，《中國近三百年學術史》，頁288。
〔註23〕見張寬文，〈孫仲容先生年譜簡編〉，收錄於《瑞安文史資料第六輯》。
〔註24〕朱宏達，〈孫詒讓和墨學研究〉，收錄於《墨子研究論叢（二）》。
〔註25〕關於墨子之生卒年代，由於史料不足，故異說紛紜，難以質定。繼孫氏而後，胡適、梁啓超、錢穆、方授楚諸人皆續有訂綜合而論，以爲墨子至早生於周敬王三十年，至遲生於貞定王初年；至早卒於周威烈王二十三年，至遲卒於周安王二十一年（參周師富美〈墨子書中的儒（上）〉，收錄於《故宮圖書季刊》第三卷第四期）。
〔註26〕見〈墨子年表〉。
〔註27〕參錢著，《墨子》附〈墨子年表〉；方著，《墨學源流》第一章〈墨子之身世〉；及吳著，《墨子校注·附錄三》。

其中如據〈備城門篇〉禽滑釐與墨子問答之備十二攻具之技術，以考訂今本〈備城門〉以下缺佚篇目，最具卓識。

而就現存五十三篇言之，孫氏略分其爲四類：以爲「自〈尚賢〉至〈非命〉三十篇，所論略備，足以盡其愷要矣」；「〈經〉〈說〉上下篇，與莊周書所述惠施之論及公孫龍書相出入，似原出墨子，而諸鉅子以其說綴益之」；「〈備城門〉以下十餘篇，……於墨學爲別傳」；「惟〈脩身〉、〈親士〉諸篇，……校之它篇殊不類。〈當染篇〉又頗涉晚周之事，非墨子所得聞，疑皆後人以儒言緣飾之，非其本書也。」〔註28〕規模粗具，其後梁啓超、方授楚、欒調甫諸人分別訂定之五組、六部等〔註29〕，殆即肇端於此。而其中又以疑〈脩身〉、〈親士〉、〈當染〉諸篇非爲墨子所自著，疑前人所不疑，慧眼獨具，宜乎梁啓超譽之爲「辨僞眼光遠出諸家之上」〔註30〕也。

至於《墨》書之內容，孫氏亦多所考定之，如：

〈魯問〉「鄭人三世殺其父」蘇時學云：「『父』，當作『君』。據《史記·鄭世家》云：『哀公八年，鄭人弑哀公而立聲公弟丑，是爲共公。三十年共公卒，子幽公巳立。幽公元年，韓武子伐鄭，殺幽公，鄭人立幽公弟駘，是爲繻公。二十七年，子陽之黨共弑繻公』。是二世弑君之事也。」孫氏云：「黃式三《周季編略》亦同蘇說，黃氏又據此云：『三年不全，以魯陽文君攻鄭在安王八年，即鄭繻公被弑後三年也。』然二說並可疑。考文君即公孫寬，爲楚司馬子期子。據《左傳》，子期死白公之難，在魯哀公十六年，次年寬即嗣父爲司馬，則白公作亂時，寬至少亦必巳弱冠。鄭繻公之弑，在魯穆公十四年，上距哀公十六年，巳八十四年，文子若在，約計殆逾百歲，豈尚能謀攻鄭乎？竊疑此『三世』，並當作『二世』，蓋即在韓殺幽公之後。幽公之死當魯元公八年，時文子約計當七十餘歲，於情事儻有合耳。」

乃據其年代之考證，推斷「三世」當爲「二世」之誤，而有俾於校釋也。

1-3 考證墨學流傳

《呂覽·當染篇》有云：「孔、墨之後學，顯榮於天下者眾矣，不可勝數。」墨學之盛極一時，可以想見矣。然經「獷秦隱儒，墨學亦微」，至西漢而墨竟絕。「墨子既蒙世大詬，而徒屬名籍亦莫能紀述」，故孫氏乃勾集《墨子》本書及其他古籍之

〔註28〕見《閒詁·自序》。
〔註29〕參梁著，《墨子學案》第一章〈總論〉、方著，《墨學源流》第三章〈墨子書之考證〉、及欒著，〈墨子要略〉，收錄於《墨子研究論文集》。
〔註30〕參梁啓超，《中國近三百年學術史》，頁254。

記載，而得墨子弟子、再傳弟子、三傳弟子……等等都三十餘人，爲作〈墨學傳授考〉〔註31〕。而自孫氏「以後各家，更爲窮搜冥索，竟不能增加」〔註32〕，可見其賅備矣。

1-4 輯錄墨子相關資料

孫氏又有感於墨子之「遺文佚事，自七十一篇外所見殊尟」，故繼畢沅後，重行校補〈墨子佚文〉，足補畢氏之所未備。又爲〈墨子緒聞〉，采「秦漢舊籍所紀墨子言論行事」，「咸爲甄綴」。而其〈墨家諸子鉤沈〉，收錄墨家四子、隨巢子、胡非子、田俅子，以及纏子之佚文，「以見先秦墨家沿流之論」也。此外，〈墨子舊敘〉及〈墨學通論〉則分別輯錄後世《墨子》書之序跋及諸子對墨家之評語。要之，孫氏對墨學研究之各項資料，可謂罔不鉤稽輯佚，搜集殆盡矣。雖然，其百密之疏，仍在所難免，說詳下文。

2. 考證輯錄之疏失

由前章所述，知孫氏用於《墨子》之考證、輯錄工夫，可謂至爲勤苦，厥有豐功。然小疵不免，茲分述如下：

2-1 考墨子生平之失

孫氏所考定之墨子生平事略，後人雖續有修訂，而大體不謬；唯其中從《史記》之說，以爲墨子曾仕宋，爲宋大夫，則殊非。梁啓超辯之甚詳，云：

> 查本書中，絕無曾經仕宋的痕跡。太史公或因墨子曾救宋難，所以說他仕宋。其實墨子救宋，專爲實行他的兼愛非攻主義，那裡論做官不做官呢？墨子曾說：「道不行不受其賞，義不聽不處其朝。」〈貴義篇〉當時的宋國，就會行其道聽其義嗎？墨子是言行一致的人，如何肯立宋之朝？所以我想：墨子始終是個平民，沒有做過官的〔註33〕。

說至允當。故墨子固以「賤人」自居〔註34〕，蓋未曾出仕也。

2-2 考《墨子》書之失

孫氏對《墨子》之篇目、篇題、作者，考訂精審；然猶有未達者，如對〈墨經〉及二〈取〉之所以名篇，即未得其解。夫孫氏於〈墨經〉題名之義不著一字，殆即

〔註31〕參〈墨學傳授考〉。
〔註32〕見楊俊光，《墨子新論》，頁282。
〔註33〕見《墨子學案》，頁3。
〔註34〕見〈貴義篇〉。

從畢沅等舊說以「經」為經典義。案[*41]：今以先秦古書自名為「經」者，〈墨經〉之外，尚有《管子》之「經言」、《韓非子》〈內、外儲說〉之「經」，以及〈八經篇〉等，然此數篇雖亦名為「經」，曾無人視之為《管子》或《韓非子》之經典，則知經字之義決非指經典，甚明矣〔註35〕。再觀此數篇語多簡約，而文多界說，如《韓非子‧內儲說》、〈外儲說〉諸篇之「經」與「說」同在一篇之中，其「經」先標舉諸目，以一、二語簡要界定之，其下箸明「其說在……」；而在「經」之後，另有「說」之一部專門加以申說之，如〈內儲說上〉之「經」標舉「參觀一」等七目，而於「參觀一」下界定云：「觀聽不參則誠不聞，聽有門戶則臣雍塞。其說在侏儒之夢見竈（下略）。」其後則另立「說」之一部詳加申說，故與《墨子》〈經〉、〈經說〉之體例直可謂如出一徹。梁啟超因詮釋此種體例為：

> （〈墨經〉）〈經上〉很像幾何學書的「界說」、〈經下〉很像幾何學的「定理」，〈經說上〉、〈經說下〉就是這種「界說」「定理」的解釋〔註36〕。

說至諦。故知諸篇之題名為「經」者，非以其內容，乃以其體例也，一如名「說」者亦在名其體為說明體。又因「經」字可有界義，《周禮‧司市》「以次敘分地面經市」注：「經，界也。」則「經」之名殆即取其界定、界說義，謂其體例在界定、界說也，故語多簡約，而往往有「說」加以申說之。

至於二〈取〉者，孫氏謂「亦〈墨經〉之餘論，其名〈大取〉、〈小取〉者，與取譬之取同。」說亦失之。蓋墨子尚實用，故重「取」（取者，擇取、判斷也。）甚於「名」，〈貴義〉云：「今瞽曰：『鉅者白也，黔者黑也。』雖明目者無以易之。兼白黑，使瞽取焉，不能知也。故我曰：『瞽不知白黑者，非以其名也，以其取也。』」〈經下〉云：「知其所以不知，說在以名取。」〈經說下〉：「雜所智與所不智而問之，則必曰：『是所智也。是所不智也。』取去俱能之，是兩智也。」皆是其例證。故其書既有〈墨經〉「以立名本」，自亦當有二〈取〉以明取去之道，義方圓融。觀其文中有云：「於所體之中，而權輕重之謂權。」「死生利若，非（今案：原作『一』，從孫校改。）無擇也。」「愛之相若，擇而殺其一人……。」是果在闡明擇取、判斷之道也。而孫氏反以二〈取〉亦屬〈墨經〉之列，云：

> 〈墨經〉即墨辯，今書〈經〉、〈說〉四篇及〈大取〉、〈小取〉二篇，

〔註35〕周師富美已略言及此，周師云：「《韓非子‧內、外儲說》六篇文體模仿〈墨經〉辯體，經與說在同一篇中，先以「經」標舉所陳之義，後以「說」證以實例詳加說明，這正可證明「經」非經典之義。」（〈墨辯與墨學〉，收錄於《臺大中文學報》創刊號。）

〔註36〕見《墨子學案‧墨家之論理學及其他科學‧墨經與墨辯》。

　　蓋即相里子、鄧陵子之倫所傳誦而論說者也〔註37〕。
不知二〈取〉之作，正所以救〈墨經〉重名之偏執，二者相輔相成，然不得混爲一
談，孫說殊失墨旨〔註38〕。

2-3　考墨學流傳之失

　　孫氏所考定之墨子諸弟子中，方授楚以爲「魏越」疑係地名而非人名，「跌鼻」
似亦非弟子，此外方氏又增補姓名不詳者三人〔註39〕。蔣伯潛則以爲「末三人（彭
輕生子、孟山、弦唐子）孫氏以《墨子》中但記其問答，未能確知爲弟子，故列入
附錄。但前十五人中，亦有但記問答者，孫氏何以不加區別，殊不可解。」〔註40〕
凡此殆皆孫氏一時之失察也。

2-4　輯錄之失

　　畢、孫二氏對《墨子》佚文之蒐輯頗勤，然猶偶有失檢者，李笠、王叔岷先生
等皆嘗爲之校補，足以補其未備〔註41〕。若茲之類，皆前修未密，而後出轉精者也。

〔註37〕見〈墨子後語上・墨子傳授考・案語〉。
〔註38〕參拙著，〈再論〈墨經〉、二〈取〉之篇名及其相關問題〉，收錄於《大陸雜誌》102卷
　　　　3期。
〔註39〕參《墨學源流・墨學之傳授》。
〔註40〕參《諸子通考》，頁220。
〔註41〕參李著，《定本墨子閒詁校補・附編・墨子佚文》、及王著，〈墨子斠證・佚文〉。

第五章　《閒詁》訓詁方法述略

　　前章所述，乃《閒詁》於校勘、考證、輯佚諸方面之貢獻，唯《閒詁》全書之著作旨趣及最大成就，仍在訓詁一端，所謂「卒最精者乃在小學」是也〔註1〕。

　　清代小學鼎盛，清儒以小學為治經之塗徑，嗜之甚篤，附庸遂蔚為大國〔註2〕，而於文字、聲韻、訓詁諸方面，皆有長足之進步；再以小學所得知識，討治古籍，率皆無往不利，能發前人所未發，故小學實為清儒治學之最大利器。孫氏亦深諳個中三昧，其《閒詁》得力於文字、聲韻、訓詁之學者良多。蓋《墨子》一書多古言古字，畢沅已有言：「《墨》書傳述甚少，得毋以孟子之言，轉多古言古字。」〔註3〕孫氏亦謂：「《墨子》書舊多古字。許君《說文》舉其『羛縋』二文，今本並改易不見。則其為後人所竄定者，殆不知凡幾。蓋先秦諸子之訛舛不可讀，未有甚於此書者。」〔註4〕逮《閒詁》出，厥後《墨》書始可通讀。故訓詁古言古字，困難雖多，然亦為《閒詁》之最大成就所在。除此之外，《閒詁》於訓詁之際，又常運用參驗群書、審定文例及疏證名物諸方術，而亦皆能有所發明，故今即一併評介之，以為〈《閒詁》訓詁方法述略〉。

第一節　參驗群書

　　乾嘉實學矜尚「實事求是，不主一家」，故孫氏之治《墨子》，即旁摭眾家，采畢沅以下清代諸儒討論墨學之書者，達數十家，誠為「集諸說之大成」也；復斷之

〔註1〕見章太炎，《檢論·清儒》。
〔註2〕見章太炎，《檢論·清儒》。
〔註3〕見《墨子注·敘》。
〔註4〕見《閒詁·自序·後記》。

以己見，於諸說「從善匡違，增補扁略」〔註5〕，故終能「成一家之言」矣。另一方面，乾嘉實學「實事求是」之另一具體表現，即爲「無徵不信」，凡舉一誼，輒徵引他書，廣爲搜證，所謂「參之他經，證以成訓，雖別爲之說，亦無不可。」〔註6〕故所立說多塙鑿不刊，足爲定讞，此清學所以異於前代也。而亦爲孫氏取法焉，嘗謂其立說取證「或求之於本書，或旁證之它籍及援引之類書。」〔註7〕可見其搜證之廣博。茲即略述《閒詁》引書之道也。

1. 參驗群書之範疇

1-1 博采墨學相關書籍

墨學自漢以降，「傳誦既少，注釋亦稀」〔註8〕。至清畢沅始爲之注，嗣是以來，注家迭起，孫氏即云：「余幸生諸賢之後，得據彼成說以推其未竟之緒。」〔註9〕故其校注墨子，博稽眾家之說，且「聲明來歷」，「絕不攘善，於著述家道德守之最嚴」〔註10〕，斯亦乾嘉流風也。今試爲列舉其書中所稱引之各家於後：計有王引之、王念孫、王紹蘭、王鳴盛、孔廣森、江聲、汪中、宋翔鳳、李淳、吳玉搢、邵晉涵、段玉裁、洪頤煊、胡承珙、俞正燮、俞樾、孫星衍、馬瑞辰、殷家儁、張文虎、張惠言、畢沅、陳奐、陳喬樅、陳壽祺、陳澧、梁履繩、莊述祖、惠棟、黃紹箕、鈕樹玉、鄒伯奇、楊葆彝、翟灝、劉台拱、劉逢祿、劉嶽雲、鄭復光、錢大昕、盧文弨、閻若璩、戴望、蘇林、蘇時學、顧廣圻等等，凡四十五家，可謂夥矣。其中固不乏墨學名家，曾撰寫墨學專著者，如王念孫有《讀書雜志‧墨子雜志》、洪頤煊有《讀書叢錄‧墨子》、俞樾有《諸子平議‧墨子平議》、張惠言有《墨子經說解》、畢沅有《墨子注》、戴望有《墨子校記》、蘇時學有《墨子刊誤》等等皆屬之。然「自畢書外，……其餘均不列入《墨子》原文。故著者雖眾，散見各家之書，未便學者研誦；其於墨學猶未爲大功也。」至《閒詁》始「博采諸家之說，錄入《墨子》本文之下。」〔註11〕是畢其功於斯書矣。尤可貴者，其中又或有本非以墨名家，僅有單文零篇，甚至隻字片語偶及於《墨子》，而說頗可采者，孫氏亦備錄之。如：

〈尚賢下〉：「於先王之書，〈呂刑〉之書然：『……告女訟刑』。」「訟」

〔註5〕見《閒詁‧黃跋》。
〔註6〕見《經義述聞‧序》。
〔註7〕見《札迻‧序》。
〔註8〕見《閒詁‧俞序》。
〔註9〕見《定本閒詁‧自序》。
〔註10〕參梁啓超，《中國近三百年學術史》，頁223。
〔註11〕參陳柱，《墨學十論‧歷代墨學述評》，頁198。

字孔傳本作「祥」，孫氏引王鳴盛之說云：「《墨子》作『訟』，從『詳』而傳寫誤。」

王氏語出《尚書後案》。

〈非樂上〉「於〈武觀〉曰」，孫氏引惠棟曰：「此逸文敘武觀之事，即〈書序〉之五子也。」

語出惠氏《古文尚書考》。

由此可見孫氏蒐錄之勤，譬猶披沙揀金，而鉅細靡遺，故終能成其大。

1-2 廣徵古注、類書及關係書

孫氏於《札迻・序》自述：「既又治《周禮》及墨翟書，為之疏詁。稽覽群籍，多相通貫。」今考《閒詁》所稽覽、取證之群籍，多達數百餘種，可謂浩繁矣，茲不一一贅述。唯其書大抵取材自古注、類書以及關係書[註12]。古注如《十三經注疏》、《戰國策注》、《呂氏春秋注》、《淮南子注》、《楚辭注》、《三國志注》、《史記三家注》、《水經注》、《漢書注》、《荀子注》、《文選注》……等等。類書如《北堂書鈔》、《群書治要》、《藝文類聚》、《初學記》、《意林》、《六帖》、《太平御覽》、《玉海》……等等。關係書則如《荀子》、《韓非子》、《莊子》、《淮南子》、《呂氏春秋》、《說苑》、《新序》……等等，皆為其主要徵引對象，範圍遍及經、史、子、集各部，至為周備矣。

而於此諸書中，孫氏得力於《周禮》者尤深。蓋其覃思墨學，撰寫《閒詁》之際，亦正為修訂另一部力作《周禮正義》之時，可謂雙管齊下，而又互相貫徹。故時以《周禮》之典章制度及所涉及之文史知識，以印證《墨子》，增強《閒詁》之學術權威性[註13]，說詳第六節。

此外，又鑑於〈墨經〉及〈備城門〉以下諸篇，或涉自然科學及兵法等專門之學，孫氏又嘗稽徵各類專書，如沈括之《夢溪筆談》、鄭復光之《鏡鏡詅癡》等科學專著，及李筌《太白陰經》、《六韜》等兵書，俱可見其涉獵之淵博也，亦詳第六節。

而孫氏既徵引此諸書，或據以疏證《墨子》、或據以參校《墨子》。據以疏證者，如：

〈節用中〉「斗以酌」孫氏云：「《詩・大雅・行葦》云：『酌以大斗。』」

即引《詩》以疏證之。

〈非命上〉「而禍不可諱」孫氏云：「『諱』當讀為『違』，同聲假借字。

〔註12〕古注、類書以外，凡一書引用某書，或因襲某書，則書謂之關係書。參王叔岷先生《斠讎學》，頁 79。

〔註13〕參朱宏達，〈孫詒讓和墨學研究〉，收錄於《墨子研論叢（二）》。

> 《禮記・緇衣》:『太甲曰:天作孽,猶可違也。』鄭注云:『違猶辟也。』」

乃引《禮記》以爲證驗。

據以參校者,於上章第一節「參驗群書」項已具論之,茲更舉一例以明之,如:

> 〈法儀〉:「無巧工不巧工,皆以此五者爲法。」孫氏云:「以〈考工記〉校之,疑上文或當有『平以水』三字,蓋本有五者,而脱其一與?」

即參《周禮》以校之。故參驗群書,多相通貫,果有俾於校注也。

1-3 勤檢字書

此之字書,乃謂廣義之字書,包括詞書(如《爾雅》)及韻書(如《廣韻》)而言之。孫氏對此等字書之檢驗甚勤,《閒詁・自序・後記》嘗謂:「今謹依《爾雅》、《說文》正其訓詁。」實則其所檢索之字書,除《爾雅》、《說文》而外,時見引用《急就篇》、《小爾雅》、《方言》、《釋名》、《玉篇》、《廣雅》、《干祿字書》、《經典釋文》、《一切經音義》、《華嚴經音義》、《廣韻》、《集韻》、《隸釋》、《類篇》、《正字通》及《經傳釋詞》等等小學典籍,故往往能以形索義,而正其訓詁。如:

> 〈非命下〉「多治麻統葛緒」畢沅云:「『緒』,『紵』字假音。」孫氏云:「『緒』,當依畢讀作『紵』。《說文・糸部》云:『緒,絲耑也。』『紵,檾屬,細者爲絟。』布白而細曰紵,重文綒,云『紵或从緒省』。此與《說文》或體聲同。蘇謂『絮通』,非是。」

即依據《說文》或體以斷定假借。又如:

> 〈經說下〉「夾寑者」孫氏云:「《說文・宀部》云:『寑,籀文省人作寁。』」此又省又作『寑』。《集韻・四十七寑》云:『寑,古作寑。』」

則據《說文》及《集韻》以辨識或體。若此,皆有得於字書者也。

2. 參驗群書之方法——從善、匡違、補闕、存疑

夫孫氏之採摭眾說,非徒僅知排比成書,而又能裁奪得失以定其是非,補其闕略,如俞樾於〈序〉中所論:

> 於是瑞安孫詒讓仲容乃集諸說之大成,著《墨子閒詁》。凡諸家之說,是者從之,非者正之,闕略者補之。

所言極是。茲略舉數列以證成之,如:

> 〈尚賢中〉「從而賊之」,「賊」舊本訛「賤」,王念孫云:「『賤』當爲『賊』字之誤也。」孫氏云:「王說是也,今據正。」

從王說以「賤」當爲「賊」字之誤,此「是者從之」之例。又如:

> 〈尚賢上〉「尚欲祖述堯舜禹湯之道」,王引之云:「尚與儻同。」孫

氏云：「王說未塙。『尚』疑與『上』同，〈下篇〉云：『上欲中聖人之道』。」
乃以「尚」當同「上」而非「儻」，以非王說，此「非者正之」之例。再如：

〈親士〉「越王勾踐遇吳王之醜」蘇時學云：「醜，猶恥也。」孫氏云：
「《呂氏春秋・不侵篇》『欲醜之以辭』高注云：『醜，或作恥。』」

則據補《呂覽》高注，以證成蘇說，此「闕略者補之」之例也。至若：

〈天志下〉「婦人以爲舂酋」孫氏云：「（上略）畢說是也。《周官・舂
人》有『女舂抌二人』，鄭注云：『女舂抌，女奴能舂與抌者。抌，抒臼也。』
《說文》『舀』或作『抌』。此以舂酋連文，則『酋』即『抌』之假字可知。
《墨》、《呂》二書義本不同，王、宋說非。」

則此三者之綜合運用也。故《閒詁》一書實可視爲以孫氏爲主之清代學者校注《墨
子》之成果匯粹[註14]。而欒調甫譏之爲：「然孫氏識斷甚劣，其於墨子學說亦無
甚深得。採摭諸家校語，雖稱詳備，然亦僅知排比成書，未能裁奪得失以定一說。」
[註15]未免執其小以誣其大，非持平之論。

另一方面，諸古書之說法亦有不盡相合，甚至互相抵牾者，孫氏於徵引之際，
亦善於折衷、取捨異說，如於：

〈尚同中〉「苗民否用練」孫氏云：「〈呂刑〉及〈緇衣〉孔疏引《書》
鄭注云：『（中略）。』又鄭〈緇衣〉注云：『（中略）。』案：鄭《書》、《禮》
二注不同，《書》注與此合，於義爲長。」

〈兼愛中〉「昔者楚靈王好士細要」畢沅云：「《後漢書》注引此云：『楚
靈王好細腰，而國多餓人』。」孫氏云：「《晏子春秋・外篇》云：『楚靈王
好細腰，其朝多餓死人。』《韓非子・二柄篇》云：『楚靈王好細腰，而國
中多餓人。』《後漢書》注疑涉彼二書而誤。」

是於諸書之異說，咸爲之從善、匡違，欒調甫安能譏其「未能裁奪得失以定一說」？

唯諸書之異說，或有由於傳聞之異，倉卒難以質定者，孫氏乃存而不論。如：

〈非攻下〉「越王繄虧」孫氏：「《史記・越世家》則謂勾踐始爲越王。
《史記正義》引《輿地志》云：『周敬王時，有越侯夫譚，子曰允常，拓
土始大，稱王。』案：允常爲勾踐父，《漢書・古今人表》亦云：『越王允
常』，並與《史記》不同。此越王或當是允常，亦未能決定也。又案：《國
語》、《世本》並以越爲芈姓，則疑繄虧或即執疵。」

若茲之類，即多聞而闕疑，不輕加裁斷，以示審慎。

[註14] 參點校本，《閒詁・前言》。
[註15] 見《墨子研究論文集・墨子要略》，頁 107。

3. 參驗群書之疏失

孫氏著《閒詁》，雖參驗群書而備錄之，然其徵采所不及者，容或有之；於諸書之說，雖爲之裁奪得失，匡違補闕，然引據訛誤、曲解原書，乃至取捨失當者，亦不可免。茲分述之。

3-1 徵采未備

前賢論《墨》之專著，如朱亦棟（乾隆年間舉人）之《群書札記》、王樹枏之《墨子斠注補正》（刊於光緒十三年）〔註16〕，成書皆在《閒詁》之前而未錄，是爲遺珠。至其不在專著，而爲孫氏所漏略者，如：朱彝尊《經義考》卷二百六十「引書逸經」舉《墨子‧非命下》「〈太誓〉之言也，於〈去發〉日」之例，而云：「〈去發〉也，〈大明〉也，皆〈太誓〉之篇分而名之者也。……墨子所述秦火以前之書，〈太誓〉、〈大明〉、〈去發〉，初不相紊也。」以〈去發〉爲〈太誓〉之篇，而《閒詁》未錄，殆百密之疏耳。

至於其他諸書，孫氏雖詳爲稱引，然亦偶有未及細審，而爲遺珠者。諸如：

> 〈尚賢中〉「無故富貴」孫氏云：「竊疑『故』當爲『攻』，即『功』之借字，〈下篇〉云：『其所賞者，已無故矣。』『故』亦『攻』之訛，可以互證。」

其說至塙。徵諸《韓非子‧孤憤》：「臣利在無功而富貴。」文意與此同，而正作「無功」，足以證成孫說，惜孫氏未檢及此，但引〈下篇〉之孤證，致人多不信其說也。

3-2 引據訛誤

《閒詁》引書繁多，偶或失檢原典，而有展轉傳鈔致誤者，亦在意中。李笠《校補定本墨子閒詁》，即曾校正其引書訛誤者數則；其後孫以楷點校《墨子閒詁》，「對孫氏所引各書文字，均據原書對勘，擇善而從，並出校語」（〈前言〉），共計校得其引書訛誤者六十則，然其間仍疏漏不免，且但據定本而未覆勘聚珍本，致有聚珍本不誤而僅爲定本刊刻之誤者，點校本亦未能分辨之，而有失《閒詁》之原貌，第三章已論之矣。故今日重爲校勘，分別取聚珍本、定本與原書對校，計得聚珍本不誤而僅爲定本刊刻之誤者三十四則，聚珍本無說、或聚珍本定本皆誤者三十七則，爲省便覽，以表列之如下：

〔註16〕參《墨子校注‧附錄一》，頁836。

《閒詁》引書勘誤表

篇　名	正　文	引　文		原書（文）
		聚珍本	定　本	
自序		〈「公孟」篇〉「夏后啓…」	同前	〈「耕柱」篇〉「夏后啓…」
尚賢上	門庭庶子	《新序・雜事「二」》	《新序・雜事「一」》	《新序・雜事「二」》
尚賢中	賊傲萬民	「敖」誤爲敖	同前	「敖」誤爲敖
尚賢中	農殖嘉穀	后稷下「教」民播種	后稷下「降」民播種	后稷下「教」民播種
尚同中	以爲唯其耳目之請	《荀子・成「相」篇》	《荀子・成「用」篇》	《荀子・成「相」篇》
尚同中	畜民百用練，折則刑	《史記・吳「起」傳》	《史記・吳「越」傳》	《史記・吳「起」傳》
兼愛中	有道曾孫周王有事	哀「六」年《左傳》	同前	哀「二」年《左傳》
兼愛下	子墨了口	「與」此爲對文	「爲」此爲對文	「與」此爲對文
兼愛下	擇即取兼	「二」字舊脫	「蒿」字舊脫	「二」字舊脫
非攻中	不勝而辟	此闕字「之」假音	此闕字「之之」假音	此闕字「之」假音
非攻中	濟三江五湖	即「張守節」所引是也	同前	即「司馬貞」所引是也
非攻中	九夷之國莫不賓服	「〈王制〉孔疏」云	同前	「《爾雅・釋地》疏」云
非攻中	九夷之國莫不賓服	鄢陵「死」	同前	鄢陵「危」
非攻下	而轉死溝壑中者	「宣」十二年《公羊傳》	「宣」十二年《公羊傳》	「宣」十二《公羊傳》
非攻下	焉磨爲山川	以「歷」爲碪磨之磨	以「磨」爲碪磨之磨	以「歷」爲碪磨之歷
非攻下	遝至乎夏王桀	「遝」與還字形相似而誤	「還」與還字形相似而誤	「遝」與還字形相似而誤
非攻下	越王繄虧		幽州「鎮山」	幽州「山鎮」
非攻下	出自有遽	我先「王」熊摰	我先「生」熊摰	我先「王」熊摰
天志中	撽遂萬物以利之	《韓非子・說林「上」篇》	同前	《韓非子・說林「下」篇》
明鬼下	若此之憯遬也	《淮南子・「本經」訓》	同前	《淮南子・「主術」訓》

明鬼下	皆得如具飲食之	於是乎「合」其州鄉朋友婚姻	於是乎「令」其州鄉朋友婚姻	於是乎「合」其州鄉朋友婚姻
非樂上	民衣食之財將安可得乎	得下補而「其」二字	同前	得下補而「具」二字
非樂上	多聚叔粟	張升〈「反」論〉	同前	張升〈「及」論〉
非儒下	有極	命司德正之禍福	同前	命司德正之「以」禍福
非儒下	而瓶羊視	「二」歲曰瓶	同前	「三」歲曰瓶
經上	知，接也	《莊子・庚桑「楚」篇》	《莊子・庚桑篇》	《莊子・庚桑「楚」篇》
經上	柱隅四讙也	《呂氏春秋・「論人」篇》	同前	《呂氏春秋・「圜道」篇》
經說上	仁，愛己者非爲用己也	《淮南子・「精神」訓》	同前	《淮南子・「繆稱」訓》
經說上	不夾於端與區內		但與區「穴」相及	但與區「內」相及
經說上	叱狗	王式曰：「何狗曲也。」	同前	王式曰：「『在曲禮。』江翁曰：『何狗曲也。』」
經說上	巧弗能兩也	狗「馬」	同前	狗「犬」
經說下	遠中，則所鑒小，景亦小	「陳」云	同前	「鄒」云
經說下	其爲仁內也，義外也	《孟子・「公孫丑」》	同前	《孟子・「告子」》
大取	人右以其請得爲	「杜」注云	「枉」注云	「杜」注云
小取	我毋俞於人乎	太平御「覽」	太平御「覺」	太平御「覽」
小取	駕驥與羊	太平御「覽」	太平御「覺」	太平御「覽」
耕柱	鬼而不見而富	疑「助」之訛	疑「處」之訛	疑「助」之訛
耕柱	此諸侯之所謂良寶也	周之靈珪出於土□	同前	周之靈珪出於土「石」
耕柱	此諸侯之所良寶也	楚之明月出□蟒蜃	同前	楚之明月出「於」蟒蜃
耕柱	季孫紹與孟伯常治魯國之政	敬「子」	敬「之」	敬「子」
公孟	摺忽		《荀子・「法行」篇》	《荀子・「哀公」篇》
公孟	摺忽		「六」章甫絢屨	「夫」章甫絢屨
公孟	身體強良	年踰「五十」	同前	年踰「十五」
公孟	身體強良	則聰明心慮不徇通矣	同前	則聰明心慮「無」不徇通矣
公輸	臣以三事之攻宋	《左傳・成「三」年》	同前	《左傳・成「二」年》

備城門	臨	《戰國策·齊策》「云云」	同前	《戰國策·齊策》「云」
備城門	俾倪廣三尺	城「上」小垣也	城「土」小垣也	城「上」小垣也
備城門	渠譫	譫「蓋」襜字之誤	譫「與」襜字之誤	譫「蓋」襜字之誤
備城門	試藉車之力而爲之困	和之「壁」	同前	和之「璧」
備高臨	矢	《通典「典」》	同前	《通典》
備梯	昧葇坐之	「景」公獵休	「晏」公獵休	「景」公獵休
備梯	姑亡	〈公「孟」篇〉	〈公「輸」篇〉	〈公「孟」篇〉
備水	人擅弩計四有方	不「逮」有方鐵銛	同前	不「適」有方鐵銛
備穴	灰康長五寶	「框」，竟也	「互」，竟也	「框」，竟也
備穴	爲置吏，舍人，各一人	主廄內小「史」	同前	主廄內小「吏」
備穴	屍有慮枚	「鑪」，錯銅鐵也	「鑪」，錯銅鐵也	「鑪」，錯銅鐵也
備穴	屬四	「钁」，局虞切	「钁」，局虞切	「钁」，局虞切
備蛾傳	爲連殳，長五尺	殳，以「杖」殊人也	同前	殳，以「杸」殊人也
備蛾傳	杜格，貍四尺	《莊子·「駢拇」篇》	同前	《莊子·「胠篋」篇》
迎敵祠	有敗氣	風雲氣候雜「占」也	風雲氣候雜「古」也	風雲氣候雜「占」也
旗幟	節各有辨	《周禮·少宰》「傅」別	《周禮·小宰》「傅」別	《周禮·小宰》「傅」別
號令	以行衝術及里中	及衝以擊之	同前	及衝以「戈」擊之
襍守	先殺牛、羊、雞、狗、烏、雁	《新序·「束」奢》	同前	《新序·「刺」奢》
墨子佚文	吾見《百國春秋》	史又「無」有無事而書年者	同前	史又有無事而書年者
墨子舊敍	魯勝《墨辯注·敍》	《「晉書·隱逸傳」》	同前	《「通志」》
墨子舊敍	魯勝《墨辯注·敍》	以正「別」名顯於世	同前	以正「刑」名顯於世
墨子年表	當子思時	《後漢書·本傳》「注引《衡集》,〈論圖緯虛妄疏〉」云	同前	《後漢書·本傳》「〈論圖緯虛妄疏〉注,引《衡集》」云
墨子通論		「景」公曰,乃樹鴟夷子皮於田常之「門」	「晏」公曰,乃樹鴟夷子皮於田常之「間」	「景」公曰,乃樹鴟夷子皮於田常之「門」
墨家諸子箸錄		天享殷	同前	天「不」享殷

　　由上表可知，孫氏引書訛誤者實得三十七則也。其中又可分爲誤植作者姓名、誤書其篇名、書名，以至內容者四類。誤植其姓名者，如陳柱所云：「鄒（伯奇）說多載於陳氏《東塾讀書記》，《閒詁》采之，多題爲陳說。」〔註17〕是《閒詁》但采其說，而未仔細加以辨析，致張冠李戴也。

　　誤書其篇名者，如：〈明鬼下〉「若此之憯遬也」孫氏引《淮南子・本經訓》高注云：「憯猶利也。」然其文實出於〈主術訓〉。

　　誤書其書名、內容者，則若〈墨子舊敘〉所錄魯勝《墨辯注・敘》，雖題出於《晉書》，實則展轉引自《通志》，而未檢原典，致引文有誤，欒調甫辯之已詳，曰：「《閒詁》附錄〈魯序〉，題《晉書》，其文實出《通志》。考《晉書・勝傳》，此文本作『以正刑名』。《通志》之『別』，顯係誤字。仲容未檢《晉書》，又不悟《通志》訛脫，注謂孫星衍校改，已極疏陋。曩見梁任公〈墨子之論理學〉竟刪『刑』字。似兩君均不識『刑名』二字之義，而以法家刑名，非惠施公孫龍輩所能正，致生此曲失。不知法家別稱刑名，而名家亦號刑名。（中略）若〈魯序〉『刑名』之爲『形名』，讀本可通。而『以正形名』語自可解，不煩刪改，強爲傅會矣。《閒詁》訛文脫字，頗誤學者。」〔註18〕是孫氏一時之疏忽，失檢原書也。

3-3 曲解古書

　　孫氏引書雖眾，然無暇對諸書一一加以深入研究，以致曲解、附會原書之處，亦或有之。如於：

> 〈尚同中〉「是以先王之書〈周頌〉之道之曰」孫氏云：「古書，《詩》、《書》多互稱。」〈兼愛下〉：「〈周詩〉曰：『王道蕩蕩，不偏不黨；王道平平，不黨不偏。』」孫氏云：「〈洪範〉云：『無偏無黨，王道蕩蕩，無黨無偏，王道平平。』（中略）古《詩》、《書》亦多互稱。」

乃以古《詩》、《書》多互稱，然自古以來《詩》自《詩》、《書》自《書》，何得互稱？此「先王之書」當指先王之典籍而言，而非《尚書》之謂也〔註19〕。至於〈兼愛下篇〉所引〈周詩〉，程師元敏疑其非出於〈洪範〉，其言曰：「蓋『王道蕩蕩』四句，與洪範『無偏無陂』以下十二句六韻語，皆自古相傳之格言，周人誦之於口，筆之於書，《墨子》作者采之於墨書，以與周代流行之四言詩，故曰『周詩』。」〔註20〕

〔註17〕參陳柱，《墨學十論・歷代墨學述評》，頁198。

〔註18〕參〈致張仲如先生論刑名書〉，收錄於《墨子研究文集》。

〔註19〕參張玉芳，〈墨子之詩書學研蒭〉，收錄於臺大中文研究所主編之《中國文學研究》第九期。

〔註20〕參程師元敏，《尚書二十八篇之作者與著成時代・洪範篇》註。

說至塙，故「古詩書多互稱」之說，實有可議也。

又如：

〈非命中〉「於召公之執令於然」孫氏云：「此有脫誤，疑當作『召公之非執命亦然』。召公，蓋即召公奭，亦《周書》逸篇之文。」

案[*38]：孫氏以「召公之執令」當作「召公之非執命」，是也。唯孫氏又以其亦《書》逸篇之文，則有可商。蓋《詩》、《書》中言命，率指天命，而非墨子所非之命定。且時人於天命甚敬畏之，周公、召公、成王施政教民告後嗣之中心思想，即殷喪天命周受天命之說[註21]。是召公固不非命，且諄諄告戒成王「其德之用，祈天永命」（《書‧召誥》），而墨子此引《書》云：「敬哉！無天命，惟予二人，而無造言，不自降天之哉得之。」疑猶《書‧君奭》所云：「天不可信，我道惟寧王德延。」及《周頌‧敬之》所云：「敬之敬之，天維顯思，命不易哉！」朱傳：「不易，言其難也。」蓋謂天命靡常，惟修人德以永之，而墨子斷章取義，以為乃召公之非執命，此明係墨子語氣，一如〈上篇〉所云「此言湯之所以非桀之執有命也」、「此言武王所以非紂執有命也」等語，不似《書》之文。唯徵諸墨子引《書》之例，「於……然」者「於」下「然」上皆篇名[註22]，如「於先王之書，〈呂刑〉之書然」（〈尚賢下〉）、「於先王之書，〈豎年〉之言然」（〈尚賢下〉）、「於先王之書，〈大誓〉之言然」（〈尚同下〉）、「於先王之書，〈大夏〉之道之然」（〈天志下〉）等，然諸「然」字上皆有「之言」、「之道」等語，而與此例不符，竊疑此有脫文，原文本作「召公之非執令，於□□（篇名）之言然」，脫「非」字，又脫「□□之言」數字，致文不成義，後人遂於「召公之執令」上又妄增一「於」字，成「於召公之執令於然」矣，而孫氏乃以為《書》佚篇之文，殊失《尚書》之旨。

3-4 取捨失當

孫氏於所引諸書，雖咸為之從善、匡違，斷以己見，然其取捨失當，乃至躓失貤謬者，亦間有之，譬若：

〈天志上〉「猶有鄰家所避逃之。」畢沅云：「《廣雅》云：『所，尻也。』《玉篇》云：『處所。』」王念孫云：「『所』猶『可』也，言有鄰家可避逃也，下文同，畢引《廣雅》：『所，尻也。』失之。」孫氏云：「此當從畢

〔註21〕參傅斯年先生，〈性命古訓辨證〉，收錄於《傅孟真先生集》。
〔註22〕此點承程師元敏告知。

說。下文云：『此有所避逃之者也。』又云：『無所避逃之。』即承此文。」

案*30：考其〈下篇〉云：「將猶有異家所以避逃之者。」知此之「所」當即彼處「所以」，謂可以也，王說近是，而孫氏不取。

又如：

〈節葬下〉「面目陷隖」孫氏云：「《莊子・天地篇》『卑陬失色』釋文：『李云：卑陬，愧懼貌。一云：顏色不自得也。』此『隖』疑亦與『陬』同，皆形容沮喪之貌，與瘦異也。」

案*25：孫氏疑「隖」與《莊子》之「陬」同，為形容沮喪之貌，然觀其下文云：「顏色黧黑、耳目不聰明、手足不勁強。」「黧黑」、「聰明」、「勁強」皆為同義複詞，而「陷」與「陬」則非同義。故今以「隖」字當為「腎」之訛，《說文》：「腎，短深目貌。」深目則凹陷之，故「面目陷腎」乃謂面目凹陷也，亦同義複詞也。

〈非命下〉「賁若信有命而致行之」俞樾云：「『賁』乃『藉』字之誤。藉若，猶言假如也，本書屢見。」孫氏云：「俞說近是。」

今案*39：俞氏以「賁」乃「藉」字之誤，然二者字形不相近，且藉字《墨子》書中數見，而無曰「藉若」者，俞謂「本書屢見」，孫氏因而從之，皆失之。今則以「賁」字乃「當」之誤也。《說文》「妻」字下云：「𡜎古文妻，从𡴂女。𡴂古文貴字。」是古文貴字作𡴂，與當之上半部相近，若其下漫漶，遂誤以為貴也，寶曆本字正作貴。而後又或从艸作賁。當若者，假若也，乃墨子熟語，如：〈尚同中〉：「故當若天降寒熱不節。」〈非攻下〉：「當若繁為攻伐，此實天下之巨害也。」並其例。故此云：「當若信有命而致行之」，乃謂「假若信有命而致行之」是也。

諸如此類，皆孫氏取捨諸說而有待商榷之例也。

第二節　以形索義

清代訓詁大師段玉裁於《廣雅疏證・序》云：

小學有形有音有義，三者互相求，舉一可得其二。有古形、有今形、有古音、有今音、有古義、有今義，六者互相求，舉一可得其五。

謂小學即形、音、義三者之相互推求。斯可視為小學之根本大法，並可推衍出「以

形索義」、「因聲求義」及「就義論義」之訓詁三法〔註 23〕。而孫氏作《閒詁》,即
在此三法之交互、綜合運用下,以「正其訓詁」也。茲先論述其「以形索義」法。

漢字爲表意文字,字形與字義往往發生直接之聯系,故得藉由分析字形以推求
及了解字義,並將本字作爲辨別同音假借之依據,將本義作爲字義引申之出發點,
此即一般所謂「以形索義」之訓詁法是也〔註 24〕。然如此之方法既與文字學之一般
字形分析法並無區別,且與訓詁學之本質亦難以相應,因文本中之具體詞義往往並
非使用其本義,即用其本義亦僅需利用文字學家如許慎等之考釋成果,而無須於訓
詁之際再作字形分析,以致訓詁學史上符合如此定義之形訓可謂鳳毛麟角,孫氏亦
罕爲之。因此,筆者以爲所謂「形訓」或「以形索義」應是指「依據字形以索解、
訓釋文本具體詞義」之法,如此方符合訓詁學之本質。至其具體內容除包括依據本
形本義以爲訓者,尚有辨識或體及刊正訛字以爲訓者等項〔註 25〕。

孫氏精曉文字學,且往往施之於訓詁《墨》書,如其於《閒詁·自序·俊記》
所云:

> 今謹依《爾雅》·《說文》正其訓故,古文、篆、隸校其文字。

其實其所檢索之字書實不止於《爾雅》、《說文》,稽徵之字形不限於古文、篆、隸;
即其對文字之說解亦有溢出《說文》等字書之外者,凡此俱可考見孫氏對文字學之
深厚造詣,除勤檢字書一項,上章已論之而外,其餘則分別歸納爲刊正形誤、辨識
或體及考定古字三項申述如下。

1. 刊正形誤

王引之云:「經典之字,往往形近而訛,仍之則義不可通,改之則怡然理順。」
〔註 26〕而孫氏《閒詁》在訓詁上之重大成果,部份即得自於校正誤字。王氏又分析
文字形誤之原因爲一般形誤及各種書體之形誤,今即依此二類以視《閒詁》之刊正
訛字:

1-1 一般形誤

所謂一般形誤,乃指某些字間不論各種書體皆極爲形似,因而致訛。故此類之
訛誤,顯而易見,《閒詁》即多所匡正,諸如:

〔註 23〕參陸宗達·王寧〈訓詁學的復生發展與訓詁方法的科學化〉,收錄於二人合著之《訓
　　　詁與訓詁學》一書中。唯其中第三項稱爲「對詞義本身研究」之「比較互證」法,
　　　今爲切合本文,易其名曰「就義論義」。
〔註 24〕參陸宗達·王寧〈訓詁學的復生發展與訓詁方法的科學化〉。
〔註 25〕參拙著,〈訓詁學新體系之建構〉,收錄於《臺大文史哲學報》第六十二期,頁 401。
〔註 26〕見《經義述聞》卷三十二。

〈尚賢中〉「王公大人未知以尚賢使能爲政也」孫氏云：「『未』疑『本』
之誤。」

〈經說下〉「無所周」孫氏云：「疑當爲『用』之誤。」

皆其例也。

1-2 各種書體之誤

文字本非一成不變，而漢字之演變，迭經甲骨文、金文、籀文、小篆、隸書、
楷書、俗書、草書等不同書體，繁省正變，各有不同。故欲「以形索義」，務須留漢
字遷變之跡，以求其眞。尤以《墨子》一書，「奇字之古文，旁行之異讀，訛亂逸竄，
自漢以來，殆已不免。加以誦習者稀，楷槧俗書，重毗恉謬，無從理董。」〔註27〕
故孫氏自述謹依「古文、篆、隸校其文字」。實則其所據依者，不僅止於古文、篆、
隸，上自金文、籀文、下至俗書、草書，皆在其稽徵之列也，分別舉例以言之。

稽自金文者：沈寶春以爲「乾、嘉諸儒，早據鐘鼎彝器以解經」〔註28〕，孫氏
精通古文字學，自亦往往運用鐘鼎文字以訓詁古籍，嘗謂「蓋古文廢于秦籀，缺于
漢，逮魏晉而益散，學者欲窺三代遺跡，舍金文奚取哉？」〔註29〕其詁《墨子》，
亦多稽考金文。夫從金文中窺三代遺跡，誠然可行。然《墨子》與金文究有何等關
係，孫氏則未能有所說明。清人校書，經常運用古文字資料，卻罕有交待所校書版
本源流與文字間之關係，下面籀文亦復如此，豈非貽人身在此山中之譏？孫氏利用
金文，以校《墨》書之例不止一見，此處但舉其一，例如：

〈非攻下〉「若瑾以侍」孫氏云：「『若瑾』疑『奉珪』之誤。『若』，
鐘鼎古文作 𢁣 ：『奉』，篆文作『𡔥』，二形相似。」

稽自籀文者，如：

〈備穴〉「及以泪目」孫氏云：「『泪』當爲『洒』。《說文‧水部》云：
『洒，滌也。』〈西部〉：『籀文 "西" 作 "卤"。』故訛作『田』形。」

亦有稽自《說文》古文者，若：

〈大取〉「而愛二世相若」孫氏云：「『二』，當爲『上』字之誤。《說
文》：『古文上作二。』與『二』形相似。上世與尚世義同。」

稽以小篆者，若：

〈天志下〉「民之格者則勁拔之」孫氏云：「『勁拔』，疑『勁殺』之誤，
（中略）『殺』與『拔』，篆文相近而誤。」

〔註27〕見《閒詁‧黃跋》。
〔註28〕參沈寶春《王筠之金文學研究》，頁31。
〔註29〕見《古籀拾遺‧敘》。

稽自隸書者，如：

> 〈節用中〉「動則兵且從」孫氏云：「『兵』字無義，疑當作『弁』，與
> 『兵』形近而誤。弁者，變之假字。《書·堯典》『於變時雍』，漢〈孔宙
> 碑〉作『於釆時癰』，釆即弁之隸變，是其證也。」

亦有稽自俗書者，有如：

> 〈天志下〉「自古及今無有遠靈孤夷之國」孫氏云：「『靈』疑『虛』
> 之誤，北魏孝文帝〈祭比干文〉，『虛』作『虗』，南唐〈本業寺記〉作『罏』，
> 東魏武定二年〈邑主造象頌〉『靈』作『霝』，二形並相似。〈耕柱篇〉『誶
> 靈』亦『墟虛』之誤，與此正同。」

而稽自草書者，則若：

> 〈尚賢下〉「暴爲桀紂」孫氏云：「『爲』又『如』之誤，二字艸書相近。」

凡此皆其例也。故知雖白潯以降，墨學幾絕，然《墨》書之傳本卻始終不絕如縷〔註
30〕，且迭經歷代之繕刻傳抄，致各種書體雜出，而訛誤亦隨之。

唯孫氏對《墨》書訛字之刊正，雖不遺餘力，然或囿於材料、或限於識見，誤
說仍所在多矣，譬如：

> 〈尚賢中〉：「距年之言也」孫氏引畢沅云：「距年，〈下篇〉作豎年，
> 猶遠年。」又，〈下篇〉「豎年之言然」畢云：「豎，距字借音。」

案[*6]：龍師宇純云：「畢云豎爲距之借字，二字古音不近（豎古韻在侯部，距在魚
部；豎禪母，距群母），說亦不足憑信，惟所引之言，似即出自一書，《說
文古籀補》補載古鉥韓豎豎作𧯱，或即距訛爲𧯱，遂附會爲豎因爲豎與？」
〔註 31〕龍師以「豎」與「距」古音不近，當爲形訛，其說甚是；唯謂「或
即距訛爲𧯱，遂附會爲豎因爲豎與」，然距與豎之形有別，恐難強加附會。
今以侯馬盟書「豎」字或作𧯱（二〇〇、三九），與距形近，因而致訛。

> 〈節葬下〉「後得生者，而久禁之。」孫氏云：「此謂死者親屬得生而
> 禁其從事耳。」

案[*26]：孫氏以「禁」者爲禁其從事也，說或可從。然「從事」一詞，獨不見於本
句中，且所謂「後得生者」，文意難明，孫氏釋爲死者之親屬得生者，殊
不詞，且與前文「爲久禁從事者也」無以呼應。竊疑「後得生者」殆爲「從
事生者」之訛，「得」字戰國銘文或作𢔯（中山王方壺），「事」字侯馬盟
書或訛變作𢽾（一五六、二）、𢽇（八五、二），二者形近，而「從」字隸

〔註 30〕參欒調甫〈墨子要略·傳本源流〉，收錄於《墨子研究論文集》。
〔註 31〕參龍師，〈墨子閒詁補正〉。

書作従，與「後」字隸書後，亦相近似，因而致訛。所謂「從事生者」即謂從事生業者也，而久禁之，故墨子非之。

〈耕柱〉「是使翁難雉乙卜於白若之龜」孫氏云：「『翁』當作『𦏧』，《說文・口部》『嗌』籀文作『𦏧』，經典或假爲『益』字。《漢書・百官公卿表》『𦏧作朕虞』，是也。𦏧與翁形近，〈節葬下篇〉『哭泣不秩聲嗌』，『嗌』亦誤作『翁』，是其證。」

案[*57]：孫氏以「翁」當作「𦏧」，說至塙；唯又以《說文》「嗌，籀文作『𦏧』，經典或假爲益字」，則不知戰國銘文益、嗌字皆作[illegible]（戰國古鉥、戰國盟書八五、七），其後方加注口旁形成轉注嗌字（關於轉注字，說詳第六章）。故此處「翁」當即「益」字之訛，謂伯益也。

諸如此類，皆因孫氏未及得見戰國文字材料，而無以識其眞相也。至若：

〈辭過〉「凡回於天地之間」孫氏云：「『回』字訛。」

案：龍師宇純以爲「『回』有環繞義，『回天地』與『包四海』，義正相對，作『回』不誤，本書〈三辯篇〉『環天下自立以爲王。』環、回雙聲同義，環天下即此回天地也，可以爲證。」〔註 32〕說至塙。

〈兼愛中〉「可謂畢劫有力矣」孫氏云：「『劫』於義無取，疑當爲『劼』之誤。《廣韻・十八黠》云：『劼，用力也。』」

案：王叔岷先生引《說文》云：「劫，人欲去以力脅止曰劫，或曰：以力去曰劫。」是「劫」本有用力義，不須改字也〔註 33〕。

〈節葬下〉「寢而理之」孫氏云：「後文云『扶而埋之』，『扶』王引之校改『挾』，此『寢』字疑亦挾字之誤。」

案[*24]：孫氏以後文「扶而埋之」，當據王校改扶作挾，甚是，《莊子・齊物論》「奚旁日月挾宇宙」，崔本挾亦誤作扶。挾有藏義，《爾雅・釋言》：「挾，藏也。」而寢字亦有藏義，《爾雅・釋詁》：「寑，藏也。」經傳皆以寢爲之。故墨子作「寢」字實無誤，而孫氏疑亦挾字之誤，非也。

以上諸例，則由孫氏思慮之不周，致以不誤爲誤矣。

總計孫氏《閒詁》一書共校正形誤之字達六百餘則，其大略情形，如前所述，唯因其中往往有涉及「當爲」、「當作」等專門術語者，將於下章再詳論之。

〔註 32〕參龍師，〈墨子閒詁補正〉。
〔註 33〕參《校讎學》，頁 97。

2. 辨識或體

　　或體或稱重文、異文、別體、變體、省文等，乃指「一字之異體」也〔註34〕。蓋造字本非成於一人之手，由分頭造字，各造所造之結果，遂形成各種異體字。故自《說文》始，字書皆兼箸或體，實乃客觀形勢所使然。如上文所舉《說文》記載「紟」之重文作「絵」，即一例也。唯亦有字書所不載，而散見於古籍中之或體，如《墨子》書中即多此等字，幸賴孫氏等前賢仔細爲之辨識，茲略舉二例以明之：

〈經下〉「非半弗斮」孫氏云：「《集韻・十八藥》云：『㯣，《說文》斫謂之㯣，或從斤作斮。』此『斮』即『斮』之變體，舊本作『斲』，訛。」

乃據《集韻》之或體再加推演。又如：

〈備穴〉「用榙若松爲穴戶」孫氏疑「榙」即「柏」之異文（見《襍守》「爲解車以款」注），云：「鐘鼎古文從台者，或兼從司省，今所見《彝器款識》『公姆敼』，『始』字作『𡠗』，是其例也。此榙字亦當從木。《說文・木部》：『柏，朱崇也。』（中略）《墨》書多古文，此亦其一也。蘇云：『"榙"或"桐"字之訛。』非是。」

則是依據金文之例而辨識或體。若此皆不失爲有識之見，而足以補苴字書之闕遺。

　　當然，孫氏之辨識或體，亦難免有所疏略，譬如：

〈號令〉「相踵」孫氏云：「《說文・止部》云：『歱，跟也。』『踵』即『歱』之借字，謂以足跟相躡也。」

案[*63]：徐灝《說文解字注箋》云：「〈足部〉：『踵，追也。』與此義異。竊謂『歱』、『踵』本一字，〈足部〉『跟』或作『𧿹』，即其例也。」說至塙。故《說文》以「歱」、「踵」爲二字，非也；而孫氏因仍其說，據論假借，亦非。

3. 考定古字

　　《墨》書多古字，眾所周知。前賢於校注之際，已多所考定之，如：

〈尚賢中〉「賊傲萬民」王念孫云：「『傲』當爲『殺』。《說文》『敎』字本作『𢼒』，『殺』字古文作『𣎼』，二形相似，『𣎼』誤爲『敎』，又誤爲『傲』耳。《墨子》多古字，後人不識，故傳寫多誤。」

即王氏因傳寫之訛以考見《墨子》古字之一例也。嗣後孫氏亦踵其遺緒，續爲考定《墨》書之古字，如上文所舉之「榙」與「柏」，即徵諸鐘鼎古文，而言「《墨》書多古文，此亦其一也」。茲更再舉數例以見其梗概：

〈耕柱〉「鼎成三足而方」王念孫氏云：「『三足』本作『四足』，此後人習聞鼎三足之說，而不知古鼎有四足者，遂以意改之也。（下略）」孫氏云：「二王說是也。此書多古字，舊本蓋作『三足』故訛爲『三』。後文『楚四竟之田』，『四』今本亦訛『三』，可證。」

案：金文「四」字多作「三」，如盂鼎、克鼎等器皆然也〔註35〕。而《墨子》舊本蓋亦作三，故亦「此書多古字」之一證也。

〈非儒下〉「夫憂妻子以大負纍」孫氏云：「『憂妻子』謂憂厚於妻子，猶下文云『厚所至私』也。《國策・趙策》云：『夫人優愛孺子。』《說文・夊部》云：『憂，和之行也。』引《詩》曰：『布政憂憂。』今《詩・商頌・長發》作『優』。案：古無『優』字，優厚字止作『憂』，今別作『優』，而以『憂』爲憂愁字。《墨子》書多古字，此亦其一也。」

〈經下〉「宇或徙」孫氏云：「《說文・戈部》云：『或，邦也。或從土作"域"。』此即邦域正字，亦此書古字之一也。」

故知孫氏所謂之「《墨》書多古字（文）」，實際包含以下二種情形：其一、就書體之演變而言，如「捝」殆爲「柏」之金文異文、「三」乃「四」之金文寫法，故皆爲古字也。其二、就古今字而論，如以「憂」爲古字、「優」爲今字；「或」爲古字、「域」爲今字，則當屬於「古今字」之問題，亦將於下章再詳述之。

綜上所述，孫氏果精研於文字之學，而將之施用於訓詁《墨子》，故往往能以形索義，正其訓詁。另一方面，由上述諸例已可概見，孫氏於說文釋義之際，仍不時佐證以實際文獻材料，庶幾不致於但憑字形附會，而流於「望形生訓」之弊，斯亦運用此法之最高原則也〔註36〕。

第三節　因聲求義

前項之「以形索義」法，著重字形與字義之間表面之聯繫，然愈至後世，隨著漢字表音趨向之增強，形聲字大增，故自漢代起、文字、訓詁學家已知利用聲音此一重要因素，如《說文》中保留大量語音材料，《釋名》、《方言》等書運用聲訓，皆是其顯者之例。唯直至清代，「因聲求義」作爲訓詁之一重要方法，方臻於系統化、理論化。乾嘉學者如阮元以爲「義以音生，字從音造」〔註37〕，戴震以爲「故訓聲

〔註35〕見《金文詁林》。
〔註36〕參陸宗達・王寧〈訓詁學的復生發展與訓詁方法的科學化〉。
〔註37〕見《揅經室集》。

音，相爲表裏」〔註38〕，王念孫則謂「訓詁之旨，本于聲音。故有聲同字異，聲近義同。雖或類聚群分，實亦同條共貫。譬如振裘必提其領，舉網必絜其綱。」而其著作《廣雅疏證》之法即是「就古音以求古義，引申觸類，不限形體」〔註39〕。故自有清以來，聲音要素在訓詁中備受重視，「因聲求義」較之「以形索義」，成爲應用更廣之訓詁方法〔註40〕。

唯應用「因聲求義」法，首須借重聲韻學之研究成果。蓋清儒對古音之研究，成績卓著，其中尤以古韻分部之突破，貢獻最大。夫自顧炎武始，依據《詩經》韻腳，離析《廣韻》以求古音韻部，分古韻爲十部，奠定研究古音之初基。其後江永進而考求，分爲十三部，較顧氏更爲細密。而至段玉裁又將古韻之分部引領入一全新階段，即除《詩經》韻腳而外，更以《說文》諧聲作爲古韻分部之依據，分古韻爲十七部。其後戴震之二十五部，孔廣森之十八部，及王念孫、江有誥分別有古韻二十一部之說，可謂後出轉精，已大體可考見上古音之韻母系統〔註41〕。而將此古音學之成果，運用於訓詁之上，所謂「就古音以求古義」，故往往能打破字形之束縛，使得原本滯礙難通之古書至此豁然貫通。孫氏即身處此種學術氛圍之下，自亦深通聲韻之理，嘗自述其治學「以聲類通轉爲之關鍵」〔註42〕，尤以《墨子》「古字古言，轉多沿襲未改，非精究形聲通假之原，無由通其讀也。」〔註43〕故其注《墨子》，每每因聲以求其義也，至其具體作法則表現於訂正聲誤、通達假借、運用同源字、推明音轉及審定韻讀數方面，今分別探例如下：

1. 訂正聲誤

段玉裁云：「聲近而訛，謂之聲之誤。」〔註44〕是聲誤與假借，皆是基於讀音之同近，而書之以他字。唯前者乃爲一時之筆誤；後者則多半依循某些慣例，以兼表另一語言（「假借」詳下文）。茲即列舉《閒詁》訂正聲誤之數例於後，以見一斑：

〈經說上〉「出民者也」孫氏云：「『民』當爲『名』之誤，後文云：『聲出口，俱有名。』出名，亦謂言出而有名，猶〈經〉云：『出舉也』。」

案：「民」與「名」字形不似，當爲聲誤。「民」古韻在眞部、「名」在耕部，然皆

〔註38〕見《六書音韻表・序》。
〔註39〕見《廣雅疏證・序》。
〔註40〕參陸宗達・王寧，《訓詁與訓詁學・因聲求義論》。
〔註41〕參胡奇光，《中國小學史》第五章二、古音學的發明。
〔註42〕見《札迻・序》。
〔註43〕見《閒詁・自序》。
〔註44〕見《周禮漢讀考・序》。

爲明母字，故或係聲轉而誤也，孫說然。

〈公輸〉「子墨子曰：『然，乎不已乎？』」畢沅云：「《太平御覽》引作『胡不已也』。」孫氏云：「上『乎』字，蓋即『胡』之誤，二字音相近。」

案：此以「乎」爲「胡」之聲誤，因二者皆上古魚部、匣母字，故得音近致訛。又如：

〈備梯〉「爲武重一石」孫氏云：「『武』疑『跗』之聲誤。」

案：「跗」爲「柎」（跗）字之或體，《文選・補亡詩》「白華絳跗」注：「跗與跗同。」是也。「柎」與「武」皆爲幫系字，古韻雖一在魚部，一在侯部，然其或體「跗」字既從魚部之「夫」得聲，則與「武」字可得音近而誤也。

凡此皆孫氏釋爲聲誤而可信從之例，唯孫說聲誤諸例中，亦有可議者，則如：

〈天志下〉「立爲天子以法也」孫氏云：「此『法也』，即『廢也』之誤。《鐘鼎款識》皆以『灋』爲『廢』」。

案[*31]：「法（灋）」與「廢」字形不近，而一爲上古葉部，幫母字，一爲祭部、幫母字，可得音轉。故孫氏此以「法」爲「廢」之誤，當指聲轉而誤，而非形誤。唯孫氏既云：「《鐘鼎款識》皆以『灋』爲『廢』。」是以「法」爲「廢」，有其慣例可循，則非一時之聲誤，而當爲假借也，唯其所假借之音韻條件較爲寬鬆耳。

〈號令〉「著之其署忠」孫氏云：「『忠』疑當爲『中』之誤。」

案[*64]：「忠」字從中聲，形亦相近，故孫氏此所謂「誤」，當指其形聲相近而誤也。唯孫氏又於〈兼愛中〉「忠實欲天下之富」注云：「『忠』、『中』通。」則以「忠」爲「中」之假借（說詳下章），是於同一以「忠」爲「中」之文例，而有不同說解，由此亦可見孫氏於聲誤、假借間不免時有混淆矣。

2. 通達假借

夫假借者，乃是基於讀音同近之關係，以代表另一語言[註45]。王引之云：「字之聲同、聲近者，經傳往往假借。學者以聲求義，破其假借之字，而讀以本字，則渙然冰釋；如其假借之字，而強爲之解，則詁籥爲病矣。」[註46]俞樾亦云：「嘗試以爲治經之道，大要有三：正句讀；審字義；通古文假借。（中略）三者之中，通假借爲尤要。」[註47]是通達假借實爲訓詁古書之第一要務。而《閒詁》全書言假

〔註45〕參拙著，《系統字義研究》第一章二、「論字義系統」。
〔註46〕見《經義述聞・序》。
〔註47〕見《群經平議・序》。

借者多矣，說詳下章。此處但舉二例：

〈非命上〉「守城則不崩叛」孫氏云：「『崩』當爲『倍』之假字。〈尚
賢中篇〉云：『守城則倍畔。』猶此下文云『守城則崩叛』也。『倍』與『背』
同。《逸周書・時訓篇》云：『遠人背叛。』『倍』與『崩』一聲之轉，古
字通用。《説文・人部》：『倗，讀若陪位。』〈邑部〉：『鄁，讀若陪。』即
『倍』、『崩』相通之例。」

乃以「崩」借爲「倍」，因二者分爲上古蒸部、幫母字，及之部、並母字，適爲對轉。
且有《墨子》他篇及《説文》之例爲證，其說可從。又如：

〈經説上〉「使人督之」孫氏云：「『督』，『篤』之借字。《書・微子之
命》云：『曰篤不忘。』《左・僖十二年傳》云：『謂督不忘。』『督』即『篤』
也。《爾雅・釋詁》云：『篤，厚也。』言使人厚於爲善行。」

則以「督」爲「篤」之借字，因二者並爲上古幽部、端母字，且有他書之例爲證，
說亦可從。若此之類，皆由洞達假借之旨，故「破其假借之字，而讀以本字，則渙
然冰釋」之例。同時亦可考見孫氏論斷假借之謹嚴，往往徵引實際文獻材料以爲驗
證，庶幾不致流於主觀臆測矣。

3. 運用同源字

所謂同源字，乃指二字來自同一語源，其義同，唯讀音略異（或同音）耳〔註48〕。
關於同源字之研究，清儒已啓其端，王力以爲段玉裁、王念孫等已具研究同源字之
方法〔註49〕。如王氏於《廣雅疏證・釋詁一》「奄，大也」條疏云：

奄者，《説文》：「奄，大有餘也。从大申，申，展也。」《大雅・皇矣
篇》：「奄有四方。」毛傳云：「奄，大也。」《説文》：「俺，大也。」俺與
奄亦聲近義同。

證成「奄」與「俺」具音義雙重關係，即一般所謂之同源字是也〔註50〕。至於孫氏
書中屢言「聲近義同」、「聲義相近」等術語之例，其中亦多有包含同源字者，說詳
下章，此處但舉數例，以見一斑，譬如：

〈非命中〉「譬猶立朝夕於員鈞之上也」孫氏云：「『員』〈上篇〉作

〔註48〕依拙著，《系統字義研究》第一章二、「論字義系統」而略有修正。
〔註49〕參《同源字典・序》。
〔註50〕以筆者之觀點視之，俺與奄當爲轉注字，參第六章第二節。又按王氏《廣雅疏證》「聲
　　　近義同」運用同源字之旨，筆者以爲乃在訓釋詞義，而非一般公認之探求語源，說
　　　詳拙著，〈讀書雜志「聲近而義同」訓詁術語探析〉，收錄於《龍宇純先生七秩晉五
　　　壽慶論文集》。

　　　　『運』，聲義相近。」

因「員」、「運」二者皆上古文部、匣母字，且皆可有「運轉」之義，《易・繫辭》注：「圓者運而不窮。」《管子・君臣》:「圓轉運。」是也。故二者聲近且義通，當爲同源字。又如：

　　　　〈號令〉「死上目行」孫氏云:「死與尸聲近義通。」

因「死」與「尸」二者古韻皆在脂部，一爲心母、一爲書母，偶有接觸（參第六章）。《禮記・曲禮下》「在床曰尸。」《漢書・陳湯傳》:「漢遣使三輩至康居，求谷吉等死。」注:「死，尸也。」故「死」與「尸」是爲聲近且義通之同源字。

　　　　凡此俱可證明孫書不乏運用同源字之例，唯孫氏對同源字之運用乃是本諸訓詁學釋義之旨，而非探求語源，亦詳下章。

4. 推明音轉

　　　　漢字之字音隨著意義分化或方言差異等因素而產生變化，因其變化帶有一定之規律，可探討其軌跡，故將其變化名之曰「音轉」〔註51〕。傳統訓詁最早提出「轉」之名者，始自揚雄《方言》，書中有所謂「轉語」、「聲轉」、「聲之轉」者，而爲後世訓詁學家襲用〔註52〕。孫氏自述其治學「以聲類通轉爲之關鍵」〔註53〕，所謂「轉」當即謂音轉也，故《閒詁》中不乏發明音轉之處，亦詳下章，此處亦但舉數例如下：

　　　　〈尚同中〉「疾菑戾疫」孫氏云:「『戾疫』，即〈兼愛下篇〉之『癘疫』，
　　　　戾、癘一聲之轉。」

以「戾」、「癘」爲一聲之轉，因二者雖古韻不同部（一在脂部、一在祭部），然二韻相近，且皆爲來母字，故爲雙聲旁轉。又如：

　　　　〈備高臨〉「有詘勝」孫氏云:「《漢書・王莽傳》服虔注云:『蓋杠皆
　　　　有屈勝，可上下屈伸也。』屈、詘字通，勝、伸亦一聲之轉。《通志・氏
　　　　族略》『申屠氏』音轉作『勝屠氏』，是其例也。」

則以「勝」爲「伸」之聲轉，蓋二者古韻雖分屬蒸、眞二部，然皆爲書母字，故亦得相轉。諸如此類，皆孫氏善用音轉之理以闡釋字義之例也。

5. 審定韻讀

　　　　《墨子》雖爲散文體，然其中偶亦夾雜韻語，已經畢沅、蘇時學等前賢依據古

〔註51〕參《訓詁與訓詁學・音轉原理淺談》。
〔註52〕參《訓詁與訓詁學・音轉原理淺談》。
〔註53〕見《札迻・序》。

韻分部原則陸續發掘之，然其中訛誤、脫漏之處仍在所難免，故孫氏乃踵繼其業，續爲訂正、審定其中韻讀，藉以離章析句、甚而說字釋義，其例如：

> 《七患》：「地不可不力也，用不可不節也。五穀盡收則五味盡御於主，不盡收則不盡御。」「力」畢本作立，云：「『立』、『節』爲韻。『主』、『御』爲韻。」王念孫說云：「畢說非也。古音『立』在緝部、『節』在質部，則『立』、『節』非韻。原本『立』作『力』，『力』在職部，『力』『節』亦非韻。『主』在厚部、『御』在御部，則『主』『御』非韻。」孫氏則於聚珍本注云：「畢未能了然於古音之界限，但知古人之合，而不知古人之分，故往往非韻而以爲韻，若一一辯正徒煩筆墨，故發凡於此以例其餘，明於三代兩漢之音者自能辨之也。」

乃辯正畢氏韻讀之誤謬。

至於出乎孫氏所審定之韻讀則有如；

> 〈兼愛中〉：「傳曰：泰山，有道曾孫周王有事，大事既獲，仁人尚作，以祇商夏，蠻夷醜貉。」

孫氏讀「大事既獲」、「仁人尚作」、「以祇商夏」及「蠻夷醜貉」分別爲句，殆即著「獲」、「作」、「夏」、「貉」諸字之協韻關係也。又如：

> 〈非樂上〉「將將銘莧磬以力」孫氏云：「『將將銘』，疑當作『將將鍠鍠』。《詩・周頌・執競》云：『鍾鼓喤喤，磬筦將將。』《說文・金部》引《詩》，『喤喤』作『鍠鍠』。毛傳云：『喤喤，和也。將，集也。』《說文・足部》云：『躄，行貌。』引《詩》曰：『管磬躄躄。』」則將亦躄之假字。此『力』，雖與上『食』、下『翼』、『式』韻協，然義不可通。且下文『酒』、『野』，亦與『力』韻不合。竊疑此當作『將將鍠鍠，筦磬以方』。『方』與『鍠』自爲韻，『力』、『方』形亦相近。《儀禮・鄉射禮》鄭注云：『方，猶併也。』管磬以方，謂管磬併作，猶《詩》言笙磬同音矣。」

則基於協韻之理，析此七字爲二句，以「銘」爲「鍠鍠」之誤，「力」爲「方」之誤，而「鍠」、「方」爲韻也。諸如此類，亦即黃紹箕所謂「援聲類以訂誤讀」者也〔註54〕。

　　上述五項，爲孫氏「因聲求義」法之具體應用，可見孫氏對此法之重視及施用之廣泛；另一方面，孫氏於運用此法時，時見核證實際文獻材料，庶幾以求「信而有徵」，避免主觀臆斷。蓋此法較「以形索義」法，更須矜慎從事，否則但憑「聲類通轉」，終將淪爲無所不通、無所不轉之誤謬，斯亦施用此法之大忌也〔註55〕。

〔註54〕見《閒詁・黃跋》。
〔註55〕參《訓詁與訓詁學・因聲求義論》。

第四節　就義論義

　　在所有訓詁方法中，「義訓」之名稱、定義與內容最爲分歧，筆者將其定位爲「就義推義」，乃「依據詞義本身內在規律以推求、解釋文本具體詞義」之法〔註56〕。蓋「以形索義」及「因聲求義」法乃是通過字之形式（書面形式——字形；口頭形式——語音）以探求字之內容——即字義者，而此必須建立在了解字義本身內在規律之基礎上，方不致於憑空虛造。因此，訓詁學又必須以字義之研究作爲出發點及落腳點〔註57〕，此即「就義論義」法是也。

　　前代訓詁學家對字義之研究約可包括以下幾方面：自《爾雅》首先根據義類整理同義字，開創同義字比較互證之訓詁方法；其後南唐徐鍇提出字義引申之術語，至王念孫、段玉裁已開始探究字義引申之規律性〔註58〕；此外，王氏父子又往往依據上下文例以鑒別字義〔註59〕，此亦有助於字義研究之重要外在條件。唯其時仍處於對個別字義之研究與整理，而未能全面探討字義系統，此亦時代之局限也。孫氏即在此基礎上，於訓釋《墨子》之際，對字義續有所闡發，除第三項將於下文「審定文例」一節申論之外，其餘兩項分述如下：

1. 發明引申義

　　字義運動之基本形式即爲引申〔註60〕。由本義可發展蛻變出引申義，引申義復可以發展蛻變，形成新引申義〔註61〕。是引申實爲研究字義之最主要內容。故孫書雖爲訓詁之作，「謹依《爾雅》、《說文》正其訓詁」，然亦偶有發明引申義，轉而證補字書之處，譬若：

　　　　〈尚同上〉「譬若絲縷之有紀」畢沅云：「《說文》云：『紀，絲別也。』」
　　孫氏云：「紀，本義爲絲別，引申之，絲之統總亦爲紀。《說文·系部》云：
　　　　『統，紀也。』《禮記·樂記》鄭注云：『紀，總要之名也。』〈禮器〉云：
　　　　『紀散而眾亂。』注云：『絲縷之數有紀。』」
是發明「紀」字之引申義，固不泥於《說文》本義也。又若：

　　　　〈耕柱〉「評靈數千」孫氏云：「此『評靈』，當爲『呼虛』。……《說

〔註56〕參拙著，〈訓詁學新體系之建構〉，頁 405。
〔註57〕參陸宗達·王寧，《訓詁與訓詁學·訓詁學的復生發展與訓詁方法的科學化》。
〔註58〕參陸宗達·王寧，《訓詁與訓詁學·訓詁學的復生發展與訓詁方法的科學化》。
〔註59〕參胡奇光，《中國小學史》，頁 285。
〔註60〕參《訓詁與訓詁學·談比較互證的訓詁方法》。
〔註61〕參拙著，《系統字義研究》第一章二、「論字義系統」。

文・土部》云：『墟，堀也。』呼即墟之假字，本訓堀，引申爲墟隙。呼虛，謂閒隙虛曠之地。」

則闡發「墟」字之引申義以爲說。凡此，皆孫氏精研字義之心得，而有助於訓詁者也。

唯孫氏偶亦不免爲字形所束縛，而誤以引申義爲假借，此爲其一疵。如：

〈脩身〉「接之肌膚」孫氏云：「《小爾雅・廣詁》云：『接，達也。』亦與挾通。《儀禮・鄉射禮》鄭注：『古文“挾”皆作“接”，俗作“決”，義並同。』《呂氏春秋・諭威篇》云：『其藏於民心，捷於肌膚也，深痛疾固。』高注云：『捷，養也。』案：捷、接字亦通，高失其義。」

案[*2]：《說文》：「挾，俾持也。」段注：「《禮》注：『方持弦矢曰挾。』謂矢與弦成十字形也，皆自其交會處言之，古文《禮》『挾』皆作『接』，然則接矢爲本字，挾矢爲假借字。」亦以「挾」借爲「接」。然「挾」與「接」雖古韻同在葉部，而一爲匣母，一爲精母，恐難假借，段、孫二氏之說皆非也。唯段氏又云「方持弦矢曰挾，……皆自其交會處言之」，則知「挾」字可由俾持義引申至交會義，而與「接」字義同，《說文》：「接，交也。」是也，故「挾」與「接」當爲同義字，而非假借也。

2. 判定同義字

意義相同或相近之字，稱爲同義字〔註62〕。利用同義字之比較互證，有時亦有助於訓詁古書，孫氏即善爲此道，諸如：

〈非命上〉「故言必有三表」孫氏云：「表、儀義同。《左・文六年傳》云：『引之表儀。』洪云：『〈非命中篇〉、〈非命下篇〉，此段文義大略相同，皆作“言有三法”。『法』，《說文》作『灋』，『表』古文作『襮』，字形相近。』

乃據「表儀」同義連用〔註63〕之例，反推「表」字自有儀法義，而非形訛。又如：

〈備梯〉「適人除火而復攻」王引之云：「『除』字義不可通，『除』當爲『辟』，辟與避同。言我然火以燒敵人，敵人避火而復攻城也。隸書『辟』字或作『𨐌』，見漢益州太守高脁脩〈周公禮殿記〉及〈益州太守高頤碑〉，與『除』相似而誤。〈備蛾傅篇〉正作『敵人辟火而復攻』。」孫氏云：「除

〔註62〕參《王力語言學詞典》「同義詞」條。

〔註63〕所謂「同義連用」，洪成玉以爲「古漢語中的同義詞往往因連用而構成複音詞」，「這是古漢語中組詞的一種規律性現象」，故「可以據此反推出連用的詞中有很多是同義詞」。參《古漢語詞義分析》第五章「同義詞辨析」。

火，謂敵屏除城上所下之火。《左・昭十八年傳》云：『振除火災。』〈備
蛾傳篇〉作『辟』，義同。王說未塙。」

則徵諸《左傳》，以證「除」自有屏除義，與「辟」義同，不煩改字。凡此，皆由判
定同義字，而正其訓詁者也。

唯孫氏對同義字之判斷，亦偶有漏略，如上文所舉之「挾」與「接」，即一例也。
又如：

〈節葬下〉「葛以緘之」孫氏云：「『緘』當作『緘』。《說文・系部》
云：『緘，束也。』引《墨子》曰：『禹葬會稽，桐棺三寸，葛以緘之。』
即此文。《藝文類聚》十一、《御覽》三十七，引《帝王世紀》亦云：『禹
葬會稽，葛以緘之。』段玉裁云：『緘，今《墨子》此句三見，皆作緘。
古蒸、侵二部音轉最近也。』」

案[*28]：孫氏此處乃從段注之說，以「緘」爲「緘」之音轉。唯上古蒸、侵二部雖
偶可音轉，然緘爲幫母，緘屬見母，聲母相遠，無以相轉。《說文》：「緘，
束也。」「緘，束篋也。」徐灝《說文解字注箋》（見「緘」下）因謂：「『緘』
之與『緘』，蓋文異而義同，非蒸、侵之聲轉。」說至塙。故今本《墨子》
緘之作緘，蓋後人以同義字易之也，孫說非是。

以上即《閒詁》運用「就義論義」法，透過對字義本身之研究，藉以闡釋《墨
子》書義。當然，此法之施用，實際文獻材料仍是不可或缺之客觀依據，蓋字義之
演變異轍殊軌，本無固定範式可循，致對字義之理解難免產生某些主觀任意性，故
孫氏亦往往旁徵博引，以爲立說之依據與核證也。

綜言之，孫氏大量汲取前人，尤其是乾嘉學派之訓詁方術，秉持「以形索義」、
「因聲求義」、「就義論義」三法，而綜合活用之，終於使「訛舛不可讀」之《墨子》，
釐然復其舊觀矣。同時，孫氏於施用此諸法時，恒能依循共同原則——核證實際文
獻材料，避免流於主觀臆測，而保障其立說之正確性，故終能成就其在訓詁領域之
不朽地位。

第五節　審定文例

1. 審定文例之範疇

乾嘉諸老治學之另一法寶，乃依據文例以校字釋義。此法亦由王氏父子所首倡，

王引之《經傳釋詞・序》即嘗明白揭示「揆之本文而協，驗之他卷而通」兩法則，以爲大凡立說當徵諸本文、本書、或者他書之相同文例以相互印證，則「雖舊說所無，有可以心知其意者」，斯亦其治學之精髓所在〔註64〕，而孫氏亦能秉持此項原則以治《墨子》。茲即分別就《閒詁》中審定特殊文例及審定普通文例兩項申述之。

1-1 審定特殊文例

「凡一書特有之字例、句例，雖或散見於他書，而爲例不多者，謂之特殊文例。」〔註65〕孫氏於《札迻・序》嘗指出：

> 嘗謂秦、漢文籍，詰詘奧博，字例、文例，多與後世殊異。如荀卿書之「案」；墨翟書之「唯毋」；晏子書之以「散」爲對；淮南王書之以「士」爲武；劉向書之以「能」爲而，驟讀之，幾不能通其語。

其措意於《墨》書之特殊文例，於此可見。唯「唯毋」一詞之確立，出乎王氏父子之眞知灼見，孫氏則踵繼其業而續有發明。他如：

> 〈尚賢下〉「使天下之爲善者可而勸也，爲暴者可而沮也。」王念孫云：「『可而』猶『可以』也。下文曰：『上可而利天下，中可而利鬼，下可而利民。』與此文同一例。」孫氏云：「王說是也。〈尚同下篇〉云：『尚用之天下可以治天下矣，中用之諸侯可而治其國矣，下用之家君可而治其家矣。』上句作『可以』，下二句並作『可而』，可證。」

乃繼承王說而更加證成之也。至於出乎孫氏所發明之文例則有如：

> 〈尚同中〉「當若尚同之不可不察」俞樾云：「『若』字衍文。」孫氏則云：「惟『若』字實非衍文，當若，猶言當如。〈尚賢中篇〉云：『故當若之二物者，王公大人未知以尚賢使能爲政也。』〈兼愛下篇〉云：『當若兼之不可不行也，此聖王之道而萬民之大利也。』〈非攻下篇〉云：『當若繁爲攻伐，此實天下之巨害也。』又云：『故當若非攻之爲說，而將不可不察者，此也。』〈節葬下篇〉云：『故當若節喪之爲政，而不可不察此者也。』〈明鬼下篇〉云：『當若鬼神之有也，將不可不尊明也。』〈非命下篇〉云：『當若有命者之言，不可不強非也。』皆其證。俞以『若』爲衍文，失之。」

確立「當若」之文例，雖後人對此文例，解釋或有不同，然其發凡起例，功不可沒（說詳下文）。故於〈明鬼下〉「嘗若鬼神之能賞賢如罰暴也」孫氏云：「『嘗若』，當

〔註64〕參胡奇光，《中國小學史》，頁286。
〔註65〕見王叔岷先生，《校讎學》，頁87。

作『當若』，此書文例多如是。」即是援此文例以訂正原書他文之失也。又如：

〈兼愛中〉「天下之難物于故也」孫氏云：「竊疑『于』即『迂』之借字。《文王世子》云：『況于其身以善其君乎？』鄭注：『于讀爲迂。』是其證。『故』者，事也。『迂故』言迂遠難行之事。〈尚同中篇〉云：『故古者聖人之所以濟事成功，垂名於後世者，無他故異物焉。』此云『難物迂故』，與『他故異物』文例正同。」

案：考〈尚同中〉「無他故異物焉」孫氏云：「『異物』猶言異事。」〈經下〉「物盡同名」孫氏云：「『物』猶『事』也。」是孫氏已隱然見及《墨》書以「物」爲事之文例也，王煥鑣因謂「據《墨子引得》，《墨子》一書句中有『物』字約五十處，義字同『事』。」〔註66〕即本諸孫說而更廣其例也。

1-2 審定一般文例

「相同或相似之字例、句例，散見於各書者，謂之普通文例。」〔註67〕此類文例甚多，孫氏亦時時留意及此，如：

〈尚同中〉「尚同義其上」孫氏云：「『義』當作『乎』，下文云：『尚同乎鄉長，尚同乎國君。』可證。」

夫「乎」字用爲介詞，與「於」同，此一文例，《墨子》百數十見，孫氏乃援以校勘也。至若「義」字，於〈尚同〉諸篇屢見，如〈尚同下〉即云：「唯能以尚同一義爲政。」故或因而致訛。

〈尚同中〉「將以爲萬民興利除害，富貴貧寡，安危治亂也。」孫氏云：「此與上下文例不合，疑當作『富貧眾寡』。」吳毓江云：「正德本作『富貧寡』三字。可見古本先挩一『眾』字，後人妄於『富』下加『貴』字，遂不可通。〈節葬下篇〉以『富貧眾寡，定危治亂』連文，與此文例相同。」

說至允當。此皆據上下文例以校勘之例也。又如：

〈天志下〉「是蕡我者」顧廣圻云：「『蕡』讀若治絲而棼之棼。『我』當爲『義』。」孫氏云：「顧說是也。棼亦與紛同。〈尚同中篇〉云：『本無有敢紛天子之教者。』與此文例略同。〈急就篇〉云『芬薰脂粉膏澤筩』，『芬』，皇象本作『蕡』。此以『蕡』爲『棼』，與彼相類。」

則依據相同文例以爲訓釋也。

〔註66〕見《墨子校釋商兌》，頁81。
〔註67〕見王叔岷先生，《校讎學》，頁90。

2. 審定文例之疏失

《墨子》書之文例，經孫氏審察、訂定者，固然眾矣，如前所述；然爲其所忽略、甚至誤用者，亦閒有之，分述如下。

2-1 文例未備

夫一書之文例，散見於書中各處，若非逐字逐句詳加推敲，仔細尋繹，勢將掛一漏萬，疏略難免。如：

〈尚賢中〉：「其說將必挾震威彊。」

案[*7]：「（其）說將（必）」句型，舊說皆未曾言及，然於《墨子》書中數見之，如：「譬之猶以水救火也，其說將必無可焉。」（「兼愛下」）「今天下之所譽善者，其說將何哉？……必曰……」（〈非攻下〉）「天下之所以亂者，其說將何哉？」（〈天志下〉）「然則吾爲明察此，其說將奈何而可？……必以……」（〈明鬼下〉）「弗撞擊，將何樂得焉哉？其說將必撞擊之。」「大人鏽然奏而獨聽之，將何樂得焉哉？其說將必與賤人。」（〈非樂上〉）等皆是，此外，尚有類似句型，如：「吾不識孝子之爲親度者，即欲人愛利其親與？意欲人之惡賊其親與？以說觀之，即欲人之愛利其親也。」[註68]（〈兼愛下〉）「殺一人謂之不義，必有一死罪矣。若以此說往，殺十人，十重不義，必有十死罪矣。」（〈非攻上〉）「然今夫有命者，不識昔也三代之聖善人與？意亡昔三代之暴不肖人與？若以說觀之，則必非昔三代聖善人也，必暴不肖人也。」（〈非命下〉）凡此諸句，皆是「說」字下接推度副詞「將」、或「必」、或「將必」連言，而明係對未知之推度，竊疑其「說」即〈墨經〉所謂「說知」之說，〈經說上〉：「方不㢓，說也。」梁啓超云：「謂由推論而得之智識也。」故其「說」乃表推理、推測也，而以此義釋上述諸句，無不文從字順，然後知前期墨家已充份運用「說知」矣。往昔學者或以「說」在前期墨家著作中，大多沿襲過去用法，訓爲解釋、說法、學說、勸說等義，雖其中亦有個別出現推理之義，如：〈非攻上〉「以此說往」即是，然尚未確定爲一思維形式之範疇[註69]。然以今觀之，推理義之「說」於前期墨家著作中，已非零星個

[註68] 〈兼愛下〉「以說觀之，即欲人之愛利其親也。」「即」猶將也。夫即有將義，如《戰國策·趙策》：「是使王歲以六城事秦也，即坐而地盡矣。」言將坐見地盡也。《漢書·周勃傳》：「彼背其主降陛下，侯之，即何以責人臣不守節者乎？」言將何以也（參《經詞衍釋》），皆是其例。

[註69] 參田立剛，〈先秦邏輯史上「說」範疇的產生與發展〉，收錄於《南開學報》一九九三年第五期。

別之出現，應爲有意識之運用。惜自來爲人所忽略耳。

又如：

〈明鬼下〉「意雖使然」畢本「使」作「死」，云：「一本作『使』。」

孫氏云：「道藏本、吳鈔本並作『使』，今從之。」

案[*34]：「雖使」者，乃墨子熟語，於《墨子》書中數見之，如〈非攻下〉：「雖使下愚之人。」〈節葬下〉：「雖使不可以富貧衆寡定危治亂，然此聖王之道也。」〈明鬼下〉：「雖使鬼神請亡。」〈公孟〉：「雖使我有病。」等，楊伯峻云：「『雖使』相當於『即使』。」〔註 70〕湯可敬云：「『雖』可表示假設讓步，『使』可表假設，因此，『雖使』連在一起，可以表示假設讓步。」〔註 71〕說皆極是。以此義釋上述諸句，無不文從字順。唯此用法他書罕見，即《墨子》書中亦僅見於〈尚同〉、〈非攻〉、〈節用〉、〈明鬼〉、〈公孟〉等早期篇章，殆如「唯毋」等詞然，亦墨子之特殊用語也。故人多不識，畢本「使」作「死」，殆即淺人不悟「雖使」之義而妄改。至若孫氏雖書其正字作「使」，然亦不明其所以然，猶未達一間也〔註 72〕。

故諸如此類，皆《墨子》之特殊文例，而爲孫氏等前賢忽焉不察，以致曲解原書文意，更有甚者，因而錯失墨家思想之精義，影響可謂至鉅矣。

至於《墨》書之一般文例，亦有爲孫氏所忽略者，此如：

〈尚賢中〉「故不察尚賢爲政之本也」畢沅云：「當云『不可不察』。」

孫氏云：「『故』亦與『胡』同。畢云：『當云"不可不察"。』非。」

今案[*8]：畢說是也。蓋《墨子》「十論」各篇之結語，或爲雙重否定之文例，以示強調，若〈尚賢上〉「將不可以不尚賢，夫尚賢者，政之本也。」〈尚同中〉「當若尚同之不可不察，此之本也。」〈兼愛上〉「不可以不勸愛人者，此也。」等等諸句皆然，援以例此，則本文殆亦爲雙重否定句，而孫說失之。

2-2 曲解文例

夫文例雖已經提出，然而詮釋誤謬，以致曲解文例者，亦《閒詁》審定文例之一疵也。諸如：

〈尚同中〉「當若尚同之不可不察」俞樾云：「『若』字衍文。」孫氏云：「（上略）惟『若』字實非衍文，當若，猶言當如。〈尚賢中篇〉云：『故

〔註 70〕見《古漢語語法及其發展》，頁 947。
〔註 71〕見《古代漢語》，頁 525。
〔註 72〕見《墨經校釋，讀墨經餘記》，頁 4～5。

當若之二物者，王公大人未知以尚賢使能為政也。」〈兼愛下篇〉云：『當若兼之不可不行也，此聖王之道而萬民之大利也。』〈非攻下篇〉云：『當若繁為攻伐，此實天下之巨害也。』又云：『故當若非攻之為說，而將不可不察者，此也。』〈節葬下篇〉云：『故當若節喪之為政，而不可不察此者也。』〈明鬼下篇〉云：『當若鬼神之有也，將不可不尊明也。』〈非命下篇〉云：『當若有命者之言，不可不強非也。』皆其證。俞以『若』為衍文，失之。」

案[*12]：裴學海云：「『當』猶『對』也（『當』與『對』一聲之轉。），謂對於也。《墨子·天志下篇》：『當天之志，而不可不察也。』〈非攻篇中〉：『故當攻戰而不可不非。』〈明鬼篇〉：『故當鬼神之有與無之別。』〈非命篇中〉：『當夫有命者，不可不疾非也。』（『當夫』即『對於』也。『夫』訓『於』。）〈篇下〉作『當若有命者之言，不可不強非也。』（據孫詒讓本。案·『當若』亦『對於』也。）〈非樂篇〉：『當在樂之為物，將不可不禁而止也。』（『當在』即『對於』也。）〈明鬼篇〉：『當若鬼神之有也，將不可不尊明也。』〈兼愛篇下〉：『當若兼之不可不行也。』『當若』皆即『對於』。（『若』訓『於』。）《墨子》書言『當若』者皆仿此。字或作『嘗』，〈明鬼篇〉：『嘗若鬼神之能賞賢如罰暴也。』（『如』，『而』也。『嘗若』與『當若』同，亦謂『對於』也。）」[註73] 裴說是也。蓋「當若」乃墨子熟語，或謂之「當」、「當夫」、「當在」、「嘗若」等語，表對於之義也。孫氏僅見及「當若」例，且釋為當如，皆失之。唯裴氏以「《墨子》書言『當若』者皆仿此」，亦有可商。蓋《墨子》尚別有一「當若」，如本篇有云：「故當若天降寒熱不節……此天之降罰也。」〈非攻下〉：「當若繁為攻伐，此實天下之巨害也。」〈天志中〉：「日當若子之不事父。」等之「當若」，謝德三謂其「『當』意猶『儻』，句中與『若』連用成複詞，作關係詞用，用於假設關係複句之假設小句上。」[註74] 說至塙，故其「當若」猶今語所謂之倘若、假若也。蓋「當」本有對、倘之二義，故可與「若」、「在」、「夫」等連用，謂對於也（「若」、「在」、「夫」皆有於義，參《古書虛字集釋》）；又可單獨與「若」字連用，成複詞片語，謂倘若也。而裴氏忽略此後義，將《墨子》書之「當若」皆一概而論，猶未通達也。故亦由此可知，同一文例而可有不同之用法，須仔細加以分辨，以免混淆。

〔註73〕見《古書虛字集釋》「當」字條。
〔註74〕見《墨子虛詞用法研究》，頁58。

又如：

〈非攻下〉「故當若非攻之爲説，而將不可不察者此也。」王念孫云：
「『不可不察者此也』，本作『不可不察此者也』。此字指非攻之説而言，
言欲爲仁義，則不可不察此非攻之説也。今本『此者』二字倒轉，則與上
文今欲二字義不相屬矣。〈節葬篇〉：『故當若節喪之爲政，而不可不察者
此也。』『者此』，亦『此者』之誤。〈尚賢篇〉：『故尚賢之爲説，而不可
不察此者也。』〈明鬼篇〉：『故當鬼神之有與無之別，以爲將不可以不明
察此者也。』『此者』二字皆不誤。」

案[*23]：孫氏從王氏之説，故於〈節葬下〉改原文作「故當若節喪之爲政，而不可
不察此者也。」而云：「『此者』二字，舊本倒，今依王校乙，詳〈非攻下
篇〉。」今案：王氏此説實誤也，「此」字若依王説，與「者」字倒轉，而
指非攻之説，則與上文「非攻之爲説」相複沓，全句亦成所以對於非攻之
説，而將不可不察此非攻之説也，文不成義。故原文實不誤，所謂「而將
不可不察者，此也。」乃「……者，……也」之因果複句，謂對於非攻之
説，而將不可不察之原因，即在於「此」——亦即上文所謂之「當若繁爲
攻伐，此實天下之巨害也」，故「今欲爲仁義」，則不可不察非攻之説也。
文從字順，一意貫串，曾無王氏所謂「義不相屬」之疑也。且徵諸本書他
例，如：〈兼愛上〉：「不可以不勸愛人者，此也。」〈非命下〉：「將不可不
察而強非者，此也。」亦皆以「……者，……也」之因果複句，總結所以
兼愛、非命之緣由，猶此之比也，而王氏不以爲「倒轉」。故凡此諸句，
作「者此」者是也，如本文及〈節葬下〉所云，而王氏以爲誤例，孫氏從
而乙之，非是；至若〈尚賢下〉、〈明鬼下〉誤倒作「此者」，而王氏以爲
不誤，可謂適得其反，皆由不明其例之故也。

再如：

〈非命中〉「然胡不嘗考之百姓之情」孫氏云：「『然』與『則』義同。
『然胡不』亦見〈尚同下篇〉，此下文繁言之，則云『然則胡不』。」

案：謝德三云：「孫氏之説非也。『然』在此作轉折關係詞，與『然則』用法相同，
說見《詞詮》，其意如口語之『既然如此那麼』，用以順承上文之意而申説。
故下文作：『然則胡不嘗考之諸侯之傳言流語乎？』『然』與『然則』上下互
用可資爲證，然《集釋》依孫氏之説分訓釋『然』猶『則』，非是。」〔註75〕

─────────────

〔註75〕見《墨子虛詞用法研究》，頁 173。

其說至塙。

故諸如此類，皆孫氏不解文例之意，而曲爲之說也。

第六節　疏證名物制度

1. 疏證名物制度之特色

夫古書之難讀，非僅由於文字之隔閡，抑或因爲對古代器物制度之不了解所致。故俞樾嘗謂治經之要有三：曰義理曰名物曰訓詁。三者之中，固以義理爲重，然義理則寄諸名物訓詁。故學者必當通曉古言，推明古制，即訓詁名物以求義理，而微言大義存其中矣〔註76〕，可見其對名物之重視。孫氏亦然，其治學亦並重訓詁與名物，嘗自述其求學歷程曰：「既長，略窺漢儒治經家法，以《爾雅》、《說文》正其訓詁，以《禮經》、《大小戴記》證其制度。」〔註77〕故其治《墨子》，即上溯占籀之源，而旁及名物之理，尤不時以《周禮》之典章制度及所涉及之文史知識，以印證《墨子》，增強《閒詁》之學術權威性，上文已有言及，茲更舉數例以明之，如孫氏於〈自序・後記〉所云：

> 〈兼愛篇〉注「召之邸虖池之瀆」，「召之邸」即孫炎本《爾雅・釋地》之「昭餘底」，亦即《周禮・職方氏》之「昭餘祁」。今本「召」訛爲「后」，其義不可解，畢氏遂失其句讀矣。

又云：

> 〈非樂篇〉「折壤坦」，「折」即《周禮・䂂蔟氏》之「哲」。……「折」訛爲「拆」，畢蘇諸家各以意校改，遂重牴牾繆，不可究詰矣。

此皆得之於《周禮》者，故能見前人所未見。

唯孫氏並不妄從《周禮》，而是以《周禮》爲參照。如：

> 〈尚同上〉：「是故里長者，里之仁人也。」孫氏云：「此里爲鄉之屬別，與《周禮・地官・六遂》所屬里異。」

> 〈節用上〉：「丈夫年二十，毋敢不處家。女子年十五，毋敢不事人。」孫云：「《周禮・媒氏》：『令男三十而娶，女二十而嫁。』賈疏引王肅〈聖證論〉云：『前賢有言：丈夫二十不敢不有室，女子十五不敢不有其家。』王肅語本於此。」

〔註76〕參俞樾〈重建詁經精舍記〉，收錄於《春在堂全書・雜文》。

〔註77〕見《周禮正義・敘》。

則不僅據《周禮》以求其同，且參《周禮》以明其異也〔註78〕。而無論為引《周禮》作疏證、抑或作參照，其目的皆為推明古代之器物、制度也。

又因孫氏著《閒詁》之根本動機，乃在「以通識時務屬天下士」，所謂「通識時務」即通識實用之科學技術，故孫氏自謂：「至於訂補〈經〉〈說〉上下篇旁行句讀，正兵法諸篇之訛文錯簡，尤私心所竊自喜。」〔註79〕蓋此諸篇或頗涉及自然科學及兵法等通識時務，而為時賢所重，如俞樾即以：「近世西學中，光學、重學、或言皆出於墨子，然則其備梯、備突、備穴諸法，或即泰西機器之權輿乎？」〔註80〕故知孫氏之私心即在發揚中華民族之科學傳統也，因於疏證此數篇之名物制度尤其費心盡力，如：

〈經下〉：「臨鑑而立，景到。」畢沅云：「即今『影倒』字正文。」鄒伯奇云：「謂窪鏡也。」孫氏云：「畢、鄒說是也。《說文·日部》云：『景，光也。』《大戴禮記·曾子天圓篇》云：『故火日外景，而金水內景。』蓋凡發光含明及光所照物，蔽而成陰，三者通謂之景。古無玻璃，凡鑑皆以金為之，此所論即內景也。到者，所謂格術。沈括《夢溪筆談》云：『陽燧照物，迫之則正，漸遠則無所見，過此則倒，中間有礙故也。如人搖櫓，臬為之礙，本末相格，算家謂之格術。』鄭復光《鏡鏡詅癡》云：『光線自闊而狹，名約行線。約行線愈引愈狹，必交合為一而成角，名交角線。兩物相射，約行線自此至彼，若中有物隔，則約行線至所隔之物而止。設隔處有孔，則射線穿孔約行，不至彼物不止。如彼物甚遠，則約行必交，穿交而過，則此之上邊必反射彼下邊，此之左邊必反射彼右邊者，勢也。能無成倒影乎？塔影倒垂，此其理也。』云：『二光夾一光。』則當為回光之義。」

此皆在闡述其光學原理也。又如：

〈備城門〉「衝」孫氏云：「《詩·皇矣》孔疏又云：『《墨子》有〈備衝之篇〉。』今佚。定八年《左傳》云：『主人焚衝。』杜注云：『衝，戰車。』《六韜·軍用篇》有『武衝大扶胥』，疑即此。《戰國策·齊策》云：『百尺之衝。』《荀子·彊國篇》又有『渠衝』，楊注云：『渠，大也。渠衝，攻城之大車也。』《韓非子·八說篇》云：『平城距衝。』疑即《荀子》之渠衝矣。《逸周書·小明武篇》云：『具行衝梯。』《莊子·秋水篇》云：

〔註78〕參朱宏達，〈孫詒讓和墨學研究〉，收錄於《墨子研究論叢（二）》。
〔註79〕見《閒詁·自序》。
〔註80〕見《閒詁·俞序》。

『梁麗可以衝城。』亦即此。」

　　「堙」孫氏云:「土山,亦見《太白陰經·攻城具篇》。《左傳·襄六年》:『晏弱圍萊,堙之,環城傅於堞。』杜注:『堙,土山也。』《書·費誓》孔疏云:『兵法,攻城築土爲山,以闞望城内,謂之距堙。』《孫子·謀攻篇》作『距闉』,曹操注云:『距闉者,踊土稍高而前,以附其城也。』《尉繚子·兵教下篇》云:『地狹而人眾者,則築大堙以臨之。』蓋堙與高臨略同,惟以堙池爲異。此書今本,備堙無專篇,而本篇後文寇闉池一節,蓋即備堙之法。」

則在推明古代兵法,冀以經世致用也。

2. 疏證名物制度之疏失

　　孫氏對《墨》書之名物制度,雖竭盡心力欲復其舊觀,然而時移世異,代有變遷,古代之真相既邈茫難知,孫氏之蠡測則或不免有所隔閡、臆說,舉例如下:

　　　　〈非攻中〉「和合其祝藥」孫氏云:「《周禮·瘍醫》:『掌腫瘍、潰瘍、金瘍、折瘍之祝藥。』鄭注云:『祝當爲注,讀如注病之注,聲之誤也。注謂附著藥。』彼祝藥爲劍瘍附箸之藥,此下文云食,則與彼異。」

案[*18]:孫氏此乃從《周禮》鄭注爲說。蓋鄭氏此說,後人多從之,如《荀子·勸學》「強自取柱」王引之云:「『柱』當讀爲『祝』。(中略)『祝』之通作『柱』,猶『注』之通作『祝』,《周禮·瘍醫》『祝藥』鄭注云:『祝當爲注,聲之誤也。』」亦本乎此。然鄭氏此說實有誤,考《周禮·瘍醫》之原文爲:「掌腫瘍、潰瘍、金瘍、折瘍之祝藥劀殺之齊。凡療瘍以五毒攻之、以五氣養之、以五藥療之、以五味節之。」下文又有〈獸醫〉:「掌療獸病、療獸瘍。凡療獸病,灌而行之以節之。凡療獸瘍,灌而劀之,以發其惡,然後藥之、養之、食之。」故知瘍醫與獸醫療獸瘍之法大體相若,而彼所謂「灌」與此之「祝藥」殆亦相若。又因療獸病亦須「灌而行之」,則「灌」與「祝藥」當非如鄭注所謂「附著藥」之義也。《禮記·投壺》「奉觴曰賜灌」注:「灌猶飲也。」是灌有飲義,故此處或即謂灌飲湯藥也。而「祝藥」則爲「注藥」之音轉,祝古韻在幽部、章母,注在侯部、章母,故可雙聲相轉。《說文》:「注,灌也。」是注猶灌也。而所謂「和合其祝藥」即調和其灌飲之湯藥也,《公羊傳·莊公三十二年》:「季子和藥而飲之。」知湯藥得和合然後飲之。而孫氏未得其正解,實由不明《周禮》所載之醫理之故也。

　　　　〈非攻下〉「鷽鳴十夕餘」孫氏云:「『鷽』舊本作『鷗』。盧云:『鷗』

字未詳，若作『鸛』，與『鶴』同。案：盧說是也。道藏本、季本並作『鸛』，今據改『鶴』字。唐姚元景〈造象記〉作『鸛』，〈楚金禪師碑〉作『鸕』，並俗書訛變。《通鑑外紀・夏紀》云：『鶴鳴於國，十日十夕不止。』即本此文。《通志・夏紀》『鶴』作『鸛』，疑誤。」

今案[*22]：孫氏乃以「鸛」即「鶴」字也。然考《墨子》此文意謂夏桀失德，天降異象，而鶴鳴于夕應非異象，《詩・鶴鳴》疏：「鶴者，善鳴之鳥。（中略）陸璣疏云：『當夜半鳴。』」《淮南子・說山》「鶴知夜半」注：「鶴夜半而鳴也。」《閒詁・附錄・墨子佚文》亦云：「今鶴雞時夜而鳴，天下振動。（中略）唯其言之時也。」是鶴本喜夜鳴。且《通志・夏紀》字何以作鸛，亦頗令人費解。故今疑其字本當作「雈」，《說文》：「雈，鴟屬。（中略）所鳴其民有禍。」《博物志》則謂其「夜至人家，（中略）凶者輒鳴，鳴則其家有禍。」是雈鳴于夕則凶，與此文意相合。其字古韻在元部、匣母，與元部、見母之鸛字，聲韻俱近，故得假借。至若「鸕」、「鸛」字，經傳皆未見，然其所从之虍、霍，皆在魚部、曉母，因上古魚、元二部偶可音轉，若鸕從虍聲而讀入元部〔註81〕、雈之轉注字蒦則入魚部〔註82〕，故作鸕、鸛者，殆皆雈之音轉也。至於「鶴」字，古韻在宵部，與鸕、鸛之音相遠，唐人書中三字之混用，殆爲形近致誤；不然，則或因鶴在中古入鐸韻，與鸛等之音近（《廣韻》「霍」字在鐸韻），遂誤以爲一。而孫氏於此未能「多識於草木鳥獸之名」，以致「指雈爲鶴」也。

尤其，〈墨經〉及〈備城門〉以下諸篇，「所記兵械名制，錯雜舛悟，無可質證」〔註83〕，故孫氏於茲數篇雖「挈虆有年，用思略盡」〔註84〕，而「所闚仍寡」〔註85〕，且即經後人不斷爲之訂補、闡發，至今仍莫能得其詳。此乃文獻不足徵之故也，因對古代自然科學知識及兵法制度所知太少，亦莫可如何之事。故唯有寄望於考古發掘，冀由地下出土文物以獲取新線索，如近人李學勤、初師賓等即利用新出秦漢簡中之軍事、法律制度，及其遺物，與〈備城門〉諸篇比合而觀，以互相驗證，譬如李學勤於〈秦簡與《墨子・城守》各篇〉〔註86〕云：

〔註81〕參龍師宇純，〈上古陰聲字具輔音韻尾說檢討〉，收錄於《史語所集刊》第五十本四分。
〔註82〕參拙著，〈甲骨文字考釋二則：說雈〉，收錄於《中國文學研究》第五期。
〔註83〕見〈備城門篇〉題解。
〔註84〕見《閒詁・自序》。
〔註85〕語出梁啓超，《墨經校釋・自序》。
〔註86〕李文收錄於《雲夢秦簡研究》。初師賓之〈漢邊塞守御器備考略〉，收錄於《漢簡研究文集》，皆是其例。

《法律答問》簡有這樣一條：

> 「譽適（敵）以恐眾心者，翏（戮）」。「翏（戮）」者可（何）如？生翏（戮），翏（戮）之已乃斬之之謂殹（也）。

「譽敵以恐眾心者，戮」係秦刑法本文，以下則是律意的解說。「譽敵」一詞見《墨子‧號令》，文云：

其出入爲流言，少以爲眾，亂以爲治，敵攻拙以爲巧者，斷。

所以「譽敵以恐眾心」就是贊揚敵人而動搖軍心。《墨子‧迎敵祠》又有：

其出入爲流言，驚駭恐吏民，謹微察之，斷，罪不赦。

也可以參考。

又如初師賓以爲居延木轉射實物之出土，對理解《墨子‧備城門篇》「轉射機」之占制，有相當之助益〔註87〕。凡此，皆是利用地下出土文物與文獻資料比觀參照，庶幾稍得窺其原貌矣！

〔註87〕參初師賓，〈漢邊塞守御器備考略〉。

第六章　《閒詁》訓詁術語析論

第一節　《閒詁》訓詁術語分析

上一章為《閒詁》訓詁方法之總論，然因其中某些方術往往運用其專門術語來表達，故欲對諸法作更具體、深入之分析與檢討，則首須解讀其所用各項術語，方不致郢書燕說，穿鑿附會，而失其真。故今別為此章。

訓詁學術語，創自漢儒，段玉裁已有言，云：

> 漢人作注，於字發疑正讀，其例有三：一曰讀如讀若，二曰讀為讀曰，三曰當為。讀如讀若者，擬其音也。（中略）讀為讀曰者，易其字也。（中略）當為者，定為字之誤聲之誤而改其字也。（中略）三者分而漢注可讀，而經可讀。〔註1〕

是漢代已有專門之訓詁術語，各自代表不同之訓詁方式，故須了解各術語之義例，而後「注可讀」、「經可讀」。迄至後代，訓詁學家對漢儒之術語有所因革、有所損益，或此或彼，各有不同。今即就《閒詁》之訓詁術語，擇其要者凡十一項，試為歸納、分析如下。

1. 與音韻相關之術語

《閒詁》之術語中，與音韻相關者甚多，包括：音（聲）同（近）、聲類同、音（聲）轉、音（聲）義同（近）、假借、讀為、通（用）及（字）同等皆是也。茲為探討其音韻條件，故將此諸術語併作一類以觀之，並將其條例共計五百三十五則具以表列之如下，以便省覽，以避敘述之冗贅。表中所列之上古音，皆據董同龢先生

〔註1〕見《周禮漢讀考・序》。

《上古音韻表稿》,若《表稿》所無,則加說明之。又,「備註」欄中有註明「轉注字」者,其義說詳第二節。

《閒詁》訓詁術語音韻關係表

編號	篇名	正文	字組	術語	聲	韻	備註
1	親士	而尙攝中國之賢君	攝懾	通	書章	葉葉	
2	親士	君必有弗弗之臣	弗咈	讀爲	幫並	微微	轉注字
3	親士	而支苟(敬)者詻詻	敬儆	讀爲	見見	耕耕	轉注字
4	親士	近臣則喑	喑闇瘖	字通	影影影	侵侵侵	轉注字
5	親士	近臣則喑	喑瘖	字同	影影	侵侵	轉注字
6	親士	遠臣則唫	唫吟	同	疑疑	侵侵	
7	親士	錯者必先靡	靡礦	假字	明明	歌歌	「礦」爲「磨」之或體。
8	親士	其抗也	抗亢	聲類同	溪溪	陽陽	轉注字
9	脩身	是故置本不安者	置植	通	端定	之之	轉注字
10	脩身	願欲日逾	逾偷	讀爲,同聲假借字	定定	侯侯	
11	脩身	出於口者無以竭馴	馴訓	字通	邪曉	文文	轉注字
12	脩身	接之肌膚	接挾	通	精匣	葉葉	
13	脩身	接之肌膚	接捷	字通	精從	葉葉	
14	脩身	君子以身戴行者也	戴載	古通	端精	之之	
15	所染	五入必	必畢	讀爲	幫幫	脂脂	
16	所染	厲王染於厲(虢)公長父	虢郭	古通	見見	魚魚	
17	所染	豎刀之徒是也	刀貂	字通	端端	宵宵	
18	法儀	當皆法其父母奚若	當嘗	通	端禪	陽陽	
19	法儀	使遂失其國家	遂隊	通	邪定	微微	轉注字
20	七患	游者愛佼	佼交	字通	見見	宵宵	轉注字
21	辭過	梱(捆)布絹	捆梱	假字	溪溪	文文	孫氏云:「捆爲梱之俗。」〈非樂上〉
22	辭過	梱布絹(綃)	絹繰	通	心精	宵宵	
23	辭過	素食而分處	素疏	假字	心心	魚魚	
24	辭過	蒸炙魚鱉	蒸烝	通	章章	蒸蒸	轉注字

25	三辯	命曰護	護濩	字通	匣匣	魚魚	
26	三辯	又脩九招	招韶磬	字通	章禪禪	宵宵宵	
27	三辯	命曰騶虞	騶鄒	字通	精精	侯侯	
28	三辯	命曰騶虞	虞吾	字通	疑疑	魚魚	
29	尚賢上	牆立既謹	謹僅	通	見群	文文	
30	尚賢上	尚欲祖述堯舜禹湯之道	尚上	同	禪禪	陽陽	
31	尚賢中	此謂事能	事使	同	精心	之之	轉注字
32	尚賢中	無故（攻）富貴	攻功	借字	見見	東東	轉注字
33	尚賢中	與之戮力同心	戮勠	借字	來來	幽幽	
34	尚賢中	親為庖人	庖胞烰	借字	並滂並	幽幽幽	轉注字
35	尚賢中	庸築乎傅	巖巘	音近字通	疑曉	談談	
36	尚賢中	曰群后之肆（肆）在下	隸逮	聲類同，古通用	定定	脂脂	
37	尚賢中	明明不（棐）常	棐匪	假字	幫幫	微微	
38	尚賢中	乃名三后	名命	通	明明	耕耕	
39	尚賢中	哲民維刑	悊哲	字同	端端	祭祭	「悊」為「哲」之或體。
40	尚賢中	維假於民	假嘏	通	見見	魚魚	轉注字
41	尚賢中	則天鄉其德	鄉享	讀為	曉曉	陽陽	
42	尚賢中	若山之承	承丞	通	禪禪	蒸蒸	轉注字
43	尚賢中	傾者民之死也	也邪	古通	定邪	魚魚	《表稿》以為「也」字在古代有兩種用法。一為佳部字，一部魚部字，與「邪」相通者為魚部字。（《表稿》頁九三）
44	尚賢中	故不察尚賢為政之本也	故胡	同	見匣	魚魚	
45	尚賢下	王公大人有一罷馬不能治	罷疲	字同	並並	歌歌	
46	尚賢下	知人	知智	通	端端	佳佳	轉注字
47	尚賢下	是以使百姓皆攸心解體	攸悠	通	定定	幽幽	轉注字
48	尚同上	尚同	尚上	通	禪禪	陽陽	同（30）
49	尚同上	腐歺餘財不以相分	歺臭	聲近	曉見	幽幽	

50	尚同上	夫明虖天下之所以亂者	虖乎	借	曉匣	魚魚	轉注字
51	尚同上	天子三公既以立	以已	通	定定	之之	「以」爲「已」之或體。
52	尚同上	下有善則傍薦之	傍訪	通	並滂	陽陽	
53	尚同上	鄉長唯能壹同鄉之義	壹一	字通	影影	脂脂	
54	尚同上	潒潒而至者	潒蓁	聲同字通	精精	眞眞	
55	尚同上	請以治其民	請誠	通	清禪	耕耕	
56	尚同中	已有善傍薦之	傍訪	借字	並滂	陽陽	
57	尚同中	有率其鄉萬民	有又	讀爲	匣匣	之之	轉注字
58	尚同中	疾菑戾疫	戾癘	一聲之轉	來來	脂祭	
59	尚同中	是以先王之書術令之道曰	術說	假字	船定	微祭	
60	尚同中	是以先王之書術令之道曰	令命	假字	來明	耕耕	
61	尚同中	維辯使治天均	辯辨	字通	並並	元元	轉注字
62	尚同中	聿求厥章	聿曰	古通用	定曰	微脂	
63	尚同下	非特富貴游佚而擇之也	擇措	讀爲	定清	魚魚	
64	尚同下	若人唯使得上之賞	唯雖	字通	定心	微微	
65	尚同下	光譽令聞	聞問	字通	明明	文文	轉注字
66	兼愛上	當察亂何自起	當嘗	讀爲，同聲假借字	端禪	陽陽	同（18）
67	兼愛中	天下之難物于故也	于迂	借字	匣匣	魚魚	轉注字
68	兼愛中	教馴其臣	馴訓	讀爲	邪曉	文文	轉注字
69	兼愛中	破碎亂行	碎萃	借字	心從	微微	
70	兼愛中	注后之邸	邸祗底	音近相通	端群章	脂脂脂	
71	兼愛中	注后之邸	之余	音相轉	章定	之魚	
72	兼愛中	嘑池之竇	嘑呼	字同	曉曉	魚魚	轉注字
73	兼愛中	洒爲底柱	洒灑	同	心心	脂佳	
74	兼愛中	灑爲九澮	灑	字通	心心	佳佳	轉注字
75	兼愛中	以利荊、楚、干、越	干邗	借字	見見	元元	
76	兼愛中	連獨無兄弟者	連矝	讀爲，一聲之轉	來來	元耕	「矝」字《表稿》所無，茲據孫氏云：「矝從令聲。」推之。
77	兼愛中	有所雜於生人之間	雜集	讀爲	從從	緝緝	轉注字

78	兼愛中	以祇商夏	祇振	讀爲	章章	脂文	
79	兼愛中	忠實欲天下之富	忠中	通	端端	中中	轉注字
80	兼愛下	當使若二士者	當嘗	借字	端禪	陽陽	同（18）
81	兼愛下	譬之猶馴馳而過隙也	隙郤	通	溪溪	魚魚	
82	兼愛下	常使若二君者	常嘗	讀爲	禪禪	陽陽	
83	兼愛下	若予既率爾群封諸群	群君	讀爲	群見	文文	轉注字
84	兼愛下	若予既率爾群對（封）諸群	封邦	古音近通用	幫幫	東東	
85	兼愛下	其易若底	砥底	字通	章章	脂脂	「砥」爲「氐」之或體。
86	兼愛下	意以天下之孝子爲遇	遇愚	當爲，同聲假借字	疑疑	侯侯	
87	兼愛下	古者文武爲正	正政	同	章章	耕耕	
88	兼愛下	即求以鄉其上也	鄉向	字通	曉曉	陽陽	
89	兼愛下	越國之士可謂顫矣	顫憚	讀爲	章定	元元	
90	兼愛下	越國之士可謂顫矣	顫譚憚	同	章□定	元□元	「譚」爲「憚」之形誤。
91	兼愛下	苴者晉文公好苴服	苴粗	字通	精清	魚魚	
92	兼愛下	且苴之屨	苴駔且	聲近字通	精從精	魚魚魚	
93	非攻上	至入人欄廄	欄闌	借字	來來	元元	
94	非攻中	則是鬼神之喪其主后	后後	字通	匣匣	侯侯	
95	非攻中	雖北者且不一著何	且粗	借字	精精	魚魚	
96	非攻中	雖北者且不一著何	著屠	聲類同	定定	魚魚	「著」字《說文》、《表稿》所無，徐鉉《新修字義》：「著本作箸，《說文》『陟慮切』。」
97	非攻中	雖北者且不一著何	不豹	一聲之轉	幫幫	之宵	
98	非攻中	雖北者且不一著何	何胡	一聲之轉	匣匣	歌魚	
99	非攻中	情欲得而惡失	情誠	字通	從禪	耕耕	
100	非攻中	予豈若古者吳闔閭哉	閭盧	字通	來來	魚魚	
101	非攻中	而葆之會稽	葆保	字通	幫幫	幽幽	
102	非攻中	施舍群萌	舍予	聲近字通	書定	魚魚	
103	非攻中	魚水不務	務鶩	讀爲	明明	侯侯	轉注字
104	非攻下	必反大國之說	交效	字通	見匣	宵宵	轉注字

105	非攻下	士不分	分奮	聲近假借字	幫幫	文文	
106	非攻下	四電誘（誖）祗	誖勃	字通	並並	微微	
107	非攻下	四電誘祗（振）	振震	字通	章章	文文	
108	非攻下	天有辖（酷）命	酷礐	字通	溪溪	幽幽	
109	非攻下	天不序（享）其德	鄉享	通	曉曉	陽陽	
110	非攻下	河出綠圖	綠籙	通	來來	侯侯	
111	非攻下	越王繄虧	繄醫	音同	影影	佳之	
112	非攻下	越王繄虧	虧餘	聲相轉	見定	歌魚	
113	非攻下	出自有遽	遽渠	聲近古通用	群群	魚魚	
114	非攻下	今若有能信先下諸侯者	劾交	讀爲	匣見	宵宵	轉注字
115	非攻下	以此劾大國	劾交	讀爲	匣見	宵宵	轉注字
116	非攻下	攻必倍	攻功	借字	見見	東東	同（32）
117	節用上	民德不勞	德得	通	端端	之之	
118	節用上	以爲多以圍寒	圍禦	字通	疑疑	魚魚	
119	節用上	有去大人之好聚珠玉	有又	讀爲	匣匣	之之	同（57）轉注字
120	節用上	于民次也	次恣	讀爲	清精	脂脂	轉注字
121	節用上	有與侵就傿橐	有又	讀爲	匣匣	之之	同（57）轉注字
122	節用中	鞼匏	鞼繢	假	群匣	微微	
123	節用中	鞼匏	匏鞄	借字	並並	幽幽	
124	節用中	南撫交阯	阯趾	假字	章章	之之	轉注字
125	節用中	啜於土形	形刑鉶	假字	匣匣匣	耕耕耕	
126	節用中	斗以酌	斗枓	假借字	端端	侯侯	轉注字
127	節用中	斗以酌	酌勺	假借字	章章	宵宵	轉注字
128	節用中	動則兵（弁）且從	弁變	假字	並幫	元元	
129	節用中	堀穴深不通於泉	堀窟	借爲	溪溪	微微	轉注字
130	節葬下	智不智	智知	通	端端	佳佳	同（46）轉注字
131	節葬下	言則相非	則即	古通	精精	之脂	
132	節葬下	相（措）廢而使人非之	措錯	字通	清清	魚魚	
133	節葬下	丘隴必巨	隴壟	假字	來來	東東	轉注字

134	節葬下	使面目陷陬	陬陬	同	□精	□侯	「陬」字字書所無，當爲誤字。
135	節葬下	諸侯力征	征正政	通	章章章	耕耕耕	同（87）轉注字
136	節葬下	日必捶垛	垛除	讀爲，聲義亦通	定定	魚魚	「垛」字《表稿》所無，茲以其爲除之或體。
137	節用上	此所謂便其習而義其俗者也	義宜	讀爲	疑疑	歌歌	
138	節葬下	下無菹漏	菹沮	字通	精精	魚魚	轉注字
139	天志上	夫天不可爲林谷幽門（閒）無人	閒、間隙	讀爲	見見	元元	
140	天志上	曰且夫義者政也	正政	字通	章章	耕耕	同（87）轉注字
141	天志上	業萬世子孫	葉世	同	定書	葉祭	
142	天志上	方施天下	方旁	字通	幫並	陽陽	
143	天志上	猶倖馳也	偝背	同	並並	之之	「偝」字《表稿》所無，據《廣韻》「蒲昧切」推之。轉注字
144	天志中	天之意不可不愼也	愼順	同	禪船	眞文	
145	天志中	天之意不可不愼也	愼順	讀爲	船禪	眞文	
146	天志中	疾菑戾疫凶饑則不至	戾癘	字通	來來	脂祭	
147	天志中	則可謂否（后）矣	后厚	讀爲	匣匣	侯侯	
148	天志中	無廖僔務	無侮	讀爲	明明	魚侯	
149	天志中	謂之不善意行	悳德	字通	端端	之之	「悳」爲「德」之或體。
150	天志下	力正	正政	字通	章章	耕耕	同（87）轉注字
151	天志下	寬（囂）者然日	囂讙	音義同	曉曉	元元	
152	天志下	寬（囂）者然日	寬囂	借字	溪曉	元元	
153	天志下	婦人以爲舂酋	酋抌	假字	從端	幽侵	
154	天志下	發其綛（縱）處	縱從	借字	精精	東東	轉注字

155	天志下	有具其皮幣	有又	字通	匣匣	之之	同（57）轉注字
156	天志下	何不當發吾府庫	當嘗	讀爲	端禪	陽陽	同（18）
157	天志下	已非其有所取之故	已以	同	定定	之之	「已」爲「以」之或體。
158	天志下	挅格人之子女者乎	挅擔	字通	精精	魚魚	「擔」爲「挅」之或體。
159	天志下	是蕡（棼）我者	棼紛	同	並滂	文文	
160	天志下	因以爲文義	爲謂	通	匣匣	歌微	
161	天志下	此豈有異蕡白黑、甘苦之別者哉	別辯	聲近字通	並並	祭元	
162	明鬼下	諸侯力正	正征	字通	章章	耕耕	同（87）轉注字
163	明鬼下	退無罪人乎道路率徑	迓禦	通	疑疑	魚魚	
164	明鬼下	退無罪人乎道路率徑	率術	讀爲	心船	微微	
165	明鬼下	請惑聞之見之	請誠	讀爲	從禪	耕耕	同（55）
166	明鬼下	周宣王合諸侯而田於圃（畝）	畝牧	聲轉字通	明明	之之	
167	明鬼下	請惑聞之見之	惑或	通	匣匣	之之	轉注字
168	明鬼下	若此之憯遫也	憯懵	通	清清	侵侵	轉注字
169	明鬼下	當晝日中處乎廟	當嘗	古字通用	端禪	陽陽	同（18）
170	明鬼下	燕將馳祖	祖沮菹	字通	精精精	魚魚魚	
171	明鬼下	殪之車上	桓和	古通	匣匣	元歌	
172	明鬼下	袾子杖揖（殳）出與言曰	殳殳	聲義同	禪禪	侯侯	轉注字
173	明鬼下	春秋多夏選失時	選饌	讀爲	心從	元元	轉注字
174	明鬼下	袾子舉揖而槀之	槀敲	讀爲	見溪	宵宵	
175	明鬼下	於是洫（潏）洫	潏歠	聲同	□心	□葉	「潏」字字書所無，當爲誤字。
176	明鬼下	施行不可以不董（董）	謹董	通用	見群	文文	
177	明鬼下	夫眾人耳目之請	請情	假借	從從	耕耕	轉注字
178	明鬼下	故必先鬼神而後人者此也	故固	讀爲	見見	魚魚	
179	明鬼下	故曰官府選	選饌	讀爲	心從	元元	轉注字
180	明鬼下	有恐後世子孫	有又	字通	匣匣	之之	同（57）轉注字

181	明鬼下	重有重之	有又	讀爲	匣匣	之之	同（57）轉注字
182	明鬼下	百獸貞虫	貞征	假字	端端	耕耕	
183	明鬼下	下土之葆	葆保	字通	幫幫	幽幽	同（101）
184	明鬼下	有日	有又	讀爲	匣匣	之之	同（57）轉注字
185	明鬼下	僇于社者何也	僇戮	字通	來來	幽幽	
186	明鬼下	言聽獄之事也	中衷	通	端端	中中	轉注字
187	明鬼下	然不能以此圉鬼神之誅	圉禦	字通	疑疑	魚魚	同（118）
188	非樂上	非直掊潦水折壤坦而爲之也	折摘	讀爲	章定	祭佳	
189	非樂上	非直掊潦水折壤坦而爲之也	坦壇	讀爲	透定	元元	
190	非樂上	鍾猶是延鼎也	延羨	讀爲	定定	元元	
191	非樂上	然即當爲之撞巨鍾	當嘗	字通	端禪	陽陽	同（18）
192	非樂上	眉之轉朴	明眉	字通	明明	陽脂	
193	非樂上	萬人不可衣短褐	短豎裋	同聲假借字	端禪禪	元侯侯	
194	非樂上	貞蟲異者也	貞正	聲近假借字	端章	耕耕	
195	非樂上	此掌不從事乎衣食之財	掌常	字通	章禪	陽陽	
196	非樂上	今王公大人惟毋爲樂	毋無	字通	明明	魚魚	
197	非樂上	蜚鳥	蜚飛	通	幫幫	微微	
198	非樂上	故唯使雄不耕稼樹藝	唯雖	字通	定心	微微	同（64）
199	非樂上	亶其思慮之智	亶殫	聲近字通	端端	元元	
200	非樂上	其恒舞于宮	舞武	字通	明明	魚魚	
201	非樂上	其刑君子出絲二衛（術）	術遂	字通	船邪	微微	
202	非樂上	九有以亡	有域	一聲之轉	匣匣	之之	
203	非樂上	湛濁于酒	湛沈	字通	端定	侵侵	
204	非樂上	渝食于野	渝偷	讀爲	定定	侯侯	
205	非樂上	將將銘莧磬以力	將牆	借字	精精	陽陽	轉注字
206	非命上	譬猶運鈞之上而立朝夕者也	運員	音近古通	匣匣	文文	
207	非命上	有原之者	原謜	字通	疑疑	元元	

208	非命上	而禍不可諱	諱違	讀爲	曉匣	微微	轉注字
209	非命上	政諸侯	政正	通	章章	耕耕	同（87）轉注字
210	非命上	守城則不崩叛	崩倍	假字	幫並	蒸之	
211	非命上	守城則不崩叛	崩倍	一聲之轉，古字通用	幫並	蒸之	
212	非命上	守城則不崩（倍）叛	倍背	同	並幫	之之	
213	非命上	男女有辨	辨別	同	並幫	元祭	
214	非命上	禍厥先神禔不祀	禔祇	聲近古通	禪群	佳佳	
215	非命中	譬猶立朝夕於員鈞之上也	員運	聲義相近	匣匣	文文	
216	非命中	初之列士桀大夫	桀傑	字通	群群	祭祭	
217	非命中	意亡昔三代之暴不肖人也	意抑	同	影影	之脂	
218	非命中	不繆其耳目之淫	繆糾	假字	明見	幽幽	
219	非命中	外之毆騁田獵畢弋	弋隹	借字	定定	之之	轉注字
220	非命中	是故國爲虛厲	厲戾	字通	來來	祭脂	同（146）
221	非命中	我命故且亡	故固	同	見見	魚魚	
222	非命中	棄闕其先神而不祀也	闕厥	讀爲	溪見	祭祭	轉注字
223	非命中	棄闕其先神而不祀也	示祇	同	船群	脂佳	
224	非命中	於召公之執令於然	令命	字通	來明	耕耕	同（60）
225	非命下	遂得光譽令聞於天下	聞問	通	明明	文文	轉注字
226	非命下	遂失其宗廟	遂隊	通	邪定	微微	同（19）轉注字
227	非命下	上帝不常	常尚	讀爲	禪禪	陽陽	
228	非命下	多治麻統葛緒	緒紓	聲同	邪定	魚魚	
229	非命下	多治麻統葛緒	緒紵	讀作	邪定	魚魚	
230	非命下	捆布縿	捆梱綑	聲形並相近，訛變	溪溪溪	文文文	孫氏云：「梱、綑、捆並梱之俗別字。」
231	非儒下	有日	有又	讀爲	匣匣	之之	同（57）轉注字
232	非儒下	是若人氣	氣乞	通	溪溪	微微	轉注字
233	非儒下	纇鼠藏	嗛纇	字通	溪匣	談談	轉注字
234	非儒下	賁（劇）俍起	劇犃	假音	見見	魚祭	

235	非儒下	古者羿（羿）作弓	羿弫	音義同	疑疑	脂脂	轉注字
236	非儒下	然則循皆小人道也	也邪	古通	定邪	魚魚	同（43）
237	非儒下	隱知豫力	豫舍	假字	定書	魚魚	
238	非儒下	恬漠待問而後對	漠慔莫	通	明明明	魚魚魚	轉注字
239	非儒下	不可夫儒浩居而自順者也	居裾倨	假字	見見見	魚魚魚	轉注字
240	非儒下	宗喪循哀	宗崇	字通	精從	中中	轉注字
241	非儒下	不可使慈民	慈子	字通	從精	之之	
242	非儒下	機服勉容	勉俛	借字	明明	元元	「俛」字《表稿》所無，茲據《廣韻》「亡辨切」推之。
243	非儒下	盛爲聲樂以淫遇民	遇愚	通	疑疑	魚魚	
244	非儒下	伏尸以言術數	術隧	假字	船邪	微微	轉注字
245	非儒下	伏尸以言術數	俑率	遇	船心	微微	
246	非儒下	號（裫）人衣	裫扡	字同	透透	佳歌	「扡」爲「拕」之或體。
247	非儒下	決植	決抉	借字	溪影	祭祭	轉注字
248	非儒下	周公旦非其人也邪	人仁	寧通	曰曰	眞眞	轉注字
249	非儒下	泰雕刑殘	刑形	字通	匣匣	耕耕	
250	經上	端，體之無序而最前者也	序敘	假字	邪邪	魚魚	
251	經上	纑，閒虛也	纑櫨	同聲假借字	來來	魚魚	
252	經上	詿	詿晛狷	同聲假借字	見見見	元元元	「詿」字《表稿》所無，《孟子音義》：「晛，一作詿。」
253	經上	作嗛也	嗛謙慊	借	溪溪溪	談談談	轉注字
254	經上	夢	夢㝱	通假	明明	蒸蒸	轉注字
255	經上	放（知）有無	知恕	字同	端端	佳佳	「恕」爲「智」字或體，同（46）轉注字。
256	經上	巧轉則求其故	轉傳	當爲，聲同字通	端定	元元	轉注字
257	經下	異類仳吡	吡仳	聲義同	滂滂	脂脂	其字皆《表稿》所無，茲據《廣韻》「匹婢切」推之。

258	經下	說在宜歐（區）	區丘	古音相近	溪溪	侯之	
259	經下	而不害用工	工功	古字通用	見見	東東	轉注字
260	經下	說在宜（害）歐	害蓋	通	匣見	祭祭	
261	經下	住（位）景二	位立	字同	匣來	緝緝	《表稿》立字加注〔k〕。
262	經下	非半弗斲（斳）	斳斷	音義略同	端精	魚魚	
263	經下	說在地（杝）氏遠近	杝迤	假字	定定	歌歌	轉注字
264	經下	契與枝板	契挈	同聲假借字	溪見	祭祭	轉注字
265	經下	契與枝板（仮）	仮反	字同	幫幫	元元	「仮」為「反」之或體。
266	經下	說在仮（仮）其賈	仮反	假借	幫幫	元元	「仮」為「返」之或體。轉注字
267	經下	說在仟顏	仟訐	字通	疑疑	魚魚	「仟」為「訐」之或體。
268	經下	說在仮	仮反	同	幫幫	元元	「仮」為「反」之或體。同（265）
269	經下	或（域）過名也	域宇	同	匣匣	之魚	
270	經說上	所以知也	知智	讀為	端端	佳佳	同（46）轉注字
271	經說上	己惟為之	惟雖	當作，同聲假借字	定心	微微	同（64）
272	經說上	眾惛	惛掍	當作，同聲假借字	邪	文	「惛」字字書所無，當為誤字。
273	經說上	商不可必也	商常	當為，聲近而誤	書禪	陽陽	
274	經說上	知其颾（諰）也	諰蒽	聲義相近	心心	之之	「蒽」字《表稿》所無，茲以其為「諰」之或體。
275	經說上	生，楹（形）之生	形刑	同	匣匣	耕耕	
276	經說上	人有治南北	有又	讀為	匣匣	之之	同（57）轉注字
277	經說上	力，重之謂下，與重，奮也。	刑形	同	匣匣	耕耕	

278	經說上	使人督之	督篤	借字	端端	幽幽	
279	經說上	殆姑	殆隸	假字	定定	之之	轉注字
280	經說上	殆姑	姑辜	通	見見	魚魚	
281	經說上	謂言猶石致也	猶由	通	定定	幽幽	
282	經說上	侗	侗同	通	透定	東東	轉注字
283	經說上	斯貌常	常庫	當作，音近而誤	禪章	陽陽	
284	經說上	捷與狂之同長也	捷插	讀爲	從清	葉葉	
285	經說上	繡，閒虛也者	繡櫖	同	來來	魚魚	
286	經說上	不必成濕（儡）	儡儸	聲義並相近	來來	微微	轉注字
287	經說上	不必成濕（瀥）	瀥儡儸	假字	來來來	微微微	轉注字
288	經說上	免豸（朒）還園	朒蜳	音轉	泥定	乂眞	
289	經說上	免豸（朒）還園	蚭蛮	聲轉	泥定	脂元	《表稿》作「衙」即「蛮」之或體，置於元部，群母。然《廣韻》音「以淺切」，今從之。
290	經說上	免豸還園	豸蜳	同	泥定	文眞	「豸」字字書所無，今以其爲「朒」之轉注專字。
291	經說上	免豸還園	還旋	同	邪邪	元元	
292	經說上	二必異	必畢	讀爲	幫幫	脂脂	同（15）
293	經說上	恕（恕）有無也	恕知	同	端端	佳佳	同（46）轉注字
294	經說上	恕有無也	恕知	通	端端	佳佳	同（46）轉注字
295	經說上	存亡也	亡忘	通	明明	陽陽	轉注字
296	經說上	俱適也	適敵	讀爲	章定	佳佳	
297	經說上	若聖人有非而不非	而如	通	日日	之魚	
298	經說上	取此擇（釋）彼	釋捨	字通	書書	魚魚	
299	經說上	法取同觀巧傳法	傳轉	通	定端	元元	同（256）轉注字
300	經說上	霍爲姓，故（叚）也	叚假	同	見見	魚魚	轉注字

301	經說上	取此擇彼	擇釋	讀爲	定書	魚魚	
302	經說上	無直無說	直知	當爲，聲轉而誤	定端	之佳	
303	經說下	綝茅，食與招也	茅綝	聲類…同	明明	幽侯	
304	經說下	謂也	也他	讀爲	定透	佳歌	
305	經說下	不與箴	箴鍼	假字	章章	侵侵	轉注字
306	經說下	爲握者之頯（觭）倍	觭奇	讀爲	溪見	歌歌	轉注字
307	經說下	爲務則士	務鍪	讀爲	明明	侯幽	《表稿》云：「鍪」从侯部秋聲。
308	經說下	爲務（鍪）則士	鍪鏊	字通	明明	幽幽	「鏊」爲「鍪」之或體。
309	經說下	蚍與瑟孰瑟	吡仳	同	滂滂	脂脂	其字皆《表稿》所無，據《廣韻》「匹婢切」推之。
310	經說下	是不可智也	智知	通	端端	佳佳	同（46）轉注字
311	經說下	景光之人煦若射	位立	讀爲	匣來	微緝	《表稿》立字加注〔K-〕
312	經說下	木柂	柂迤	假字	定定	歌歌	同（263）轉注字
313	經說下	鑒者之臭	具俱	通	群見	侯侯	轉注字
314	經說下	招負衡木	招橋	當爲，聲近字通	章群	宵宵	
315	經說下	則遂墊	遂隊	通	邪定	微微	同（19）
316	經說下	旁弗劫	劫抾	借字	見見	祭祭	「抾」爲「劫」之或體。
317	經說下	是猶自舟中引橫也	橫桄	音近字通	匣見	陽陽	
318	經說下	倚、倍、拒、堅（掔）	掔牽	通	溪溪	眞眞	
319	經說下	誰蚨石絫石耳	誰唯	通	禪定	微微	
320	經說下	未變而名易，收也	仮反	字同	幫幫	元元	同（265）
321	經說下	參直之也	參三	同	心心	侵侵	
322	經說下	故有智焉	智知	通	端端	佳佳	同（46）轉注字
323	經說下	若傷麋之無脾也	脾髀	讀爲	幫幫	佳佳	轉注字

324	經說下	愛也則唯恕弗治也	唯雖	通	定心	微微	同（64）轉注字
325	經說下	能害飽	能而	通	泥日	蒸之	
326	經說下	金靡炭	靡礦	假字	明明	歌歌	同（7）
327	經說下	我有若視曰智	智知	通	端端	佳佳	同（46）轉注字
328	經說下	是以實視人也	視示	通	禪船	脂脂	轉注字
329	經說下	若楹輕於秋	秋萩	讀爲	清清	幽幽	
330	經說下	荊沈（沉）	沆坑	字同	匣溪	陽陽	「坑」字《表稿》所無，茲據《廣韻》「客庚切」推之。轉注字。
331	經說下	過仵（件）也	牾窹遇逜	音並相轉	疑疑疑疑	魚魚侯魚	
332	經說下	過仵（件）也	仵悟窹	聲相近	疑疑疑	魚魚魚	「仵」、「悟」皆「牾」字之或體。
333	經說下	過仵（件）也	仵牾	同	疑疑	魚魚	「仵」爲「牾」之或體。同（332）
334	經說下	遠近脩也	脩修	假字	心心	幽幽	
335	經說下	傴宇不可偏舉	傴區	聲同字通	影影	侯侯	轉注字
336	經說下	傴宇不可偏舉	偏偏	聲同字通	滂幫	元元	
337	經說下	盡類猶方也	猶由	通	定定	幽幽	同（281）
338	經說下	牛狂與馬惟異	惟雖唯	通	定心定	微微微	同（64）
339	經說下	唱無過（遇）	遇偶	通	疑疑	侯侯	轉注字
340	經說下	是所不智若所智也	智知	同	端端	佳佳	同（46）轉注字
341	經說下	有窮無窮未可智	智知	同	端端	佳佳	同（46）轉注字
342	經說下	使智學之無益也	智知	同	端端	佳佳	同（46）轉注字
343	經說下	其爲仁內也	爲謂	字通	匣匣	歌微	同（160）
344	經說下	仁，仁愛也	仁人	字通	船船	眞眞	轉注字
345	經說下	不是	不否	讀如	幫並	之之	轉注字
346	經說下	故文與是不文同說也	不否	讀爲	幫並	之之	轉注字

347	大取	而性（惟）	惟唯	通	定定	微微	
348	大取	死亡親	亡忘	通	明明	陽陽	同（295）轉注字
349	大取	三物必具	必畢	通	幫幫	脂脂	
350	大取	兼愛之有相若	有又	通	匣匣	之之	同（57）轉注字
351	大取	是石也唯大	唯雖	通	定心	微微	同（64）
352	大取	唯不智是之某也	唯雖	通	定心	微微	同（64）
353	大取	丘同	丘區	通	溪溪	之侯	
354	大取	鮒同	鮒附	通	並並	侯侯	
355	大取	尊其尊	尊撙劗	聲類並同	精精精	文文文	「撙」爲「劗」之或體。
356	大取	因請復	請情	讀爲	從從	耕耕	同（177）轉注字
357	大取	人右以其請得焉	請情	讀爲	從從	耕耕	同（177）轉注字
358	大取	將劍與挺劍異	將牂	借字	精精	陽陽	
359	大取	唯有強股肱	唯雖	通	定心	微微	同（64）
360	大取	小仁與大仁	仁人	通	日日	眞眞	同（344）轉注字
361	大取	今人非道無所行	道理	同	定來	幽之	
362	小取	則不可偏觀也	偏徧	通	滂幫	元元	同（336）
363	小取	夫物有以同而不	不否	讀爲	幫並	之之	轉注字
364	小取	牽遂同	牽遂	聲近義同	心邪	微微	
365	小取	牽遂同	牽遂術	通用	心邪船	微微微	
366	小取	與心毋空乎	空孔	讀爲	溪溪	東東	
367	耕柱	而陶鑄之於昆吾	吾吳	字通	疑疑	魚魚	
368	耕柱	是使翁難（斳）雉乙卜於白若之龜	斳斲	音義同	端精	魚魚	「斳」乃斲之或體。同（262）
369	耕柱	是使翁（嗌）難雉乙卜於白若之龜	嗌益	假爲	影影	佳佳	轉注字
370	耕柱	是使翁難雉乙（已）卜於白若之龜	已以	同	定定	之之	同（157）
371	耕柱	逢逢白雲	逢蓬	字通	並並	東東	
372	耕柱	乙又言兆之由	由繇	字通	定定	幽幽	

373	耕柱	使聖人聚其良臣與其桀相而謀	桀傑	字通	群群	祭祭	同（216）
374	耕柱	子墨子使管黔（激）	激敖	借爲	疑疑	宵宵	
375	耕柱	則是我爲苟陷人長也	陷啗	當作，聲同故訛	匣定	談談	《表稿》「啗」字加注〔K-〕。
376	耕柱	後生有反子墨子而反者	反返	假字	幫幫	元元	轉注字
377	耕柱	舍余食	舍予	假字	書定	魚魚	
378	耕柱	訏靈數千	訏呼	當爲，字通	曉曉	魚魚	轉注字
379	貴義	必去六辟	辟僻	借字	幫滂	佳佳	轉注字
380	貴義	市賈信徙	徙莛	字通	心心	佳佳	「莛」爲「筵」之或體。
381	貴義	是猶舍穫而攈粟也	攈攦	字同	見見	文文	「攈」爲「攟」之或體。
382	公孟	君子共己以待	共拱	讀爲	見見	東東	轉注字
383	公孟	著稅僞材	材財	字通	從從	之之	轉注字
384	公孟	揗忽	忽習笏	字通	曉曉曉	魚魚魚	「笏」爲「芴」之或體。
385	魯問	葆昭王於隨	葆保	通	幫幫	幽幽	同（101）
386	魯問	是猶以來首從服也	來貍	古音相近	來來	之之	
387	魯問	是猶以來首從服也	來狹	字同	來來	之之	「狹」字《表稿》所無，茲據《廣韻》「落哀切」推之。轉注字。
388	魯問	上有過則微之以諫	微黴	借字	明明	微微	轉注字
389	魯問	尙同而無下比	尙上	通	禪禪	陽陽	同（30）
390	魯問	或所爲賞與爲是也	與譽	假字	定定	魚魚	轉注字
391	魯問	國家憙音湛湎	湛沈	字通	端定	侵侵	同（203）
392	魯問	有家厚	有又	讀爲	匣匣	之之	同（57）轉注字
393	魯問	籍設而親在百里之外	籍藉	假字	從從	魚魚	
394	魯問	不如匠之爲車轄	轄羍	字通	溪溪	祭祭	「羍」爲「轄」之或體。
395	公輸	乎不已乎	乎胡	誤，音相近	匣匣	魚魚	

396	公輸	鄰有短褐而欲竊之	短裋	借字	端襌	元侯	同（193）
397	公輸	宋所爲無雉兔狐狸者也	爲謂	字通	匣匣	歌微	同（160）
398	公輸	然臣之弟子禽滑釐等三百人	滑骨屈	聲近字通	見見見	微微微	
399	公輸	然臣之弟子禽滑釐等三百人	釐氂黎	聲近字通	來來來	之之脂	
400	備城門	臨	臨隆	聲轉	來來	侵中	
401	備城門	堙	堙闉煙	聲同字通	影影影	眞眞眞	轉注字
402	備城門	蟻傅	傅附	字通	幫並	魚侯	
403	備城門	則民亦不宜上矣	悳德	字通	端端	之之	「悳」爲「德」之或體，同（149）。
404	備城門	沈機	浣管關	字通	見見見	元元元	
405	備城門	沈機	沉阬	字通	匣溪	陽陽	轉注字
406	備城門	七尺一居屬	居鋸倨	假字	見見見	魚魚魚	轉注字
407	備城門	七尺一居屬	斲句	同	群群	侯侯	
408	備城門	五築有鈘	鈘鉃	當作，形聲相近而誤	定定	脂脂	「鈇」爲「鐵」之或體。
409	備城門	蚤長五寸	蚤叉	借字	精精	幽宵	「叉」字其他各家歸幽部，參《表稿》頁一四三。
410	備城門	冗隊若衝隊	隊隧	通	定邪	微微	
411	備城門	鑿亓木維敷上堞	敷傅	字通	滂幫	魚魚	轉注字
412	備城門	治裾諸	諸者	假字	章章	魚魚	轉注字
413	備城門	室以樵	室窒	讀爲	書端	脂脂	轉注字
414	備城門	貍一尺	貍薶	借字	來明	之之	轉注字
415	備城門	中鑿夫之爲道臂	夫趺	通	幫幫	魚侯	
416	備城門	一艾	艾刈	借字	疑疑	祭祭	轉注字
417	備城門	當隊者不用此數	隊隧	通	定邪	微微	同（410）轉注字
418	備城門	持水者必以布麻斗	斗料	借字	端端	侯侯	同（126）轉注字
419	備城門	鑿扇上爲棧（代）	代弋	同	定定	之之	
420	備城門	梳關一覓	莧筧	聲形俱近	匣見	元元	

421	備城門	棓、趙、摍（樇）、榆，可	樇柘	借字	章章	魚魚	
422	備城門	蓋求齊鐵夫	齊齋	當爲，同聲借字	從精	脂脂	
423	備城門	節母以竹箭	母無	字通	明明	魚魚	同（196）
424	備城門	五步積狗屍五百枚	屍犀	音近通用	書心	脂脂	
425	備城門	以木爲繫（擊）連	擊頡	音並相近	見匣		
426	備城門	以木爲繫連（逞）	逞皋	音並相近	□見	□宵	「逞」字字書所無，當爲誤字。「皋」字《表稿》所無，茲據《廣韻》「古勞切」推之。
427	備城門	樓軶居坫	軶凼	通	清清	束東	「軶」字字書所無，孫氏云：「疑『葱』有作『軶』者。」故當與「葱」同音。
428	備城門	百步爲幽隤（隤）	隤竇	聲義並相近	定定	侯侯	「隤」字《表稿》所無，茲據《廣韻》「徒谷切」推之。轉注字
429	備城門	爲衝術	術隊	一聲之轉	船定	微微	
430	備城門	出樞（拒）五尺	拒巨距	借字	群群群	魚魚魚	轉注字
431	備城門	城上四隅童異（妻）高五尺	妻樓	通	來來	侯侯	轉注字
432	備城門	灰、康、粃、杯	杯秠	借字	幫滂	之之	
433	備城門	杯（秠）	秠稃	字通	滂滂	之幽	
434	備城門	各葆亓左右前後	葆保	字通	幫幫	幽幽	同（101）
435	備城門	用瓦木罌	罌甖	同	影影	耕耕	「甖」爲「罌」之或體。
436	備城門	爲周官桓（植）吏	植置	借字	定端	之之	轉注字
437	備城門	四尺爲倪	倪睨	聲同字通	疑疑	佳佳	轉注字
438	備城門	傒近	傒蹊	字通	疑匣	佳佳	
439	備城門	行德計謀合	德得	當爲，古通用	端端	之之	轉注字

440	備城門	去格七尺	格落	通	來來	魚魚	
441	備城門	失（夫）四分之三在上	夫趺	借字	幫幫	魚侯	「趺」爲「柎」之或體。
442	備城門	涿弋	涿椓	借字	端端	侯侯	轉注字
443	備城門	夫長三丈以上	夫趺	字同	幫幫	魚侯	「趺」爲「柎」之或體。同（441）
444	備城門	狗走（樓）	樓犀	聲近字通	清清	脂脂	
445	備城門	蚤長四寸	蚤爪	同	精精	幽宵	
446	備城門	吏人各得丌任	吏使	古字亦通	來心	之之	轉注字
447	備城門	凡輕重以挈爲人數	挈契	字同	見溪	祭祭	轉注字
448	備高臨	左右出巨	巨距	假字	群群	魚魚	同（430）
449	備高臨	技機藉之	藉笮	讀爲	從從	魚魚	
450	備高臨	蚤尺五寸	蚤爪	同	精精	幽宵	同（445）
451	備高臨	有詘勝	詘屈	字通	溪見	微微	
452	備高臨	有詘勝	勝伸	一聲之轉	書書	蒸眞	
453	備高臨	羅	羅絫	當作，一聲之轉	來來	歌微	
454	備梯	昧（滅）菜坐之	滅搣	借字	明明	祭祭	轉注字
455	備梯	昧菜佳之	昧滅	讀爲	明明	祭祭	
456	備梯	左右出巨各二十尺	巨距	讀爲	群群	魚魚	同（430）
457	備梯	爲爵穴煇	煇熏	讀爲	匣曉	文文	
458	備梯	爲爵穴煇	爵雀	同	精精	宵宵	
459	備梯	令案目者視適	案按	同	影影	元元	
460	備梯	煇火燒門	煇熏	讀爲	匣曉	文文	同（457）
461	備梯	殺有一鬲	鬲隔	通	見見	佳佳	
462	備梯	即具發之	具俱	通	群見	侯侯	同（313）轉注字
463	備水	人擅弩計四有方	有酋	當爲，音近而誤	匣從	之幽	

464	備穴	鑿如前	如而	讀爲	日日	魚之	
465	備穴	俚兩罳	俚薶	假字	來明	之之	
466	備穴	用㯂（枱）若松爲穴戶	枱梓	通借	邪精	之之	
467	備穴	爲之戶及關籥獨順	關管	讀爲	見見	元元	
468	備穴	爲之戶及關籥獨順	籥鑰	讀爲	定定	宵宵	轉注字
469	備穴	以車輪轀	轀轀	同	影影	文文	「轀」爲「輼」之或體。
470	備穴	令亓突入伏尺	伏密	音近	並明	之脂	
471	備穴	而鑿亓一偏	徧偏	借字	幫滂	元元	
472	備穴	受六參（絫）	絫罳蔂 蔂蔂	假字	來來來 來來	微微微 微微	轉注字
473	備穴	頡皋爲兩夫	夫趺	同	幫幫	魚侯	同（441）
474	備穴	而數（敷）鉤亓兩端	敷傅	讀爲	滂幫	魚魚	同（411）轉注字
475	備穴	金與扶林（枋）長四尺	枋柄	通	幫幫	陽陽	
476	備穴	爲鐵鉤鉅長四尺者	鉅距	通	群群	魚魚	
477	備穴	以金劍爲難（鐯）	鐯斫	音義同	端章	魚魚	「鐯」乃「斲」之或體。
478	備穴	爲斤、斧、鋸、鑿、鑺	鑺鋸	一聲之轉	見群	魚幽	
479	備蛾傅	敷縣二脾上衡	敷傅	通	滂幫	魚魚	同（411）轉注字
480	備蛾傅	室中以榆若蒸	室窒	讀爲	書端	脂脂	同（413）轉注字
481	備蛾傅	城下足爲下說鑱杙	說銳	當作，同聲假借字	定定	祭祭	
482	備蛾傅	羅	羅絫	當作，聲之轉	來來	歌微	同（453）
483	備蛾傅	毋其二十㿶	㿶蔂	讀爲	來來	微微	轉注字
484	備蛾傅	敵引哭而榆	榆逃	借字	定定	侯宵	

485	迎敵祠	弟（艗）之	艗秩	同	定定	脂脂	「艗」字《表稿》所無，茲據《廣韻》「直一切」推之。
486	迎敵祠	築薦通塗	薦荐	通	精從	元文	
487	迎敵祠	二人掌左閤	閤閣	借字	影匣	談葉	
488	旗幟	旗幟	幟職	假借字	章章	之之	轉注字
489	旗幟	竟士	竟競	借字	見群	陽陽	
490	旗幟	菅茅有積	茅茆	古字通	明明	幽幽	
491	旗幟	主慎道路者有經	慎循	假字	禪邪	眞文	
492	旗幟	節各有辨	辨別判	聲義並相近	幫滂並	元祭元	
493	旗幟	輕重分數各有請	請誠	通	清禪	耕耕	同（55）
494	旗幟	到水中周	周州	聲近通用	章章	幽幽	
495	旗幟	城爲隆	隆絳降	聲類並同	來見見	中中中	轉注字
496	號令	伯長以上輒止之	伯百	字通	並幫	魚魚	
497	號令	卒有驚事	驚警	讀爲	見見	耕耕	轉注字
498	號令	火突高	突埃	字同	定定	微微	「埃」字《表稿》所無，茲據《廣韻》「陀骨切」推之。轉注字。
499	號令	相踵	踵踵	借字	章章	東東	「踵」爲「踵」之或體。
500	號令	相靡以身及衣	靡摩	字同	明明	歌歌	
501	號令	曹無過二人	曹造	音近	從清	幽幽	
502	號令	衝之	衝撞	通	昌定	東東	
503	號令	皆以執龜（龜）	龜圭	當作，音相近而訛	見見	之佳	
504	號令	有周鼓	有又	讀爲	匣匣	之之	同（57）轉注字
505	號令	吏卒民各自大書於桀	桀榤	假字	群群	祭祭	轉注字

506	號令	吏卒民各自大書於傑（桀）	桀楬	字通	疑疑	祭祭	
507	號令	使卒民不欲寇微職和	微徽	借字	明曉	微微	轉注字
508	號令	旌者	職識	借字	章章	之之	轉注字
509	號令	人舉而藉之	藉籍	通	從從	魚魚	同（393）
510	號令	守必自異其人而藉之	藉籍	通	從從	魚魚	同（393）
511	號令	所居之吏上數選具之	選饌	讀爲	心從	元元	同（173）轉注字
512	號令	舉吏貞廉	舉與	讀爲	見定	魚魚	轉注字
513	號令	主者門里	者諸	通	章章	魚魚	
514	號令	以請上報守	請情	讀爲	從從	耕耕	同（177）轉注字
515	號令	慎無厭建	建券	讀爲	見溪	元元	
516	號令	慎無厭建（逮）	逮怠	音近古通	定定	緝之	
517	號令	空隊	隊隧	字通	定邪	微微	同（410）轉注字
518	號令	候出越陳表	陳田	古音相近，字通	定定	眞眞	
519	號令	狎郭	狎甲	字通	匣見	葉葉	
520	號令	外空窒盡發之	窒室	聲類同，古多通用	端書	脂脂	同（413）轉注字
521	號令	死上目行	死尸	聲近義通	心書	脂脂	
522	號令	樓一鼓聲	聲鼟	假字	來來	東東	
523	號令	入柴	人內	讀爲	船泥	緝微	轉注字
524	襍守	輕意（竟）見威	竟競	古字通	見群	陽陽	
525	襍守	遠攻則遠害（圍）	圍圍嬰	字同	疑疑疑	魚魚魚	同（118）
526	襍守	且弁還（逴）	逴逮	同	定定	緝緝	

527	襍守	唯弇逮	逮怠	通	定定	絹之	同（516）
528	襍守	即有驚	驚警	同	見見	耕耕	
529	襍守	勿積魚鱗簪（潛）	潛涔	字通	從從	侵侵	
530	襍守	勿積魯鱗簪	簪摻潛參	聲並相近	精清從精	侵侵侵侵	
531	襍守	吏侍守所者財足	財纔	通	從心	之談	
532	襍守	令民家有三年畜蔬食	畜蓄	字通	曉曉	幽幽	
533	襍守	袾（林）葉	林椒	同	精精	宵宵	其字皆《表稿》所無，茲據《廣韻》：「椒，即消切。」推之。「林」則為其或體。
534	襍守	卒不可遠	卒猝	同	精清	微微	轉注字
535	襍守	為解車以枾	枾梓	假借字	邪精	之之	同（466）

1-1 術語之音韻條件

藉由上表，可將其術語之音韻條件歸納為以下數類：

1-1-1 聲韻母並近

此類居其大宗，達四百四十一則，細繹之，又可分為：

1-1-1-1 聲韻母並同近

所謂聲韻母並同近，乃指其聲母皆屬相同、或相近之發音部位，韻母皆在同一韻部。此類高達四百零八則，茲以其數過於繁多，且易於辨識，茲不一一贅述也。

1-1-1-2 聲母相關、韻母相同

此類之聲母雖非屬相同、或相近之發音部位，然其關係密切，亦可接觸，今日多以複聲母等現象解釋之，至於孫氏則殆以其多同一諧聲偏旁得聲，故云讀音同近也。凡三十三則，又可包括以下幾種情形：

明母與來母之接觸——此見於第（60）、（224）則之「命」與「令」，及（414）、（465）則之「貍」、「薶」與「俚」。夫上古明母與來母固時有接觸；董同龢先生等即擬有 ml-複聲母〔註2〕。

〔註2〕參《表稿》，頁38。

見母與來母之接觸——見於第（495）則之「降」、「絳」與「隆」。董先生等擬有 kl-複聲母〔註3〕。

明母與曉母之接觸——如第（507）則之「微」與「徽」。董先生曾擬有清鼻音 m̥-，以解釋此二類聲母之接觸情形〔註4〕。

心母與端、章二系之接觸——包括第（64）、（198）、（271）、（324）、（338）、（351）、（352）、（359）等八則之「雖」與「唯」、「惟」，（164）、（245）則之「率」與「術」。夫上古心母與舌尖音關係密切，李方桂先生即擬有 st-複聲母以解釋之〔註5〕。

心母與見系之接觸——包括第（424）則之「屍」與「犀」，及（521）則之「死」與「尸」，其中「屍」與「尸」皆屬與舌根音諧聲之章系字，故云。夫心母與舌根音亦關係密切，李先生因擬有 sk-複聲母〔註6〕。

心母與來母之接觸——有第（446）則之「使」與「吏」。高本漢、李先生皆擬有 sl-複聲母〔註7〕。

邪母與端、章二系之接觸——包括第（228）、（229）則之「緒」與「紵」、「紓」，（19）、（226）、（315）則之「遂」與「隊」，（410）、（417）、（517）則之「隧」與「隊」，（201）、（244）、（365）之「遂」與「術」、「述」，及（43）、（236）則之「邪」與「也」等。李先生即以爲「（邪母）常跟舌尖塞音及喻母四等互諧」，因擬其聲母爲 rj-〔註8〕。

喻四與見系之接觸——則有第（512）則之「與」與「舉」。夫上古喻母四等與舌根音偶有接觸，董先生即曾考慮擬測 gd-複聲母也〔註9〕。

上述諸例，多爲從同一諧聲偏旁得聲之字，且皆可以今日之聲韻學知識解釋之，故謂其關係密切也。

1-1-2 雙 聲

此類凡七十五則，又可細分爲：

1-1-2-1 一般雙聲

此類有四十三則，分別見於第（58）、（71）、（76）、（78）、（97）、（98）、（111）、（131）、（141）、（146）、（160）、（188）、（192）、（193）、（217）、（220）、（234）、（246）、（258）、（269）、（289）、（297）、（302）、（303）、（304）、（307）、（343）、（353）、（396）、

〔註3〕參《表稿》，頁38。
〔註4〕參《表稿》，頁12。
〔註5〕參〈上古音研究〉，頁19，收錄於《清華學報》新九卷一、二期。
〔註6〕參〈上古音研究〉，頁19，收錄於《清華學報》新九卷一、二期。
〔註7〕參〈上古音研究〉，頁19，收錄於《清華學報》新九卷一、二期。
〔註8〕參〈上古音研究〉，頁11，收錄於《清華學報》新九卷一、二期。
〔註9〕參《表稿》，頁31。

（397）、（399）、（400）、（452）、（453）、（464）、（470）、（478）、（482）、（503）、（516）、（523）、（527）及（531）各則。唯其中亦有可加以說明者：

（76）〈兼愛中〉「連獨無兄弟者」孫氏云：「『連』疑當讀爲『矜』，聲之轉。猶《史記‧龜策傳》『以苓葉爲蓮葉』。《爾雅‧釋詁》云：『矜，苦也。』《詩‧小雅‧鴻雁》云：『爰及矜人。』毛傳云：『矜，憐也。』又〈何草不黃〉云：『何人不矜。』連獨，猶言窮苦煢獨耳。矜从令聲，今經典並作今，誤。」

案：孫氏以「矜从令聲，今經典並作今，誤」，說至允。段注亦改《說文》「矜」字作「矝」，云：「今依《漢石經‧論語》溧水〈校官碑〉、魏〈受禪表〉皆作『矝』正之。」是也。「矝」字从令聲則古韻在耕部、來母，故與「連」字聲母皆爲來母而轉也。

1-1-2-2 雙聲旁轉

此類凡二十四則，分別屬於：

之、幽旁轉——有第（433）則之「秖」與「稆」，（361）則之「道」與「理」。

幽、宵旁轉——見於第（409）、（445）、（450）則之「蚤」與「叉」、「爪」。

宵、侯旁轉——有第（484）則之「逃」與「榆」。

侯、魚旁轉——包括第（331）則之「牾」、「寤」、「逆」與「遇」，（415）、（441）、（443）、（473）則之「夫」與「趺」，（148）則之「無」與「侮」，及（402）則之「傅」與「附」。

佳、脂旁轉——包括第（223）則之「示」與「祇」（「示」爲與舌根音諧聲之章系字），（73）則之「洒」與「灑」，及第（425）則之「擊」與「頡」。

脂、微旁轉——有第（62）則之「日」與「聿」。

微、祭旁轉——見於第（59）則之「術」與「說」。

眞、文旁轉——包括第（491）則之「愼」與「循」，第（144）、（145）則之「愼」與「順」，及第（288）、（290）則之「朘」與「蟓」。

文、元旁轉——則有第（486）則之「薦」與「荐」。

1-1-2-3 雙聲對轉

此凡八則，分屬於：

之、蒸對轉——包括第（210）、（211）則之「崩」與「倍」，（325）則之「能」與「而」。

祭、元對轉——包括第（161）則之「別」與「辯」，及第（213）、（492）則之「別」與「判」、「辨」。

歌、元對轉——有第（171）則之「桓」與「和」。

葉、談對轉——有第（487）則之「闔」與「闔」。

以上即孫氏以雙聲言音近之例也，其中尤以雙聲對轉之關係最為密切。

1-1-3 疊　韻

此類凡十六則，又可約略區分為：

見母與端、章二系之接觸——包括第（70）則之「祁」與「底」、「邸」，（214）則之「祗」與「提」，（314）則之「招」與「橋」，及第（375）則之「啗」與「陷」。

精系與端、章系之接觸——包括第（262）、（368）則之「斬」、「斬」與「斳」，（63）則之「擇」與「措」，（14）則之「戴」與「載」，及第（55）、（99）、（165）、（493）則之「請」、「情」與「誠」。

精系與見系之接觸——有第（12）則之「接」與「挾」。

明母與見母之接觸——有第（218）則之「繆」與「糾」。大宋母之「翏」字可同時與明母及見母字諧聲，董先生因擬「謬」字之聲母為 ml-、「膠」字為 kl-〔註10〕。而孫氏於此則殆以「繆」讀從同一諧聲偏旁之「膠」字，故可與「糾」字假借也。

邪母與曉母之接觸——見於第（11）、（68）則之「馴」與「訓」。

以上乃孫氏以疊韻言音近之例也。唯此諸例中，除少數具有諧聲關係（如第（375）、（218）、（11）、（68）則），或有其他古書為證（如第（70）則〔註11〕），而似可視之為例外接觸者外，其餘諸例則多有可商，詳參第七章各條之下。

1-1-4 聲韻母俱異

此類凡三則：

（112）「虧」與「餘」：二者古韻一在歌部、一魚部，聲母一為見母、一定母，無以相轉。此蓋孫氏用段玉裁古合韻之說，以為「虧」從魚部吂聲，故就孫氏言，二者韻同也。然此說實有可議。

（153）〈天志下〉「婦人以為舂酋」孫氏云：「《周官・舂人》有『女舂扰二人』，鄭注云：『女舂扰，士奴能舂與扰者。扰，抒臼也。』《說文》『舀』或作『扰』。此以舂酋連文，則『酋』即『扰』之假字可知。」

　案：「酋」為上古幽部、從母字，「扰」為侵部、端母字，二者聲韻母俱異，難以假借。然此恐非孫氏之本意也。蓋「舀」之或體實當作「抗」，孫氏猶知其

〔註10〕參《表稿》，頁39。

〔註11〕「祁」字與端、章系字偶有接觸，如：《禮記・緇衣》「資冬祁寒」鄭注：「祁之言是也，齊西偏之語也。」《左傳・宣六年》「提彌明」，《公羊》作「祁」，《史記・晉世家》作「示眯明」，皆其例也。

正字，故以「舀」爲其假字；然刊刻者不察，遂誤作「抌」矣。夫《說文》：「舀，抒臼也。从爪臼。《詩》曰：『或簸或舀。』㧎，舀或从手从冗。䚉，舀或从臼冗。」今本《詩經·生民》作「或舂或揄，或簸或蹂」毛傳：「揄，抒臼也。」釋文：「揄音由。又以朱反。《說文》作舀，弋紹反。」《廣韻》「舀」下則收羊朱、以周、以沼三切，夫「羊朱切」古韻在侯部，故《毛詩》或假侯部之「揄」字爲之；「以周切」古韻在幽部，故《墨子》或假幽部之「舀」字爲之；「以沼切」則爲秦語，《儀禮·有司徹》「二手執桃匕枋以挹井注于疏匕」鄭注：「桃謂之歃，讀如『或舂或抗』之抗，字或作桃者，秦人語也。」是也。是舀字古時果有此數音，段注（見「舀」字下）謂：「以沼切，今語也。古音讀如由。」非是。至若其字或作抗，段注：「从手，冗聲也。冗今音在九部，古音當在三部。」以冗爲聲符而非許氏所言之形符，至塙；唯以冗今音在東部，古音當在幽部，則是囿於舀但讀由音之見，不知舀字本有侯部之一讀，而定音而隨切（據《廣韻》），古音在東部，上古侯、東二部適爲對轉，故可取以爲或體之聲符。唯人多不解，其字逐漸訛作抌，邵瑛《說文解字群經正字》：「今經典作抌，……然抌與抗異。《說文·手部》云：『抌，深擊也。从手，尤聲。讀若告言不正曰抌。』竹甚切，亦音義俱異。」說至塙。而刊刻《閒詁》者亦由此致誤也。

（463）「有」與「舀」：「有」爲之部匣母字，舀爲幽部從母字，聲韻母並異。唯之幽二部旁轉之例多有，孫氏或即因而以其爲疊韻相逢，不知然否。

故知此數例實由孫氏音韻知識之異、或刊刻之誤，致有以聲韻母俱異而爲音近者。然推孫氏之本意，當並無此一類也。

綜上所述，孫氏言音同（近）之條件有三：主要乃指聲韻母並近者；其次爲雙聲者；偶亦有疊韻者處乎其間，則殆屬例外。

而若就個別術語言之，上述諸術語又可區分爲兩類：一類爲設定音韻條件之術語；一類爲運用音韻關係之術語。前者包括「音同（近）」、「聲類同」及「音（聲）轉」等三項，而各有所司：

音同（近）——凡八十六則，主要指聲韻母之雙重同近，或雙聲者，偶亦有疊韻者。

聲類同——此爲《閒詁》之特殊音韻術語，殆謂其諧聲偏旁之相同，蓋孫氏固習從諧聲以論斷其音韻關係也。此類凡七則（見於第（8）、（36）、（96）、（303）、（355）、（495）、（520）則），各則之字組皆爲諧聲字，其中六則屬聲韻母並近者，唯第（303）則爲雙聲者。

音（聲）轉──凡十八則，主要指雙聲相轉者，唯偶亦有聲韻母並近者（見於
　　　第（166）、（202）、（429）則），則是孫氏所謂聲轉者，除此韻轉入
　　　彼韻，亦涵此音轉入彼音也。

至於其運用音韻關係之術語則有：假借、讀為、通及同等（「當為（作）」例中亦有
少部份運用音韻關係者，說詳下文。）共計達四百餘則，而皆能根據其音韻條件以
立說，固符合其「音同（近）」之旨也。

1-2 術語之使用情形

　　以下即分別探討各術語之使用情形：

1-2-1 音（聲）同、音（聲）近

　　「音（聲）同」、「音（聲）近」作為訓詁術語，自漢已有之，如《周禮·天官·
內司服》注：「鄭司農云：屈者音聲與闕相似，襢與展相似，皆婦人之服。玄謂……
褍揄相近。」齊佩瑢《訓詁學概論·訓詁的施用方術·術語》中因立「某聲與某相
似（近）」一項，並釋之曰：「《周禮》言闕狄展衣，〈喪大記〉曰屈狄襢衣，故先鄭
云云。後鄭又以翟釋褍，以搖釋揄，以翟釋狄，以襢釋展，故云。」由此觀之，齊
氏似將之視為與假借有關之術語。其後周大璞之《訓詁學初稿·論常用術語》亦沿
襲其說。

　　孫氏亦留用「音（聲）同」、「音（聲）近」之術語，《閒詁》中凡八十六則，或
但言「音（聲）同」、「音（聲）近」；或連接其他術語一併言之：如云「同聲假借字」、
「音近字通」等，則明指假借也。又如謂「某當為某，聲近而誤」等，則乃指聲誤
也。是孫氏使用其例固不限於假借也，分述如下。

1-2-1-1 假　借

　　此佔其絕大多數，達五十九則，其上下文或加「假（借）字」、「讀為」、「字通」
等語，或否。前者可分別歸入「假（借）字」、「讀為」、「字通」諸項之下，說詳後
文，茲不贅述。後者則見於第（49）、（111）、（228）、（258）、（332）、（386）、（470）、
（501）、（530）各則，例如：

（530）〈襍守〉「勿積魚鱗簪」畢沅云：「疑『槮』字假音。」孫氏云：「畢說是
　　　也。……『槮』『潛』『參』『簪』聲並相近。」

乃補證畢氏假借之說。又如：

（470）〈備穴〉「令亓突入伏尺」孫氏云：「『伏』疑即上文之『密』，二字音近，如
　　　宓義『宓』或作『伏』，顏之推《家訓·書證篇》謂俗作『密』是其例。」

則本諸古書假借之慣例。故其所謂音近，意指假借無疑也，唯其中尚有可加說明者：

（49）〈尚同上〉「腐歺餘財不以相分」孫氏云：「〈尚賢下〉作『腐臭餘財』，『臭』『歺』亦聲近。」

　　案：《廣雅・釋器》：「歺，臭也。」是歺與臭聲近且義同，具有同源關係，而孫氏云「聲近」，當指其為假借也。

1-2-1-2 聲　誤

此凡十二則，其上下文或加「當為（作）」、「誤（訛）」等字樣，或否。前者見於第（230）、（273）、（283）、（375）、（395）、（408）、（463）、（503）諸則，明為聲誤，自無可疑（參 2.「當為」項）。後者則包括第（175）、（420）、（425）、（426）各則，以其字或為字書所無，如（175）之「泲」、（426）之「逴」；又或非屬一般假借慣例，如（425）之「擊」與「頡」，則殆皆為聲誤也。至若（420）之「筦」與「莧」，孫氏既云其「聲形俱近」，則殆指其或為形誤，或為聲誤也。

1-2-1-3 音（聲）義同、音（聲）義近、音（聲）近義同

孫氏之「音（聲）同」、「音（聲）近」，有時又結合其字義關係一併言之，曰「音（聲）義同」、「音（聲）義近」、「音（聲）近義同」等，與純粹只言具音韻片面關係者不同，故當別立一類以指之，說詳第 4 項。

1-2-2 聲類同

「聲類同」是為孫氏討論音韻關係之一特殊術語，而後人或不識之，如孫以楷點校《閒詁》，即嘗標以書名號，譬若：

　　〈大取〉尊其尊。孫氏云：「『尊』、『撙』、『劕』，《聲類》並同。」

乃以「聲類」為書名也，實由不明其術語之義例使然。

今考《閒詁》使用「聲類同」術語者凡七則，多用以指假借，偶亦指聲誤：如第（36）、（520）則，其下文皆有「古（多）通用」之語，明指假借無疑也；又如第（8）則之「抗」、「亢」，（355）之「尊」與「撙」、「劕」，（495）之「絳」「絳」與「隆」，皆屬古書習見之假借慣例，亦無疑義。至若第（96）則之「屠」、「著」，（303）之「栿」、「茅」，則無他例可循，或為聲誤也。

1-2-3 音（聲）轉、一聲之轉

「音（聲）轉」、「一聲之轉」等亦為訓詁學家表達音韻關係之常用術語，上章已言之矣。孫氏亦沿用之，於《閒詁》中凡十八則，而分別用以言假借、聲誤或轉語，申述如下：

1-2-3-1 假　借

此類達十一則。其上下文或加「讀為」、「字通」、「通用」等語，或否。前者見於第（76）、（166）、（211）則，其意指假借自無可疑，說詳各項。後者則包括第（58）、

（71）、（97）、（98）、（112）、（202）、（429）、（452）諸則：

（58）〈尚同中〉「疾菑戾疫」孫氏云：「『戾疫』即〈兼愛下篇〉之『癘疫』，『戾』、『癘』一聲之轉。」

　案：〈天志中〉「疾菑戾疫凶饑則不至」孫氏云：「『戾』、『癘』字通。詳〈尚同中篇〉。」故知其乃以「戾」「癘」爲聲轉字通也。

（71）〈兼愛中〉「注后之邸」孫氏云：「『后之邸』疑即〈職方氏〉并州澤藪之昭余祁也。……『之』、『余』音亦相轉。」

（97）（98）〈非攻中〉「雖北者且不一著何」孫氏云：「〈王會〉『伊尹獻令，正北有且略豹胡。』……亦即不屠何。『豹』、『不』，『胡』、『何』並一聲之轉。」

（112）〈非攻下〉「越王繄虧」孫氏云：「疑無餘本名無虧。《左傳・僖十七年》，齊有公子無虧。越王名或與彼同。古語『無』，長言之或曰『繄無』。《周禮・職方氏》『幽州山鎮醫無閭』，醫亦與繄音同。《續漢書・郡國志》：『遼東屬國無慮縣，有醫無閭山。』是醫無閭，短言之曰無慮。則無虧，長言之亦可云繄無虧，短言之又可云繄虧。虧、餘亦聲相轉也。

　案：此諸則分別用爲古地名、國名及人名，殆皆爲假借也。唯第（112）則之「繄虧」與「無餘」，孫氏以爲同一人名，然於音理不合，恐非，說已見前。

（202）〈非樂上〉「九有以亡」孫氏云：「《毛詩・商頌・玄鳥》『奄有九有』傳云：『九有，九州也。』《文選・冊魏公九錫文》李注引《韓詩》作『九域』，『有』、『域』一聲之轉。」

　案：「有」與「域」經傳往往互用，孫氏殆以之爲假借也。唯《詩・玄鳥》「正域彼四方」傳：「域，有也。」故「有」與「域」音近且義同，具有同源關係。

（429）〈備城門〉「爲衝術」孫氏云：「『衝術』即上文之『衝隊』，『隊』、『術』一聲之轉。《禮記・月令》『審端徑術』鄭注云：『術，《周禮》作遂。』是其例也。」

　案：孫氏既徵引其他古書之例證，則乃以「隊」、「術」之假借，有其慣例可循也。又，「隊」與「術」實具同源關係，蓋《詩・桑柔》「大風有隧」傳：「隧，道也。」《廣雅・釋宮》：「術，道也。」故「隧」與「術」是爲同源字〔註12〕。又因「隧」當爲「隊」之轉注專字，《說文》：「隊，從高隕也。」可引申有陷落義，《爾雅・釋詁》：「墜（隊），落也。」或又可從而引申有闕地而爲隧道義，《穆天子傳》「于是得絕鈃山之隊」注：「谷中險阻道也。」《左傳・僖二十五年》「請隧弗許」注：「闕地通路曰隧。」《淮南・說山》「愈于一人之

〔註12〕參《同源字典》，頁460。

隧」注：「隧，陷也」。而今既知「隧」與「術」同源，則「隊」與「術」當亦具同源關係。

（452）〈備高臨〉「有詘勝」孫氏云：「《漢書・王莽傳》服虔注云：『蓋杠皆有屈勝，可上下屈伸也。』『屈』、『詘』字通，『勝』、『伸』亦一聲之轉。《通志・氏族略》『申屠氏』音轉作『勝屠氏』，是其例也。」

案：孫氏於此亦引他書為證，故知其亦以「勝」、「伸」之音轉字通，有其慣例可循也。

1-2-3-2 聲　誤

此類凡三則，其上下文或加「當為（作）」、「誤」之字樣，如第（302）、（453）則，是明指聲轉而誤無疑也。至若第（478）則之「鑵」與「鍒」，以其字皆罕見，又無其他假借之成例可循，殆亦為聲誤也。

1-2-3-3 轉　語

夫一語發生音轉後，乃無專字可用，故或假借其他音近之字代替之，即 1-2-3-1 項之所述；又或另為其專門造字，因其與原字間具親屬語言關係，是為轉語。而孫氏《閒詁》雖無「轉語」之名，然於其音轉諸例中，嘗有兼言具音轉、義同雙重條件者，是已隱然有轉語之意也，此見於第（288）、（289）、（331）、（400）則：

（288）（289）〈經說上〉「兔虭還園」孫氏云：「竊疑『虭』字即『螾』之別體。《後漢書・吳漢傳》李注引《十三州志》云：『朐肕，其地下溼，多朐肕蟲。』肕音閏，即螾之音轉。肕从刃為聲，猶以肕為螾也。」

案：夫《說文》：「螾，側行者。从虫，寅聲。𧒎，螾或从引。」段注：「丘蚓俗曰曲蟺。漢巴郡有朐忍縣，以此虫得名。丘、朐、曲一語之轉也。」實則不僅止於丘、朐、曲為一語之轉，蚓（螾）、忍、蟺亦為音轉（三者古韻分別在真、文、元部，聲母則分為定母、泥母及邪母，因上古邪母與舌尖塞音關係密切，說已見前，故亦可相轉。）是此三者實為同一物之轉語，段注、孫氏各得其一端也。

（331）〈經說下〉「過仵也」畢云：「『仵』當為『舛』異文。」張云：「依〈經〉當作『仵』。」孫氏云：「張校是也，仵與啎同。『過』，〈經〉同，亦當作『遇』。《史記・天官書》云：『逢啎化言。』《說文・午部》云：『啎，逆也。』〈夂部〉云：『夆，啎也。』《爾雅・釋詁》云：『遘逢，遇遻也。』《漢書・敘傳》鄧展注引作『遌，逢遇也。』遇、逢義同。啎、遌、遇、逆，音並相轉，仵、夆、遌聲相近。遇仵猶言逢啎、夆啎，亦猶言逆啎也。」

案：「啎」、「遌」、「逆」與「遇」音轉且義同，當為轉語。

（400）〈備城門〉「臨」孫氏云：「後有〈備高臨篇〉云：『積土爲高，以臨我城，薪
土俱上，以爲羊黔，蒙櫓俱前，遂屬之城。』又〈備水篇〉『竝船爲臨』，〈備
蛾傳篇〉有『行臨』，然則臨乃水陸攻守諸械，以高臨下之通名，不必臨車
也。『臨』聲轉作『隆』。《淮南子・氾論訓》云：『隆衝以攻。』又〈兵略訓〉
云：『攻不待衝降雲梯而城拔。』高注云：『隆，高也』。」

　案：「臨」與「隆」音轉且義通，當爲轉語。

1-2-4 音（聲）義同、音（聲）義近、音近義同（通）

　　「音（聲）義同」、「音（聲）義近」、「音近義同（通）」爲清儒常用之訓詁術語。
蓋自王念孫提出「以音求義，不限形體」﹝註13﹞之訓詁原則，已打破文字之束縛，
直接從語言出發，而音與義正爲語言之二大要素，故清儒治學特別注重音義關係，
乃有「音（聲）義同」、「音（聲）義近」、「音近義同（通）」等術語，《閒詁》亦間
或用之。又因由前文已知，孫氏言「音同」、「音近」者無別，故其「音義同」應與
「音義近」、「音近義同」亦無二致，觀其於〈經下〉「非半弗斱」注云：「（斱）與『斫』
音義亦略同。」〈耕柱〉「是使翁難雉乙人於白若之龜」云：「『斫』與『斱』音義同，
詳〈經下篇〉。」是其「音義同」即「音義略同」，而與「音義近」同義。故今綜合
此三者而言之，凡十五則，至其所指，又可分爲以下三種不同情形。

1-2-4-1 同源字

　　王念孫提出「聲近義同」等術語，固可用以指陳同源字﹝註14﹞。而孫氏既襲用
其語，當亦可涵括同源字，可由以下數例證成之：

（215）〈非命中〉「譬猶立朝夕於員鈞之上也」孫氏云：「『員』，〈上篇〉作『運』，
聲義相近。」

　案：「員」與「運」是爲同源字。夫林義光云：「《說文》云：『員，物數也。从貝，
口聲。』按：古作𪔭（員父尊彝），从口鼎，實圓之本字。◦鼎口也，鼎口
圓象，省作𪔭（員父敦）。」﹝註15﹞說至塙，《詩・玄鳥》「景員維河」釋文：
「員毛音圓。」疏：「〈釋詁〉文：『員者，周匝之言。』」是員果爲圓之本字，
而或可引申有運轉義，《易・繫辭》注：「圓者運而不窮。」《管子・君臣》：
「圓轉運。」是也，故與「運」音近且義同是爲同源字。

（262）〈經下〉「非半弗斱」孫氏云：「《集韻・十八藥》云：『楢，《說文》"斫謂之
楢"，或从斤作斱。』此『斱』即『斱』之變體。……『斱』、『斫』同詁，

﹝註13﹞王氏《廣雅疏證・自序》云：「今就古音以求古義，引申觸類，不限形體。」是也。
﹝註14﹞參拙著〈讀書雜志「聲近而義同」訓詁術語探析〉。
﹝註15﹞見《文源》。

與『斮』音義亦略同，而字則異。」

（368）〈耕柱〉「是使翁難雉乙卜於白若之龜」孫氏云：「『斮』與『斮』音義同，詳
〈經下篇〉。」

案：《說文》：「楮，斫謂之楮。」「斫，擊也。」《文選・東京賦》「斮猰狂」注：
「斮，擊也。」故「楮」與「斮」意義相同，而孫氏云其「音義同」，殆即
以之爲同源字也。唯二者之讀音其實有別（參 1-1-3），當爲同義字。

（286）〈經說上〉「不必成濕」孫氏云：「《荀子・不苟篇》云：『窮則棄而僁。』楊
注引《方言》『濕』爲釋，《韓詩外傳》『僁』作『累』。洪頤煊謂《荀子》之
『僁』，即《說文・人部》云：『儽，垂貌，一曰嬾解。』乘覆也。案：洪說
甚是。《說文・人部》又有『僵』字，云『相敗也』。《老子》『儽儽兮其不足，
以無所歸。』釋文云：『儽，一本作僵，敗也，欺也。』《淮南子・俶眞訓》
云：『孔墨之弟子，皆以仁義之術教導於世，而不免於僵其身。』蓋僵儽聲
義並相近。」

案：夫「垂」與「敗」意義相近，蓋垂之則疲勞、羸疾、敗壞也，故「僵」與「儽」
亦「聲義並相近」，如孫說。唯二字之形亦復相近，當具衍生關係，而爲轉
注字（關於「轉注字」之義，說詳第二節。）

（364）〈小取〉「率遂同」孫氏云：「『率』、『遂』聲近義同。《廣雅・釋詁》云：『率，
述也。』率遂述，古並通用。〈耕柱篇〉云『古之善者不遂』，遂即述也。〈明
鬼下篇〉『率徑』，〈月令〉作『徑術』，鄭注謂即《周禮・匠人》之『遂徑』，
並其證也。」

案：孫氏既引《廣雅》「率，述也。」又因《說文》：「述，循也。」其所循者，道
路也，故又可從而衍生轉注術字，《廣雅・釋宮》：「術，道也。」而又與「遂」
爲同源字，《史記・蘇秦傳》「禽夫差於干遂」索隱：「遂者，道也。」是也〔註
16〕。由此展轉推知，「率」與「遂」殆亦爲同源字，而孫氏言其「聲近義同」。

（428）〈備城門〉「百步爲幽隤」孫氏云：「『隤』當爲『隫』之誤。《說文・阜部》
云：『隫，通溝以防水者也。』與『竇』聲義並相近。」

案：段注（見『隫』下）云：「通洞之溝，水去迅速，無滯不爲災。通之言洞也。」
故知「隫」乃由空洞義而來。而「竇」字，《說文》正訓作「空也」，故二者
之「聲義並相近也」，如孫說。唯其字形亦復相近，當具衍生關係，而爲轉
注字。

〔註 16〕參《同源字典》，頁 460。

（477）〈備穴〉「以金劍為難」孫氏云：「『斬』訛『難』，與前同。《說文・斤部》云：
『斬，斫也。』斫，擊也。《爾雅・釋器》云：『斫，謂之鐯。』斬即鐯之俗，
詳〈經下篇〉。鐯、斫音義同。」

案：《爾雅》既云「斫，謂之鐯」，《說文》亦以「鐯，斫謂之鐯。」則「鐯」與「斫」
應為同源字無疑也。又因二字之聲母微別（「鐯」屬端母、「斫」章母），故
孫氏所謂「音義同」仍為音義近之意也，而非謂音義全同之或體（「或體」
義詳下文）。

（492）〈旗幟〉「節各有辨」孫氏云：「《說文・刀部》云：『辨，判也。』凡符節判
析其半，合之以為信驗。《荀子・性惡篇》云：『辨合符驗。』《周禮・小宰》
『傅別』，〈朝士〉『判書』，鄭注引故書『別』、『判』並作『辨』，聲義並相
近。」

案：《說文》：「辨，判也。」是「辨」與「判」音義雙重同近，當為同源字。又因
《小爾雅・廣言》：「辨，別。」則「辨」與「別」亦為音近且義同之同源字
〔註17〕。故孫氏以「別」、「判」、「辨」三者「聲義並相近」，是也。

（521）〈號令〉「死上目行」孫氏云：「『死』與『尸』聲近義通。」

案：《玉篇》：「在床曰屍。」字亦作「死」。《漢書・陳湯傳》：「漢遣使三輩至康居，
求谷吉等死。」注：「死，尸也。」故「死」與「尸」聲近且義通，是為同
源字〔註18〕，而孫氏說其「聲近義通」。

以上九則，除第（262）及（368）則當為同義字，（286）及（428）則可視為
轉注字外，其餘諸則皆屬同源字，是孫氏所謂「音義同（近）」，果有包含同源字
之意也。

1-2-4-2 或　體

夫二字之音義全同，則代表同一語言，是為同字〔註19〕，或謂之重文、或體等
等。而《閒詁》「音義同（近）」術語中，有音義完全相同者，當即指或體也，可得
五則：

（151）〈天志下〉「寬者然曰」孫氏云：「『寬』當為『嚻』之借字，聲義並與『讙』
同。《說文・品部》云：『嚻，呼也。讀若讙。』」

案：孫氏以「寬當為嚻之借字」，不知此文「寬」字義自可通，不須假借，說詳第

〔註17〕參《同源字典》，頁523。
〔註18〕參《同源字典》，頁423。
〔註19〕參拙著，《系統字義研究》，頁6。

七章（32）則。唯孫氏又以囂「聲義並與讙同」〔註20〕，說則可從。《說文句讀》（見「囂」下）云：「《集韻》：『囂或作�。』《通俗文》：『大呼曰嚾。』……玄應謂：『囂讙一字。』」是「囂」殆爲「讙」（嚾）之或體，故《說文》所謂（囂）「讀若讙」，或即以其爲古今字，而取今字以擬古字之音也〔註21〕。

（172）〈明鬼下〉「袾子杖揖出與言曰」孫氏云：「蘇校謂『揖』當作『楫』，近是。……竊疑『楫』實當作『殳』，篆文形近而誤。《說文·殳部》云：『殳，軍中士所持殳也。』與『殳』音義同。《淮南子·齊俗訓》云：『揹笏杖殳。』許愼注云：『殳，木杖也。』」

案：《說文》：「殳，以杸殊人也。《禮》：殳，以積竹、八觚、長丈二尺建於兵車、旅賁以先驅。」饒迥《說文部首訂》：「『殳』云『以杸殊人』，義本動字，即殊離之意。又引《禮》云云，義乃靜字，即杸篆之說，蓋以杖殊人曰殳，後因名其杖亦曰殳也。」說至塙。是「杸」乃爲由「殳」字引申而產生之轉注專字，故孫氏但云二字「音義同」，而忽略其字之衍生關係，義猶未允也。

（235）〈非儒下〉「古者羿作弓」畢沅云：「『羿』，『羿』省文。《說文》云：『羿，古諸侯也，一曰射師。』」孫氏云：「《說文·弓部》云：『㢩，帝嚳射官，夏少康滅之。』『羿』、『㢩』音義同。」

案：《說文》：「羿，羽之羿風。亦古諸侯也。一曰射師。」徐灝《說文解字注箋》因謂：「羽箭羿風，善射者因以爲號。」說可從。故「㢩」殆爲「羿」之轉注專字，以專射師之一義。而段注（見「㢩」下）以爲「『㢩』與『羿』古蓋或體」，孫氏謂「『羿』、『㢩』音義同」，亦皆忽略其字之衍生關係也。

（257）〈經下〉「異類不吡」孫氏云：「此當與〈經說上篇〉『仳』字聲義同。畢云：『《說文》無此字，《玉篇》云："吡，毗必切，鳴吡吡。"案：畢引《玉篇》，非此義。』」

案：「吡」字他書罕見，孫氏謂其「與〈經說上篇〉『仳』字聲義同」，殆是以「吡」爲「仳」之或體也。

（274）〈經說上〉「知其駬也」孫氏云：「字書無『駬』字，……以文義校之，當爲『諰』之訛。《荀子·彊國篇》云：『雖然，則有其諰矣。』楊注云：『諰，懼也。』此『其駬』即《荀子》之『其諰』，與《論語》『愼而無禮則葸』之

〔註20〕見《文源》。

〔註21〕張師以仁云：「（《說文》「讀若」）純屬標音。至於附帶著發生意義上的牽連，或許它們竟是古今字的緣故。」見〈『讀如』『讀若』『讀爲』『讀曰』與『當爲』〉，收錄於《中國語文學論集》。

『蒠』，聲義亦相近。」

案：孫氏以「覼」當爲「諰」之訛，說可從。又以「諰」與「蒠」聲義亦相近，朱士端《說文校定本》（見「諰」下）云：「『蒠』字《說文》未收，從艸亦無義，當爲『諰』字。……『蒠』俗字。」說可從，故「蒠」是爲「諰」之或體也。

1-2-4-3 假　借

唯孫氏「聲義通」術語，並不限於指陳同源字，偶亦用以言假借，凡一則：

（136）〈節葬下〉「曰必捶垎」孫氏曰：「疑當讀爲『捶除』。（中略）『垎』、『除』聲義亦通，謂除道也。」

案：孫氏既以「垎當讀爲除」，又云「垎、除聲義亦通」，可見其「聲義通」固可包含假借。唯「垎」與「除」二者之形、音、義俱近，孫氏以爲假借，說有可商（參第七章第（29）則）。

所謂假借，純是基於讀音之同近以代表另一語言，而孫氏「聲義通」術語既可包括假借，可見其術語乃是以讀音之關係而非音義雙重關係作爲使用條件，亦即所謂「音近義同」、「聲義通」，乃爲因果式之「音近而義同」而非並列式之「音近且義同」，故可涵括兼具音義雙重關係之同源字、及僅具聲音關係之假借，一如王念孫之用法〔註22〕。

1-2-5 假　借

「假（字）（音）」、「借（字）」、「假借（字）」及「通假（借）」等皆是《閒詁》表達假借之慣用術語，凡一〇四則。至其所指，顧名思義，自當指其皆作爲假借之用，本無疑義，唯其中猶有值得注意之處：

（244）〈非儒下〉「伏尸以言術數」孫氏云：「此當爲『隧』之假字，謂伏尸之多以隧數計，猶言以澤量也。」

案：「術」與「隧」實具同源關係，說已見前（參 1-2-3-1（429））。

（377）〈耕柱〉「舍余食」孫氏云：「『舍』、『予』之假字。古賜予字或作舍，詳〈非攻中篇〉。舍余食，猶言與我食也。」

案：「舍」與「予」音近且義同，當具同源關係，參 1-2-7-2（102）。

（487）〈迎敵祠〉「二人掌左闔」孫氏云：「『闔』，『闔』之借字，猶〈耕柱篇〉『商

〔註22〕過去學者多以爲王念孫之「聲近而義同」術語，兼指「聲近」與「義同」之雙重關係，而已進入語源學之研究領域，然據筆者之探究，其「聲近而義同」乃爲因果式之命題，即凡音近者義即相通，係採取訓詁學用字之觀點。詳參拙著，〈讀書雜志「聲近而義同」訓詁術語探析〉。

奄』作『商蓋』。《說文‧門部》云：『闔，門扇也。』左右闔，即謂門左右扉。」案：〈耕柱〉「東處於商蓋」王念孫云：「商蓋，當爲商奄。『蓋』字古與『盍』通，『盍』『奄』草書相似，故『奄』訛作『盍』，又訛作『蓋』。《韓子‧說林篇》：『周公旦已勝殷，將攻商奄。』今本『奄』作『蓋』，誤與此同。昭二十七年《左傳》『吳公子掩餘』，《史記‧吳世家》、〈刺客傳〉並作『蓋餘』，亦其類也。」孫氏云：「王說是也。《左昭‧九年傳》云『蒲姑、商奄，吾東土也』。孔《疏》引服虔云：『商奄，魯也。』又定四年《傳》云：『因商奄之民，命以伯禽，而對於少皞之墟。』《說文‧邑部》『奄』作『郁』，云『周公所誅郁國在魯』。商奄即奄。單言之曰奄，絫言之則曰商奄。此謂周公居東，蓋東征滅奄，即居其地，亦即魯也。」是孫氏於彼以「盍」爲「奄」之誤字，於此則以「闔」乃「闔」之借字，二說不同，而當以後說爲是。蓋《說文》：「奄，覆也。」爲上古談部、影母字，「盍，覆也。」爲葉部、匣母字，二者聲母相近，韻部又適爲談、葉對轉，故當爲同源字。其後又分別形成轉注字闔與闔，《爾雅‧釋天》：「太歲在戌曰閹茂。」李注：「言萬物皆蔽冒，故曰閹茂。閹，蔽也。茂，冒也。」《說文》：「闔，一曰閉也。」又因《荀子‧解蔽篇》：「蔽者，言不能通明，滯于一隅，如有物壅閉之也。」是蔽猶閉也。故閹與闔亦復音近且義同，仍具同源關係，可爲假借，而非形誤也。

1-2-6 讀為（作）（如）

1-2-6-1 假　借

「讀爲」亦爲漢儒慣用之訓詁術語，段玉裁云：「『讀爲』『讀曰』者，易其字也。易之以音相近之字，故爲變化之辭。」〔註23〕是「讀爲」者更字說義，亦即後世所謂之「假借」也。孫氏《閒詁》亦不時使用「讀爲」之例，凡八十二則，亦多用以指假借，觀《閒詁》中「讀爲」之後或接「假借字」「字通」等語，可知之矣，如〈明鬼下〉「株子舉揖而橐之」孫氏云：「此『橐』疑當讀爲『觳』，同聲假借字。」〈備城門〉「室以樵」孫氏云：「『室』讀爲『窒』，聲同字通。」皆其例也。偶亦作「讀作」、「讀如」，此分別見於第（229）、（345）則，亦以言假借：

（229）〈非命下〉「多治麻統葛緒」畢沅云：「『緒』、『紵』字假音。」孫氏云：「『緒』當依畢讀作『紵』。」

（345）〈經說下〉「不是」孫氏云：「『不』讀如『否』。」

案：觀其下文「故文與是不文同說也」孫氏云：「（此節）凡『不』字並當讀爲

〔註23〕見《周禮漢讀考‧序》。

『否』。」則此之「讀如」即彼之「讀爲」，指假借也。

是故知孫氏之「讀作」、「讀如」與「讀爲」同，皆意指假借也。唯此其中亦有可以值得注意之處，如：

（89）〈兼愛下〉「越國之士可謂顫矣」孫氏云：「『顫』讀爲『憚』。」

案：《淮南子・說山》：「故寒顫，懼者小顫。」《廣雅・釋詁一》：「憚，驚也。」故「顫」與「憚」皆有驚懼義，音義皆近，應有同源關係〔註24〕。

（137）〈節葬下〉「此所謂便其習而義其俗者也」孫氏云：「『義』當讀爲『宜』。」

案：《廣雅・釋言》：「義，宜也。」故「義」與「宜」音近且義同，亦有同源關係〔註25〕。

（163）〈明鬼下〉「退無罪人乎道路率徑」孫氏云：「率徑，當讀爲術徑，屬上道路爲句。率聲與朮聲，古音相近。《廣雅・釋詁》云：『率，述也。』《白虎通義・五行篇》云：『律之言率，所以率氣令生也。』《周禮・典同》鄭注云：『律述氣者也。』述氣即率氣，是其證。」

案：「率」與「述」、「術」具同源關係，參 1-2-3-1（429）。

（366）〈小取〉「與心毋空乎」孫氏云：「『空』讀爲『孔』。《列子・仲尼篇》：『文摯謂龍叔曰："子心六孔流通，一孔不達。"張注云："舊說聖人心有七孔也。"』」

案：《老子》「孔德之容」王注：「孔，空也。」故「空」與「孔」音近且義同，亦具同源關係〔註26〕。

1-2-6-2 別　義

段玉裁於《周禮漢讀考》卷一云：「案注經之例，凡言讀如者擬其音，凡言讀爲者易其字，此皆不用其本字，如祝讀注，聯讀爲連是也。凡有言讀如讀爲而仍用本字者，如利讀如上思利民之利，斿讀爲囿游之游；此蓋一字有數音數義，利民之利音與財利別，囿游之游義與旗斿別，故云讀如讀爲以別之也。」故知漢儒有言「讀爲」而仍用本字者，以別其音義，此其變例也，孫氏亦嘗偶一爲之：

（139）〈天志上〉「夫天不可爲林谷幽門無人」王念孫云：「余謂『門』當爲『閒』，閒讀若閑，言天監甚明，雖林谷幽閒無人之處，天必見之也。」孫氏云：「王校是也，但讀閒爲閑，尚未得其義。『閒』當讀爲閒隙之『閒』，《荀子・王制

〔註24〕參《同源字典》，頁 570。

〔註25〕參《同源字典》，頁 433。

〔註26〕參《同源字典》，頁 377。

篇》云：『無幽閒隱僻之國，莫不趨使而安樂之。』楊注云：『幽，深也。閒，
隔也。』」

謂「『閒』當讀爲閒隙之『閒』」，即用其本字以別其音義也。

1-2-7 通、通用、字通

「通」、「通用」一詞始於唐顏元孫之《干祿字書》，用「通用字」以表示與「正
字」、「俗字」相對立之異體字，此乃其最早之用法。至清代小學家使用「通」、「通
用」之範圍則大爲放寬，劉又辛以爲或可指異體字及同源字、或指假借字、同義字、
甚至古音之通轉，含義極不一致〔註27〕。故對孫氏《閒詁》中出現大量之「通」、「通
用」、「字通」等術語，達二百二十三則，其意指究爲何，值得詳加觀察、探討，申
述如下：

1-2-7-1 假　借

此類仍居其大宗，達一九一則，故俗稱假借爲「通假」者，其「通」殆即指通
用也。其例如：

（180）〈明鬼下〉「有恐後世子孫」孫氏云：「『有』，吳鈔本作『又』，字通。」
　案：考其下文「重有重之」孫注云：「『重』下『有』字，亦讀爲『又』。」故知此
　　　所謂「字通」與「讀爲」之義同，皆指假借也。

（201）〈非樂上〉「其刑君子出絲二衛」孫氏云：「『衛』疑當爲『術』，『術』與『繢』
　　　古通。〈月令〉『徑術』，鄭注讀爲『遂』，是其例。《西京雜記・鄒長倩遺公孫
　　　弘書》云：『五絲爲繢，倍繢爲升，倍升爲緎，倍緎爲紀，倍紀爲綬，倍綬
　　　爲襚。』『繢』即『襚』也，此假借作『術』，又訛作『衛』，遂不可通耳。」
　案：孫氏既云「術與遂古通」，又云遂「此假借作述」，則此所謂「通」，明指假借
　　　無疑也。又，「術」與「遂」音近且義同，具同源關係，說已見前（參 1-2-4-1
　　　（364））。

（349）〈大取〉「三物必具」孫氏云：「『必』與『畢』通。」
　案：〈所染〉「五入必」孫氏云：「『必』讀爲『畢』。」故於同一「必」、「畢」字例，
　　　此云「通」，彼云「讀爲」，二者當爲同義，皆謂假借也。

凡此皆是其例也。

1-2-7-2 同源字

孫氏言「通」之術語，亦有指同源字者，由下例可得明證：

（38）〈尚賢中〉「乃命三后」孫氏云：「『名』、『命』通。《說文・口部》云：『名，

〔註27〕參〈論假借〉三，收錄於劉著，《文字訓詁論集》。

　　自命也。』畢云：『孔書『名』作『命』。』」

　　案：《說文》此說是爲聲訓，推明「命」乃爲「名」之語源。孫氏既引其說而謂「名、命通」，故知其「通」可指陳同源字。

由此例可知，孫氏所謂「通」，果可涵蓋聲近義同之同源字。故於他例中，孫氏雖未嘗言明而但云「通」，當亦有包含同源字者，此見於：

（83）〈兼愛下〉「若予既率爾群對諸群」孫氏云：「『封』與『邦』古音近，通用。」

　　案：《說文》：「封，爵諸侯之土也。」「邦，國也。」段注：「邦之言封也。古邦封通用。《書·序》云：『邦康叔，邦諸侯。』《論語》云：『在邦域之中。』皆封字也。《周禮》故書：『乃分地邦而辨其守。』邦謂土界。」故「封」與「邦」音近且義同，當爲同源字〔註28〕，而孫氏云「通用」。

（92）〈兼愛下〉「且苴之屨」王念孫云：「且苴即麤粗。麤，倉胡反。粗，才戶反。《廣雅·釋詁》：『粗，麤大也。』」孫氏云：「王說是也。《春秋繁露·俞序篇》云：『始於麤粗，終於精微。』《晏子春秋·諫下篇》云：『縵密不能麤苴。』《論衡·量知篇》云：『大竹木，麤苴之物也。』《說文·角部》云：『觕，角長貌，讀若麤。』觕與且苴並聲近字通。」

　　案：《說文》：「苴，履中草。」或可引申有粗惡義，吳善述《說文廣義校訂》：「苴有草義。上苴爲棄物，因之有麤惡義，以麤惡之竹爲杖曰苴杖。」是也。其後形成轉注粗字。至若「觕」字，段注：「按此字見於經史者，皆訛爲觕，從牛角。《公羊傳》曰：『觕者曰侵，精者曰伐。』何曰：『觕，麤也。』……則本訓角長，引申之爲鹵莽之意，因之觕與精爲對文。」故知「觕」亦有粗義，與「苴」聲近且義同，是爲同源字。而《墨》書字作「且」，則無粗義，當爲假借。

（100）〈非攻中〉「子豈若古者吳闔閭哉」孫氏云：「『閭』《左傳·昭二十七年》作『廬』，字通。」

　　案：《廣雅·釋宮》：「閭，里也。」《文選·幽通賦》「里上仁之所廬」注：「里廬皆居處名也。」故「閭」與「廬」音義皆近，當爲同源字〔註29〕。

（102）〈非攻中〉「施舍群萌」孫氏云：「『舍』、『予』聲近字通。施舍，猶賜予也。《左·昭十三年傳》云『施舍寬民』，又云『施舍不倦』杜注云：『施舍猶云布恩德。』」

　　案：「施舍」一詞，經典屢見。王引之云：「古人言施舍者有二義，一爲免繇役，《地

　　　　　　　　　　　　　　　　　　　　　　　　　　　

〔註28〕參《同源字典》，頁388。
〔註29〕參《同源字典》，頁93。

官・小司徒》『凡徵役之施舍』、〈鄉師〉『辨其可任者，與其施舍者』注曰：『施舍謂應復免不給繇役。』是也。一爲布德惠，蓋古聲舍、予相近，施舍之言賜予也。宣十二年《左傳》『旅有施舍』，謂有所賜予便不乏困也。」〔註30〕是王氏亦以「舍」、「予」音近可通。今則以二者之音近且義同，當爲同源字。夫《說文》：「舍，市居曰舍。」是舍有居止義，《禮記・月令》「耕者少舍」注：「舍，止也。」或可從而引申有去除、捨棄義，一如止字，《淮南・說山》「止念慮」注：「止猶去也。」即其例，故舍亦有捨棄義，《論語》「山川其舍諸」釋文：「舍，棄也。」是也。而凡物賜予人必先離棄己身，故捨棄曰舍，捨而予人亦曰舍，其義異而同，所謂「相反相因」者也，一如遺字、施字。《列子・說符》「得人遺契者」注：「遺，棄也。」《廣雅・釋詁三》：「遺，予也。」《楚辭・天問》「夫何三年不施」注：「施，舍也。……不舍其罪也。」《廣雅・釋詁三》：「施，予也。」皆其比例。故「施舍」合爲複詞，或皆取其捨棄義，即王氏所謂免徭役者也；或皆取其賜予義，即王氏所謂布德惠者也，亦相反而相因也。

（163）〈明鬼下〉「退無罪人乎道路率徑」孫氏云：「『退』當爲『迋』字之誤，『迋』與『禦』通。《書・牧誓》『弗迋克奔』，釋文引馬融本『迋』作『禦』，云『禁也』。《史記・周本紀》『弗迋』作『不禦』，集解引鄭注云：『禦，彊禦，謂彊暴也。』《孟子・萬章篇》云『今有禦人於國門之外者』趙注云：『禦人，以兵禦人而奪之貨。』即其義也。」

案：《爾雅・釋詁》：「迋，迎也。」至如「御」字，甲骨文作𣿰，𣿰，聞宥云：「此午（𠂤）實爲聲，𠂤象人跪而迎迋形，彳道也，迎迋於道是爲御。《詩》『百兩御之』箋曰：『御，迎也。』迎則略止，故又孳乳加止。」〔註31〕說至諦，故「御」字之本義爲迎，引申有止義，「禦」則爲其轉注專字，《廣雅・釋詁三》：「禦，止也。」是也，而與「迋」字聲近且義同，當爲同源字。

（203）〈非樂上〉「湛濁于酒」孫氏云：「『湛』、『沈』通。」

（391）〈魯問〉「國家憙音湛湎」孫氏云：「吳鈔本『湛』作『沈』，『湛』、『沈』字通。」

案：《詩・鹿鳴》「和樂且湛」傳：「湛，樂之久也。」《法言・寡見》「沈而樂者」注：「沈，溺也。」故二者音義皆近，當爲同源字〔註32〕。

〔註30〕見《經義述聞》。
〔註31〕《甲骨文字集釋》二，頁585。
〔註32〕參《同源字典》，頁607。

－116－

（206）〈非命上〉「譬猶運鈞之上而立朝夕者也」孫氏云：「『運』、『員』音近古通。《國語·越語》『廣運百里』，《山海經·西山經》作『廣員百里』，《莊子·天運篇》釋文引司馬彪本作『天員』。」

案：〈非命中〉「譬猶立朝夕於員鈞之上也」孫氏云：「『員』〈上篇〉作『運』，聲義相近。」故如此所謂「音近古通」，猶彼之「聲義相近」，皆指同源字也（參 1-2-4-1（215））。

（224）〈非命中〉「於召公之執令於然」孫氏云：「『令』與『命』字通。」

案：《書·說命》「臣下罔攸稟令」傳：「令亦命也。」故「令」與「命」聲近且義同，當為同源字〔註33〕。

（241）〈非儒下〉「不可使慈民」孫氏云：「《晏子》作『子民』，『慈』、『子』字通。《禮記·緇衣》云：『故君民者了以愛之，則民親之。』又云：『故長民者章志貞教，尊仁以了愛白姓。』《國語·周語》云：『慈保庶民親也。』」

案：《說文》：「慈，愛也。」《禮記·中庸》「子庶民也」鄭注：「『子』猶愛也。」故二者音近且義同，當為同源字。

（244）〈非儒下〉「伏尸以言術數」孫氏云：「『術』、『率』通……假為隧，詳〈明鬼下篇〉。」

案：「術」、「率」是為同源字，參 1-2-4-1（364）。

（301）〈經說上〉「取此擇彼」孫氏云：「『擇』讀為『釋』。『釋』、『捨』古通，見〈節葬下篇〉。」

案：〈節葬下〉「操而不擇哉」畢氏云：「『擇』同『釋』。」孫氏云：「《淮南子·說山訓》高注云：『釋，舍也。』」今案：《說文》：「釋，解也。」段注：「《廣韻》云：『捨也，解也，散也，消也，廢也，服也。』按：其實一解字足以包之。」可見「釋」與「捨」二者音近且義同，當為同源字。而孫氏云其「古通」。

（365）〈小取〉「率遂同」孫氏云：「『率』、『遂』聲近義同。《廣雅·釋詁》云：『率，述也。』率、遂、述，古並通同。〈耕柱篇〉云『古之善者不遂』，遂即述也。〈明鬼下篇〉『率徑』，〈月令〉作『徑術』，鄭注謂即《周禮·匠人》之『遂徑』，並其證也。」

案：由上文已知「率、遂、術」是為同源字，而此云「率、遂、術古並通用」（參 1-2-4-1（364））。

〔註33〕參《同源字典》，頁329。

（404）〈備城門〉「沈機」孫氏云：「『沈』疑當作『浣』。《淮南子‧齊俗訓》『浣準』，〈泰族訓〉作『管準』。浣、管、關字並通。浣機即《左傳疏》所謂關機也。《六韜‧軍用篇》有轉關轆轤。」

　　案：《左傳‧僖公三十二年》「鄭人使我掌其北門之管」注：「管，籥也。」王力以為上古鎖鑰形似樂器管籥，故亦稱「管」或「管籥」。至若「關」字，《說文》云：「以木橫持門戶也。」故與「管」之音義皆近，當為同源字〔註34〕。

以上諸則之同源字，其意義同，唯讀音略異。然亦有聲音完全相同之同源字者，此凡五則：

（48）〈尚同上〉「尚同」孫氏云：「『尚』亦與『上』通。《漢書‧藝文志》作『上同』，注：『如淳云：「言皆同可以治也。」』……畢云：『楊倞注《荀子》尚作上。』」

（389）〈魯問〉「尚同而無下比」孫氏云：「『尚』與『上』通。」

　　案：〈尚賢上〉題解孫氏引《經典釋文‧敘錄》引鄭康成〈書贊〉云：「尚者上也。」而此云「通」。又案：「尚」與「上」之音義俱同，當為同源字〔註35〕。

（118）〈節用上〉「以為多以圉寒」孫氏云：「『圉』、『禦』字通，詳〈辭過篇〉。」

（187）〈明鬼下〉「然不能以此圉鬼神之誅」孫氏云：「『圉』、『禦』字通。《詩‧大雅‧桑柔篇》『孔棘我圉』鄭箋云：『圉』當作『禦』。」

　　案：《周書‧諡法》「威德剛武曰圉」注：「圉，禦也。」故「圉」與「禦」音義俱同，當為同源字〔註36〕。〈辭過〉「上足以待雪霜雨露」王引之云：「『待』，禦也。〈節用篇〉『待』作『圉』，圉即禦字也。」謂「圉即禦字」，而孫氏以為「字通」。唯孫氏於〈明鬼下〉又引《詩‧桑柔》鄭箋云：「『圉』當作『禦』。」則是以圉、禦為聲誤，說非。而孫氏既未能正其失，反從而言「字通」，是自亂其義例也。

（506）〈號令〉「吏卒民各自大書於桀」孫氏云：「『桀』，吳鈔本作『榤』。案：〈備蛾傳篇〉亦作『榤』。……『傑』即『桀』假字。《爾雅‧釋宮》云：『雞棲於弋為榤。』『榤』即桀之俗，『桀』與『楬』通。詳〈備蛾傳篇〉。」

　　案：〈備蛾傳〉「城上希薄門而置搗」王引之云：「『搗』字義不可通，『搗』當為『楬』字之誤也。楬，杙也。……〈備梯篇〉『置楬』作『直桀』。置直、楬桀並通。《廣雅》：『楬，杙也。』《爾雅》：『雞棲於弋為榤。』」是「桀」與「楬」音義俱同，當為同源字，故得通用。

〔註34〕參《同源字典》，頁551。
〔註35〕參《同源字典》，頁367。
〔註36〕參《同源字典》，頁139。

故綜上所述，孫氏以「通」指陳同源字者，都二十則。

1-2-7-3　轉　語

孫氏用「通」之術語，既可涵括音近且義同之同源字，則對同屬其音近範疇內之音轉義同字——亦即轉語，自可一併指之。凡四則：

（43）〈尚賢中〉「傾者民之死也」孫氏云：「『也』古與『邪』通。」

（236）〈非儒下〉「然則其所循皆小人道也」孫氏云：「『也』、『邪』古通。」

案：《經傳釋詞》云：「『也』猶『邪』也，……蓋二字聲本相近，故《大戴禮‧五帝德篇》：『請問黃帝者人邪？抑非人邪？』〈樂記正義〉引此『邪』作『也』。《莊子‧大宗師篇》：『夫造物者，又將以予為此拘拘也？』《淮南‧精神篇》『也』作『邪』。」是「也」與「邪」皆可假借為疑問助詞，為一語之轉，而孫氏亦視之為「通」。

（161）〈天志下〉「此豈有異蓍白黑、甘苦之別者哉」孫氏云：「『別』『辯』聲近字通。」

案：《旗幟》「節各有辨」孫氏云：「《說文‧刀部》云：『辨，判也。』凡符節判析其半，合之以為信驗。《荀子‧性惡篇》云『辨合符節』，《周禮‧小宰》『傅別』，〈朝士〉『判書』，鄭注引故書『別』『判』並作『辨』，聲義並相近。」是孫氏固以「別」、「判」、「辨」之聲義並相近；又因「辯」殆為「辨」之轉注專字，蓋由判別義或可引申為治理義，《荀子‧議兵》「城郭不辨」注：「辨，治也。」是也，故可從而衍生轉注辯字，《說文》：「辯，治也。」而與「別」亦為聲轉且義近之轉語。

（531）〈襍守〉「吏侍守所者財足」孫氏云：「『財』、『纔』通。言吏侍守所者，纔足應用，無定數也。財足，見〈備城門篇〉。它篇亦多云財自足。」

案：孫記恐有誤，查〈備城門篇〉無「財足」語，惟「盆、蠡各二財」下孫注云：「『財』下疑脫『自足』二字，詳〈備穴篇〉。」而〈備穴篇〉中「財自足」屢見，若於「金與抶林長四尺，財自足。」「為鐵鉤鉅長四尺者，財自足。」等皆是其例，其「財」亦皆與「纔」通。又案《漢書‧李陵傳》「財令陵為助兵」顏注：「財，謂淺也，僅也。」〈鼂錯傳〉「遠縣纔至，則胡又已去」注：「纔，淺也，猶言『僅至』。」故「財」與「纔」音轉且義同，當為轉語。

1-2-7-4　或　體

孫氏所謂「通」，又可兼指或體字。蓋如前文所述，「通用字」最初即是專用以指異體字，逮至後世，雖其涵義已有所轉變，然或體字與正體字之音義俱同，自亦可通用不別也。孫氏以或體為「通用」之義例，由以下數則可得確證：

（85）〈兼愛下〉「其易若厎」孫氏云：「〈親士篇〉云：『其直如矢，其平如砥。』『厎』
仍作『砥』，與《毛詩》同。……《孟子‧萬章篇》引《詩》『砥』亦作『厎』，
字通。……《說文‧厂部》云：『厎，柔石也。重文作『砥』。」

案：孫氏於此既引述《說文》「砥」爲「厎」字重文之說，又云砥、厎「字通」，
故知孫氏固以重文、或體亦屬其「通用」之列也。

（267）〈經下〉「說在仵顏」孫氏云：「『仵』、『啎』字通，詳前。」

案：考其上文「說在可用過仵」孫注云：「此『仵』當即『啎』之異文。《說文‧
午部》云：『午，啎也；啎，逆也。』《廣雅‧釋言》云：『午，仵也。』」是
孫氏乃以「仵」爲「啎」之異文，因「啎」字又或書作啎、啎，故「啎」亦
當即「仵」之異文，而孫氏云「字通」也。

（307）〈經說下〉「爲務則士」孫氏云：「疑『務』當讀爲『鍪』。《荀子‧哀公篇》
『務而拘領』，《淮南子‧氾論訓》『務』作『鍪』，是其例。《說文‧虍部》云：
『虖，土鍪也。』〈金部〉云：『鍪，鍑屬也。』《禮記‧內則》孔疏引《隱義》
云：『堥，土釜也。』『鍪』、『堥』字通。『士』當爲『土』，形近而訛。」

案：孫氏既引《說文》：「虖，土鍪也。」「鍪，鍑屬。」又引〈內則〉孔疏引《隱
義》云：「堥，土釜也。」是孫氏當以「鍪」、「堥」之音義俱同，是爲或體，
而謂之「字通」也。

然則孫氏果以「通」涵括或體也。而於其他言「通」之諸例中，亦或有意指或體者，
凡五則：

（149）〈天志中〉「謂之不善意行」孫氏云：「『意』疑當作『悳』，與『德』通。」

（403）〈備城門〉「則民亦不宜上矣」孫氏云：「竊疑當作『則民死不悳上矣』，『死』
『亦』形近而訛，『悳』『德』字通，『悳』字壞缺，僅存『直』，形與『宜』
字尤相似，故訛。」

案：《說文》：「悳，外得於人內得於己也。從直從心，悳，古文。」「德，升也。
從彳，悳聲。」以「悳」、「德」爲二字。然金文悳、德用法無別，皆爲道德
義，如陳侯因𦎤錞：「合揚厥悳。」謂答揚厥德也。且甲文屮（直）字亦作
屮，故其字從屮從屮應無二致。又若據郭沫若之說，直字所從之乚乃形之
訛，則悳、德更爲一字之或體無疑也〔註37〕。

（158）〈天志下〉「挋格人之子女者乎」孫氏云：「『挋』、『擄』字通。《方言》云：『挋，
擄取也，南楚之閒凡取物溝泥中，謂之挋，或謂之擄。』《釋名‧釋姿容》云：

『攎，又也，五指俱往又取也。』」

案：段注（見「扭」下）云：「《方言》扭、攎實一字也，故許有扭無攎。」說可
　　從。故二者可通用無別也。

（384）〈公孟〉「揗忽」孫氏云：「《儀禮‧既夕》『木笏』，鄭注云：『今文笏作忽。』
　　　　《史記‧夏本紀》集解引鄭康成注《尚書》作『在治曶』，云：『曶者，笏也。』
　　　　『忽』、『曶』、『笏』字並通。」

案：《說文》：「曶，一曰佩也。」段注：「〈咎繇謨〉『六律五聲八音在治忽』，……
　　鄭曰：『曶者，臣見君所秉書思對命者也，君亦有焉。』據此，則象笏字古
　　作曶，許竹部無笏。」《釋名‧釋書契》：「笏，忽也。君有教命及所啓白則
　　書其上，備忽忘也。」說皆是。故知「曶」乃爲「忽」之轉注專字，或體作
　　「笏」。而孫氏以爲此三者「字並通」也。

（394）〈魯問〉「不如匠之爲車轄」孫氏云：「《說文‧車部》云：『轄，鍵也。』〈舛
　　　　部〉云：『舝，車軸耑鍵也。』案：『轄』、『舝』字通。」

案：段注（見「轄」下）云：「然則『舝』『轄』二篆，異字而同義同音。」是「轄」
　　與「舝」當爲一字之或體也，而孫氏以爲「字通」。

　　綜上所述，孫氏以「通」例言或體者，凡八則。

　　總而言之，孫氏所謂「通」，乃以讀音之同近爲其唯一條件。凡音近（音同、音
轉）者皆可通用，而不論其意義是否亦復相近，故包括純屬聲音關係之假借，以及
兼具音義關係之同源字、轉語及或體等，皆可在其「通用」之列。而此亦即清儒「詁
訓之旨，本於聲音」〔註38〕之具體表現也。

1-2-8 同、字同

　　「同」、「字同」亦屬傳統之訓詁術語，自漢已有之，《周禮‧天官‧外府》注：
「鄭司農云：『齎或爲資，今禮家定齎作資。』玄謂齎資同耳，其字以齊次爲聲，從
貝變易，古字亦多或。」是其「同」乃謂一字之或體。《論語》「無所取材」鄭注：「古
字材哉同耳。」此云「同」者，則言古字因聲音相同而通用。故齊佩瑢以爲「凡言
古字（古聲）同者，非一字之或體重文，即音同相假者也。」〔註39〕逮至孫氏，仍
習用其語，然其用法是否果如齊氏所言？抑或別有所指？則有待詳加探究。首先，
孫氏使用「同」或「字同」之涵義，應無二致。觀〈耕柱〉「是使翁難雉乙卜於白若
之龜」孫氏云：「『乙』當作『已』，『已』與『以』同。」而於〈經下〉「說在無以也」

〔註38〕參《廣雅疏證‧自序》。
〔註39〕參《訓詁學概論》，頁210。

則云：「『已』『以』字同。」是其所謂「同」即「字同」也。又如〈經下〉「契與枝板」孫氏云：「『板』疑當作『仮』，『仮』、『反』同。」而於〈經說下〉：「未變而名易，收也。」則云：「『收』依〈經下〉當爲『仮』。『仮』、『反』字同。」亦「同」與「字同」通用之例也。故今即將此二術語一併討論之，凡六十六則，分述如下：

1-2-8-1 假　借

此類仍居其大宗，達四十四則，如：

（221）〈非命中〉「我命故且亡」孫氏云：「『故』，下文作『固』，同。」

案：〈明鬼下〉「故必先鬼神而後人者此也」孫氏云：「『故』讀爲『固』。」則孫氏此云故、固「同」，當亦以其爲假借也。

（285）〈經說上〉「纑，閒虛也者。」孫氏云：「『纑』與『櫨』同，詳〈經上〉。」

案：〈經上〉「纑，閒虛也。」孫氏云：「『纑』、『櫨』同聲假借字。」故知孫氏此云「纑與櫨同」，亦指其爲同聲假借字也。

（443）〈備城門〉「夫長三丈以上」孫氏云：「『夫』、『趺』字同。」

（473）〈備穴〉「頡皋爲兩夫」孫氏云：「亦同『趺』。」

案：孫氏又於〈備城門〉「失四分之三在上」云：「『失』當爲『夫』，亦『趺』之借字。」故孫氏此云「字同」、「同」，當皆意指假借也。唯孫氏又嘗以「夫」爲「趺」，則不啻自相矛盾，說詳下文（參 3-2（21））。

以上皆孫氏以「同」、「字同」言假借之明證也。其餘諸例，則不一一贅錄之。

1-2-8-2 同源字

孫氏言「同」、「字同」例，亦或有用於指同源字者，其例有如：

（212）〈非命上〉「守城則不崩叛」孫氏云：「『崩』當爲『倍』之假字。〈尚賢中篇〉云：『守城則倍畔。』猶此下文云『守城則崩叛』也。『倍』與『背』同。《逸周書‧時訓篇》云：『遠人背叛。』」

案：《說文》：「倍，反也。」《周髀算經下》：「倍正南方。」注：「倍，猶背也。」是「倍」與「背」音近且義同，當爲同源字〔註40〕。

（213）〈非命上〉「男女有辨」孫氏云：「『辨』、『別』同。〈尚賢中篇〉云：『男女無別。』」

案：如上文所言，「辨」與「別」是爲同源字（參 1-2-4-1（492）），而此云其「同」。

（526）〈襍守〉「且弅還」孫氏云：「後文又作『唯弅逮』，則疑『還』或爲『逯』之誤，此書『逯』多誤『還』。『逯』、『逮』同。」

〔註40〕參《同源字典》，頁 262。

案：《爾雅・釋言》：「逮，遝也。」故二者音近且義同，當為同源字。

以上三則之同源字，其讀音略異；然亦有讀音全同而為同源字者，凡五則：

（30）〈尚賢上〉「尚欲祖述堯舜禹湯之道」孫氏云：「『尚』疑與『上』同。〈下篇〉云：『上欲中聖人之道。』」

案：「尚」與「上」為同源字，說見前（參 1-2-7-2（48））。而此云其「同」。

（45）〈尚賢下〉「士公大人有一罷馬不能治」孫氏云「『罷』，《治要》作『疲』，下同。案：『罷』、『疲』字同。《國語・齊語》云：『天下諸侯罷馬以為幣。』韋注云：『罷，不任用也。』《管子・小匡篇》作『疲馬』，尹知章注云：『疲，謂瘦也。』」

案：孫氏此云「罷疲字同」，當亦以其音義皆同，是為同源字也。

（291）〈經說上〉「免虵還圜」孫氏云：「『還』與『旋』同。」

案：《廣雅・釋詁四》：「旋，還也。」是「旋」與「還」音義皆同，當為同源字，而孫氏云「同」〔註41〕。

（321）〈經說下〉「參，直之也。」孫氏云：「『參』、『三』同。」

案：《易・說卦》「參天兩地而倚數。」虞注：「參，三也。」故「參」與「三」音義皆同，亦為同源字也〔註42〕。

（525）〈襍守〉「遠攻則遠害」孫氏云：「『害』並當為『圉』，『圉』與『圍』、『禦』字同。」

案：《釋名・釋宮室》：「圉，禦也。」《周書・諡法》：「威德剛武曰圉。」注：「圉，禦也。」故「圉」、「圍」、「禦」三字音義皆同，並為同源字〔註43〕。

1-2-8-3 轉　語

孫氏所謂「同」、「字同」，既可意指同源字，則對與其同屬音近之列之音轉義同字——亦即轉語，自亦可兼指之。可由以下諸例得到明證：

（246）〈非儒下〉「號人衣」畢沅云：「『號』、『褫』字之誤，《孔叢》作『剝』。」孫氏：「《說文・衣部》云：『褫，奪衣也。』〈非攻上篇〉云：『拕其衣裘。』『拕』、『褫』字同。」

案：〈非攻上〉「拕其衣裘」畢沅云：「『拕』讀如『終朝三拕』之『拕』。陸德明《易音義》云：『褫，鄭本作拕，徒可反。』『拕』即『拕』異文。孫氏云：『《說文・手部》云：『拕，曳也。』《淮南子・人間訓》云：『秦牛缺徑於山中而

〔註41〕參《同源字典》，頁 580。

〔註42〕參《同源字典》，頁 518。

〔註43〕參《同源字典》，頁 139。

遇盜，拖其衣被。』許注云：『拖，奪也。』『拖』即『扡』之俗。」故知孫氏乃以「扡」、「裾」之音轉且義同，當爲轉語，而云「字同」也。

（269）〈經下〉「或過名也」孫氏云：「『或』，『域』正字。（中略）『域』與『宇』同。故〈經下〉又云：『宇或徙。』」

　　案：〈經下〉「宇或徙」孫氏云：「《說文·戈部》云：『或，邦也。或從土作域。』（中略）徙者，言宇之方位轉徙不常，屢遷而無窮也。」故知此文之「宇」、「或」同義，而孫氏引之以證「域宇同」，則其「同」亦當指音轉義同之轉語也。

其他以「同」、「字同」言轉語之例尙有：

（141）〈天志上〉「業萬世子孫」孫氏云：「業，謂子孫纂業也。《左·昭元年傳》『臺駘能業其官』杜注釋爲『纂業』。又疑當爲『葉萬子孫』，『葉』與『世』同。《公孫龍子》云：『孔穿，孔子之葉也。』『萬』下『世』字衍。《古文苑·秦詛楚文》云：『葉萬子孫，毋相爲不利。』〈檀弓〉云：『世世萬子孫毋變也。』《毛詩·長發》傳云，『葉，世也。』」

　　案：《詩·長發》傳「葉，世也」，故「葉」與「世」殆爲音轉且義近之轉語也。又案：孫氏後一說是也。夫金文已有「葉萬子孫」等語，王孫鐘：「枼萬孫子。」字作枼，陳侯因育錞：「豐萬子孫。」字作豐。至《墨子》時猶存其語，而假「業」字爲之，唯後人多不識，遂於「萬」下又增一「世」字，不知此處上下文皆四字一句「故使貴爲天子，富有天下，業萬世子孫，傳稱其善，至今稱之，謂之聖王。」不當獨此句例外〔註44〕。

（217）〈非命中〉「意亡昔三代之暴不肖人也」孫氏云：「『意』與『抑』同。『意亡』，語詞。」

　　案：《說文》：「意，志也。」「抑，按也。」二者皆可假借爲語助詞，是爲一聲之轉，而孫氏云其「同」。

（361）〈大取〉「今人非道無所行」孫氏云：「『道』與『理』同。」

　　案：《莊子·繕性》：「道，理也。」故二者音轉且義同，當爲轉語。

1-2-8-4　或　體

　　此類達九則，亦不在少數，故一般以爲凡言「同」、「字同」者，「非一字之或體重文，即音同相假者也」。蓋斯二者，實佔其絕大多數也。孫氏以「同」、「字同」爲或體之例證多矣，譬如：

────────────

〔註44〕參于省吾《墨子新證》。

（309）〈經說下〉「虵與瑟孰瑟」孫氏云：「此釋〈經下〉：『異類不吡，說在量。』
　　　　『吡』、『仳』同。」

　案：〈經下〉「異類不吡」孫氏云：「此當與〈經說上篇〉『仳』字聲義同。」殆以
　　　「吡」與「仳」爲聲義俱同之或體，參 1-2-4-2（257），而此云其「同」。

（333）〈經說下〉「過仵也」孫氏云：「『仵』與『牾』同。（中略）此釋〈經下〉『意
　　　　未可知，說在可用，過仵。』」

　案：〈經下〉「說在可用，過仵。」孫氏云：「此『仵』當即『牾』之異文。」故知
　　　此所謂「仵牾同」，明指異文也。

（469）〈備穴〉「以車輪轒」孫氏云：「『轒』、『輼』同。（中略）『轒』即『輼』之別
　　　　體文。」

　　　凡此皆孫氏以「同」、「字同」爲或體之確證也。他如：

（39）〈尚賢中〉「哲民維刑」孫氏云：「《漢書・刑法志》引『折』作『悊』，『悊』、
　　　　『哲』字同。」

　案：《說文》：「哲，知也。悊，哲或从心。」是「悊」乃「哲」之或體，而孫氏以
　　　爲「字同」。

（381）〈貴義〉「是猶舍穫而攗粟也」孫氏云：「《國語・魯語》『收攗而蒸』韋注云：
　　　　『攗，拾也。』《一切經音義》引賈逵云：『攟，拾穗也。』『攗』、『攟』字同。」

　案：「攗」、「攟」聲義俱同，當爲或體，而孫氏云「字同」也。

（435）〈備城門〉「用瓦木罌」孫氏云：「《方言》云：『自關而西，晉之舊都，河汾
　　　　之閒，其大者謂之甀；自關而東，趙魏之郊，謂之瓮，或謂之罌。罌其通語
　　　　也。』『甖』、『罌』同。《史記・韓信傳》：『以木罌缻渡軍。』」

　案：孫氏此云「甖」、「罌」同，當即著眼於二者之音義俱同，是爲或體也。

（533）〈襍守〉「袾葉」孫氏云：「『袾』，茅本作『株』，疑當爲『林』，與『椒』同。
　　　　〈急就篇〉云：『烏喙、附子、椒、芫華。』皇象本作『烏啄、付子、林、元
　　　　華。』」

　案：《玉篇》：「林，同椒。」故「林」爲「椒」之或體，而孫氏云「同」。

　　上述諸例，其「同」、「字同」亦皆指或體也。

　　綜上所述，「同」、「字同」例可用以指假借、同源字、轉語及或體，亦即凡音近
（含音同、音轉）者皆可謂之「同」，而不論其意義是否相近，直與「通用」例如出
一轍，故二者往往互見，如：〈尚賢上〉「尚欲祖述堯舜禹湯之道」孫氏云：「『尚』疑
與『上』同。」而於〈尚同上〉題解云：「『尚』亦與『上』通。」又如〈明鬼下〉「然

不能以此圉鬼神之誅」孫氏云:「『圉』、『禦』字通。」而於〈襍守〉「遠攻則遠害」則云:「『圄』與『圉』、『禦』字同。」皆「同」與「通」術語互用之例也。故裘錫圭先生以爲「『同』除了用來指明通用關係之外,也用來指明一字異體的關係。」「『通』用于指明一字異體關係的例子則很少見。」﹝註45﹞爲二者加以區分,其說恐非。

2. 當爲、當作（從）

「當爲」、「當作」例於漢人注中,爲刊正之詞,如段玉裁所云:「當爲者,定爲字之誤聲之誤而改其字也。爲救正之詞。」﹝註46﹞是也。逮至孫氏,除亦習用此二術語外,偶亦有作「當從」者,三者於《閒詁》中共計達五百三十三則,然其涵義已略有不同,或指誤字、或指假借、偶指省借,甚至亦有作一般用語使用者,非僅爲形誤聲誤而已,分述如下:

2-1 誤 字

此項仍居其絕大多數,達五百零六則,又可細分爲形誤、聲誤及形聲相近而誤三類。

2-2 形 誤

此類凡四百六十五則,其下文或加「誤(訛)」、「形誤(訛)」、「形近」等語,或否,而皆以其形近易知,不一一具列,但舉數例於下,以見一斑:

〈非攻中〉「甲盾撥劫」孫氏云:「『劫』未詳,疑當作『刦』,古書从缶从去之字,多互訛。〈備蛾傳篇〉『法』訛作『淕』,此『刦』訛作『劫』,可以互證。《說文·刀部》云:『刦,刀把也。』即《禮記·少儀》之拊也。刀把或以木爲之,故有靡敝腐爛之患。」

〈天志中〉「賊金木鳥獸」孫氏云:「『賊』當爲『賦』,形近而誤,言賦斂金木鳥獸而用之也。」

〈明鬼下〉「自夫費之,非特注之汙壑而棄之也。」孫云:「『自』當爲『且』。」

皆是其例也。

2-1-2 聲 誤

此類凡十九則,其下文或加「音同(近)而誤」、「聲轉而誤」等語,於1.項俱已言之,此不再述。但列其餘之十一則於下:

﹝註45﹞參《文字學概要》,頁267。
﹝註46﹞見《周禮漢讀考·序》。

編號	篇　名	正　　文	字組	術　　語	聲	韻	備　　註
1	節葬下	葛以緘之	緘繃	當作	見幫	侵蒸	
2	天志下	以攻罰無罪之國	罰伐	當從	並並	祭祭	
3	明鬼下	犯遂下眾，人之蝐遂	夏下	當作，聲誤	匣匣	魚魚	
4	明鬼下	犯遂下眾，人之蝐遂	郊蝐	當作，聲誤	見	宵	「蝐」字字書所無。
5	經上	儇稇秖	儇環	當爲，聲之誤	曉匣	元元	轉注字。
6	經上	儇稇秖	稇俱	當爲，聲之誤	見	侯	「稇」字字書所無。「俱」、「秖」則《表稿》所無，茲分據《廣韻》「舉朱切」、「丁尼切」推之。
7	經上	儇稇秖	秖秖	當爲，聲之誤	端端	脂脂	
8	經下	說在剃	剃梯	當作，聲之誤	透透	脂脂	「梯」字《表稿》所無，茲據《廣韻》「他計切」推之。
9	經說上	不若金聲玉服	不必	當作	幫幫	之脂	
10	經說下	是不可智也，愚也	愚遇	當作，聲之誤	疑疑	侯侯	
11	耕柱	若無所利而不言	不必	當作	幫幫	之脂	

2-1-2-1　術語之使用情形

　　以上各例，其下文或加「誤」、「聲之誤」等語，或否。前者自明指聲誤無疑也。後者見於第（1）、（2）、（9）及（11）則，其意指聲誤則須加以說明之：

（1）〈節葬下〉「葛以緘之」孫氏云：「『緘』當作『繃』。《說文・系部》云：『繃，束也。』引《墨子》曰：『禹葬會稽，桐棺三寸，葛以繃之。』即此文。《藝文類聚》十一、《御覽》三十七，引《帝王世紀》亦云：『禹葬會稽，葛以繃之。』段玉裁云：『繃，今《墨子》此句二見，當作緘。占蒸、侵二部音轉最近也。』」

　案：孫氏此處乃從段注之說，以「緘」爲「繃」之音轉而誤也。

（2）〈天志下〉「以攻罰無罪之國」孫氏云：「『罰』當從〈非攻下篇〉作『伐』。」

　案：「罰」與「伐」字形不近而讀音相近，故孫氏當以爲聲誤也。

（9）〈經說上〉「不若金聲玉服」孫氏云：「『不』字疑當作『必』。」

（11）〈耕柱〉「若無所利而不言」孫氏云：「『不言』疑當作『必言』。」
案：王煥鑣云：「孫說是。『不』、『必』雙聲，古書刻本二字屢互誤。」其說至塙。故知「不」、「必」亦當爲聲誤也。

2-1-2-2 術語之音韻條件

2-1-2-2-1 聲韻母並近

此類居其絕大多數，凡十則，且皆屬聲韻母並同近者。唯其中有須加以說明者：

（4）「郊」與「𩣡」：「𩣡」字字書所無，因其所从得聲之「高」，古韻在宵部、見母，與「郊」字音近，故或致訛。

（6）「䅴」與「俱」：「䅴」字字書所無，因其與「俱」字皆从「具」得聲，故或音近致訛。

2-1-2-2-2 聲韻母俱異

此見於第（1）則之「緘」與「緗」，乃因仍段氏之說，致同坐其失也（詳參第七章第（28）則）。

故知孫氏以「當爲（作）」例言聲誤者，仍符合其「音近」之旨也。

2-1-3 形聲相近而誤者

夫《閒詁》有云「形聲相近而誤」、「以形聲校之」等語者，雖其例並不多見，然爲孫氏度，於其他類似諸例，孫氏雖未嘗明言之，當亦隱然含有此意也，故今一併歸入此類，凡二十二則，條列如下：

編號	篇名	正文	字組	術語	聲	韻	備註
1	兼愛下	未踰於世而民可移也	踰渝	當作	定定	侯侯	
2	明鬼下	故聖王其賞也必於祖	故古	當爲	見見	魚魚	轉注字
3	經上	廉，作非也	廉慊	當作	來溪	談談	
4	經下	說在拒	拒矩	當爲	群見	魚魚	二字《表稿》皆無，茲分據《廣韻》「其呂切」、「俱雨切」推之。轉注字
5	經下	說在摶	摶轉	以形聲校之，當作	定端	元元	轉注字
6	經說上	見時者體也	時特	當爲	禪定	之之	
7	經說下	彼曰𩎟施	施也	當作	定定	歌佳	

8	大取	舉己非賢也	舉譽	當作	見定	魚魚	轉注字
9	大取	有有於秦馬	有又	當作	匣匣	之之	轉注字
10	大取	具同	具俱	當爲	群見	侯侯	轉注字
11	大取	其類在礜石	譽礜	當作	定是	魚魚	
12	公輸	臣以三事之攻宋也	事吏	當作	精來	之之	轉注字
13	備城門	五築有銻	銻銕	當作，形聲相近而誤	定定	脂脂	「銕」爲「鐵」之或體
14	備城門	以柴爲燔	燔藩	當爲	並幫	元元	轉注字
15	備城門	渠立程	程桯	當爲	定透	耕耕	
16	備城門	城上四隅童異高五尺	童重	當爲	定定	東東	
17	備穴	善爲傅置	罥埴	當作	端昌	之之	
18	備蛾傅	煖失治	煖緩	當爲	曉匣	元元	轉注字
19	備蛾傅	節壞	節即	當作	精精	脂脂	
20	號令	鋪食更	鋪餔	當爲	滂並	魚魚	
21	號令	令杍廁利之	杍杍	當爲	定船	魚魚	
22	襍守	槧再襍爲縣梁	槧塹	當爲	清清	談談	

2-1-3-1 術語之使用情形

上述諸例，其誤字與所誤之字間形、聲俱近，甚至多爲从同一聲符得聲之諧聲字，故爲形聲相近而誤也，殆無疑義。

2-1-3-2 術語之音韻條件

2-1-3-2-1 聲韻母並近

此類達二十一則，又可分爲：

2-1-3-2-1-1 聲韻母並同近

此類凡十八則，佔其絕大多數。

2-1-3-2-1-2 聲母相關、韻母相同

此凡三則，分別見於第（3）則之「廉」與「慊」爲來母、溪母接觸之例，（8）之「舉」、「譽」爲見母、定母接觸之例，（12）之「事」、「吏」乃精母與來母之接觸，今日皆可以複聲母解釋之，至若孫氏則殆以其皆爲从同一聲符得聲之諧聲字，故以爲音近也，說同前（參 1-1-1-2）。

2-1-3-2-2 雙 聲

此見於第（7）則之「施」與「也」，是爲歌、佳二部之音轉。故孫氏於此諸例之音韻條件，仍切合其「音近」之旨也。

2-2 假 借

依據漢儒訓詁慣例，凡言假借者，不以爲誤；言當爲者，直斥其誤。然至唐人已時或混淆二者而用之，如《荀子・正論篇》：「其至意至闇也。」楊倞注：「『至意』當爲『志意』。」「是王者之至也。」注：「『至』當爲『志』。」王先謙《集解》則云：「《荀》書『至』、『志』通借。」王叔岷先生因謂：「（古人）如但言『某當爲某』，則或正其字之誤；或明其字之可通。」〔註47〕是也；唯王先生又云：「與清儒言『某當爲某』，專正其字之誤者有別。」則有可商，蓋孫氏言「當爲」、「當作」例，亦有兼指假借者，凡二十四則，唯其中有十四則，其下文又如「假（借）字」、「（聲同）字通」等語，則明指假借，自無可疑，於1.項已分別論之矣，茲不再述。但列其餘諸例於後：

編號	篇名	正　　文	字組	術語	聲	韻	備　　註
1	七患	必無社稷	無亡	當爲	明明	魚陽	
2	尙賢下	無故富貴	無毋	當爲	明明	魚魚	「毋」字《表稿》所無，茲據《廣韻》「武夫切」推之。
3	非儒下	用誰急	誰雖	當作	禪心	微微	
4	經下	說在俱一惟是	惟唯	當作	定定	微微	
5	經說下	惟是	惟唯	當作	定定	微微	同（4）
6	備城門	五步一壘	壘藟	當爲	來來	微微	
7	號令	使、卒、民不欲寇微職和旌	使吏	當爲	心來	之之	《表稿》加注作使〔1-〕吏〔S-〕。轉注字
8	襍守	凡待煙、衝、雲梯、臨之法	煙堙	當作	影影	眞眞	
9	襍守	聲竈	聲藟	當作	來來	東東	
10	襍守	厚簡爲衡枉	厚后	當爲	匣匣	侯侯	

〔註47〕見《校讎學》，頁106。

2-2-1　術語之使用情形

上述諸例但言「當爲（作）」而意指假借，較易爲人所忽略，須一一加以說明之：

（1）〈七患〉「必無社稷」孫氏云：「『無』疑當爲『亡』。」

　　案：「無」與「亡」字形相遠而讀音相近，又因二字於古書中往往混用，如《書·洛誥》「咸秩無文」，《漢書·翟方進傳》作「咸秩亡文」是也。故孫氏當不致以二者爲「聲誤」，而應指假借也。又案：《說文》：「無，亡也。」則「無」與「亡」聲近且義同，具有同源關係〔註48〕。

（2）〈尚賢下〉「無故富貴」孫氏云：「『無』疑當爲『毋』，下同。詳〈中篇〉。」

　　案：此爲《閒詁》定本因襲聚珍本誤說而未及改正處，說已見第三章「《閒詁》之版本研究」一節。聚珍本〈尚賢中篇〉「無故富貴」孫注云：「『無故』疑當爲『毋故』，（中略）毌、毋形近，毋、無音近，毌三寫成無，遂不可通。（中略）毋、無音近。」又〈備城門〉：「節毋以竹箭，楛、趙、掾、榆，可。」孫氏云：「當作『即毋竹箭，以楛、趙、掾、榆，可。』『毋』與『無』字通。」是孫氏當以「無」與「毋」音近假借。唯此說實不如定本之新說，以「故」當爲「攻」，即「功」之借字，「無」字則不誤也，詳〈中篇〉。

（3）〈非儒下〉「用誰急」孫氏云：「『誰』當作『雖』。」

　　案：《墨》書从隹之字往往互相假借，如1.（64）則之「唯」與「雖」，（4）、（5）之「惟」與「唯」（詳下），孫氏皆以假借，故於此殆亦以「誰」借爲「雖」也。

（4）〈經下〉「說在俱一惟是」孫氏云：「『惟』當作『唯』。」

（5）〈經說下〉「惟是」孫氏云：「〈經〉同，亦當作『唯』。」

　　案：孫氏於〈大取〉「而性」下注云：「疑『性』並當作『惟』，『惟』與『唯』通。」是孫氏固以「惟」爲「唯」之借字，而此云「當作」，殆亦指假借也。

（6）〈備城門〉「五步一壘」孫氏云：「『壘』疑當爲『蘲』。《孟子·滕文公篇》『蓋歸反虆梩而掩之』趙注云：『虆梩籠臿之屬，可以取土者也。』《毛詩》釋文引劉熙云：『虆盛土籠也。』釋文又云：『虆字或作樏或作蘲。』案：樏即欙之省。蘲，欙之別體。」

　　案：《說文》：「壘，軍壁也。」因此處之上下文「七尺一居屬」、「五築有鋊」皆指鋤類，故孫氏疑此「壘」當爲「蘲」，盛土籠也。又因〈備穴〉「受六參」孫氏注云：「『參』疑當爲『㯺』，形近而誤。（中略）㯺、畾、壘、蘲並即虆之

假字，虆盛土籠，亦詳〈備城門篇〉。」而「虆」即「虆」之或體，故孫氏此云「『壘』當爲『虆』」，當亦以「壘」爲「虆」之假字也。

（7）〈號令〉「城禁：使、卒、民不欲寇微職和旌者斷。」孫氏云：「『使』當爲『吏』，『吏卒』上文常見。」

案：〈備城門〉「吏人各得亓任」蘇時學云：「『吏』當作『使』。」孫氏云：「蘇校是也。『吏』、『使』古字亦通。」故知孫氏此云「使當爲吏」，亦指其假借也。

（8）〈襍守〉「凡待煙、衝、雲梯、臨之法」孫氏云：「當依〈備城門篇〉作『堙』。」

案：〈備城門〉「堙」孫氏云：「〈襍守篇〉又作『煙』。闉、堙、煙聲同字通。」是孫氏此處當亦以「煙」爲「堙」之借字。

（9）〈襍守〉「聾竈」孫氏云：「當作『壟竈』。」

案：孫氏於〈號令〉「樓一鼓聾竈」下注云：「『聾』，『壟』之假字。」故此處當亦以「聾」爲「壟」之借字也。

（10）〈襍守〉「厚簡爲衡枉」孫氏云：「『厚』疑當爲『后』。」

案：「厚」與「后」字形相遠而音相近，又因〈天志中〉「則可謂否矣」孫氏云：「『否』，亦當作『后』，讀爲『厚』。」「后」爲「厚」之借字，則此之「當爲」，殆亦指假借也。

由此諸例可知，孫氏但言「當爲（作）」，果有意指假借者也。

2-2-2 術語之音韻條件

2-2-2-1 聲韻母並近

此類達九則，細繹之，又可分爲：

2-2-2-1-1 聲韻母並同近

此類凡七則。

2-2-2-1-2 聲母相關、韻母相同

此分別見於第（5）及（7）則。（5）之「誰」、「雖」爲禪母與心母接觸之例。（7）之「使」、「吏」乃心母與來母之接觸，今日皆可以複聲母解釋之，至於孫氏，則殆以其皆爲从同一聲符得聲之諧聲字，故得音近假借也，說同前（參 1-1-1-2）。

2-2-2-2 雙　聲

此見於第（1）則之「無」與「亡」，是爲魚、陽二部之對轉也。

故知孫氏於此諸假借例之音韻條件，亦是基於聲韻母並近、或雙聲而言之，仍符合其「音近」之旨也。

2-3 省　借

　　所謂「省借」，乃字體省略之一種，即但書其聲符部份之獨體字以當之也，說詳下文（參 3.「省借字」）。而孫氏於「當爲（作）」例中，偶亦有指省借者，此其特例也：

（1）〈非儒下〉「而親伯父宗兄而卑子也」孫氏云：「『卑子』疑當爲『婢子』，見《左・文元年傳》。『卑』即『婢』之省。」

　案：「卑」乃爲「婢」字之聲符，故孫氏此云「省」，是謂「省借」也。

（2）〈備穴〉「趣伏此井中」孫氏云：「『此』當爲『柴』。上文『斬艾與柴』，『柴』亦作『此』。〈備突篇〉亦以柴艾並舉，故此下文云『置艾其上』。皆可證。」

　案：孫氏於上文「斬艾與柴」引畢沅云：「『柴』舊作『此』，以意改。」而注云：「『此』疑即『柴』之省。此書多用省借字。」故知孫氏是以「此」爲「柴」之省借，蓋「此」乃爲「柴」字之聲符部份，故云。

（3）〈襍守〉「睨者小五尺」孫氏云：「或云：『睨者小』疑當作『諸小婗』，『者』即『諸』之省，亦通。」

　案：「者」乃爲「諸」字之聲符部份，故孫氏此云「省」，亦謂省借也。

　　以上即孫氏使用「當爲」、「當作」術語之義例也。唯氏之言「當爲（作）」，有時已將其一般化，而成爲一般用語，此又可分爲兩種不同情形：

　　其一、其下文連接其他術語，則此「當爲」意謂「應該爲」，應無疑義。譬如：

　　〈兼愛下〉「當使若二士者」孫氏云：「『當』疑當爲『嘗』之借字。」

　　〈備蛾傳〉「蝕其兩端」孫氏云：「『蝕』疑當爲『𥭖』之變體。《廣雅・釋詁》云：『𥭖，刺也。』《玉篇・矛部》云：『𥭖，刺矛也。』經典從矛字或變從鹵。《爾雅・釋詁》：『矜，苦也。』釋文『矜』作『𪉮』，是其例也。」

其「當爲」皆謂應該爲，後文所連接之「借字」、「變體」等詞，方是其訓詁術語所在，故今分別歸入各類術語之下，不隸屬於此項。

　　其二、但言「當爲（作）」而意謂應該爲（作）也。此如：

　　〈大取〉「死生利若，一無擇也」孫氏云：「當作『非無擇也』，謂必舍死取生。」

　案：「非」與「一」形、音俱異，似非誤字或假借，則孫氏此云「當作」，殆謂其應該作也。

　　〈大取〉「是璜也，是玉也，意楹非意木也。」孫氏云：「二『是』字疑並當作『意』。」

案：「是」與「意」亦形、音俱異，亦無以爲誤字或假借，故孫氏此之「當作」，殆亦謂其應該作也。

由此可見，孫氏之所謂「當爲」、「當作」，已漸有將其一般化之傾向，而成爲一般用語，斯亦孫書不同於漢注之一例也。

3. 省、省借字

合體字所从偏旁，不書足其形而以部分筆畫當其字者，此種現象謂之「省」〔註49〕。故「省」亦當隸屬或體之列，本不須單獨提出討論，唯孫氏尙有一特殊術語，曰「省借字」，於他書並不多見，故須特別加以探討。茲即先羅列《閒詁》言「省」、「省借字」之例，凡三十六則：

編號	篇　名	正　文	字　組	術　語	備　註
1	親士	錯者必先靡（礦）	礦磨	省作	
2	脩身	暢之四支	肢支	省	轉注字
3	兼愛中	注后（召）之邸	昭召	省	
4	尙賢中	傾者民之死也	諸者	省	轉注字
5	非攻中	魚水不務（游）	游斿	省	
6	非攻下	卿制大極	饗鄉	省	轉注字
7	天志中	大誓之道之	誓折	省	
8	非樂上	小人否（音）	倍音	省	
9	非儒下	而伯父宗兄而卑子也	婢卑	當爲，省	轉注字
10	非儒下	伏尸以言（意）術數	億意	省	轉注字
11	經上	儇秪秪	秪氏	省	轉注字
12	經說下	貌能	能能	省	
13	經說下	夾寗者	寝寠寗	省	
14	經說下	子知飄（飄）	羸飄	省聲	
15	經說下	若瘧病之之於瘧也	瘲瘧	省文	
16	耕柱	雖（雞）人但割而和之	饔雞	省	轉注字

〔註49〕參龍師宇純《中國文字學》第三章第七節「論省形與省聲」。

17	公孟	厚攻則厚吾	圉吾	省	
18	備城門	五步一壘	欙檪	省	
19	備城門	五步一壘	矗晶	省	
20	備城門	爲斬縣梁	壍斬	省	
21	備城門	夫長以城高下爲度	趹夫	省	
22	備城門	長茲	鎡茲鎛其	省	轉注字
23	備城門	狗走（妻）	棲妻	省	
24	備梯	乃管（登）酒塊脯	澄登	省作	
25	備水	令耳（叵）亓內	渠叵	省	
26	備穴	用㧞若松爲穴戶	㧞枃	省	
27	備穴	斬艾與柴長尺	柴此	省，省借字	
28	備穴	以車輪轀	轀蒕	省作	
29	備穴	斬亓穴	壍斬	省	
30	備穴	屬四	斸屬	省	
31	備蛾傅	斬城爲基	壍斬壍斬	省	
32	迎敵祠	弟之	豔弟	省	
33	旗幟	蓷（萑）有積	蓷萑	省作	
34	襍守	矢長丈二尺	趹夫	省	
35	襍守	勿積魚鱗簪（參）	槮參	省	
36	襍守	睨者小五尺	諸者	省	同（4），轉注字

　　綜上所列，可將《閒詁》之「省」分爲以下二類：

3-1 省　文

　　此即一般所謂之「省」，包括省略表聲偏旁之省聲：如第（1）則之「礦」與「磨」、（14）之「赢」與「覦」、（18）之「欙」與「檪」、（26）之「㧞」與「枃」；及省略表義偏旁之省形，如第（5）則之「游」與「斿」、（13）之「寑」與「㝵」、「帠」、（15）之「瘧」與「虐」、（19）之「矗」與「晶」、（28）之「轀」與「蒕」，凡九則，均可視爲其字之或體也，皆無疑義。

3-2 省借字

「省借」一詞，他書偶亦言之，如《說文義證》（見「示」下）：「《周官》古文所論『神祇』皆以爲『示』字，蓋古從省借耳。」即其比例。至若孫氏之言「省借字」，見於第（27）則：

　　　　〈備穴〉「斬艾興柴長尺」孫氏云：「『此』疑即『柴』之省。此書多
　　用省借字，如以『也』爲『他』，以『之』爲『志』，皆其例也。」

是知所謂「省借字」，乃借其聲符部份之獨體字以當其字，因謂之省借。觀其所言諸「省」例中，實多屬此類，達二十七則，如：

（2）〈脩身〉「暢之四支」孫氏云：「《說文・肉部》云：『胑，體四胑也。或作肢。』
　　『支』，即『肢』之省。」

（3）〈兼愛中〉「注后之邸」孫氏云：「『昭』作『后』者，疑省『昭』爲『召』，又
　　誤作『后』。」

其所謂「省」，當皆指省借也，故孫氏以爲「此書多用省借字」是也。

唯省借既是借其聲符部份之獨體字以當其字，則論其與假借之界限，乃不知阡陌所在。蓋既爲一獨體字，何從得知其究爲另一形之省文、抑是另一字之借字？故孫氏以爲省借字之諸例，恐皆有此疑慮。如其所舉之「以『也』爲『他』」例，又見於：

　　　　〈經說下〉「謂也」孫氏云：「疑當讀『他』。」

即以「也」爲「他」之借字。

又如：

（4）〈尚賢中〉「傾者民之死也」孫氏云：「『者』當爲『諸』之省。」

是以「者」爲「諸」之省借，然於：

　　　　〈備城門〉「治裾諸」孫氏云：「『諸』當爲『者』之假字。」

則以爲假借。

再如：

（21）〈備城門〉「夫長以城高下爲度」孫氏云：「『夫』或當『趺』省。」

乃以「夫」爲「趺」之省借，然於其下文則以爲假借：

　　　　〈備城門〉「失四分之三在上」孫氏云：「『失』當爲『夫』，亦『趺』
　　之借字。」

皆爲同一字組，而或以爲省借、或以假借。夫戰國文字雖確實存在某些省借現象，

如以肖爲趙之類〔註50〕，然苟非搜集大量例證、或歸納出其省借原則，難免予人流於主觀臆斷之譏也。

4. 古今字、古某字（今某字）、古作某（今作某）

「古今字」乃文字、訓詁學之常用術語，於東漢鄭玄之注《禮記》已用之，〈曲禮下〉「予一人」鄭注：「余、予，古今字。」是也。自是以降，「古今字」之名爲歷代學者所沿用，然對其具體涵義究爲何，則未有定論。迄至清代，文字、訓詁學家論及古今字者極多，尤以段玉裁、徐灝二家之說最具代表：段氏云：「凡言古今字者，主謂同音而古用彼、今用此異字。」〔註51〕又云：「凡鄭言『古今字』者，（中略）謂古今所用字不同。」〔註52〕是其所謂古今字，意指古今所用字不同，其中尤以同音假借爲大宗，故乃是基於訓詁學用字之觀點以論古今字；徐灝則以爲：「凡古今字有二例：一爲造字相承增偏旁。一爲載籍古今本也。」〔註53〕所謂「載籍古今本」即段氏承襲傳統「古今字」之訓詁用法，然徐氏將其置於第二，而以「造字相承增偏旁」爲「古今字」之第一因，即是基於文字學造字之觀點以言古今字，此其與段氏之歧異處也〔註54〕。至若孫氏「古今字」之涵義究爲何，係採何種觀點，則是本文行將討論之重點。茲亦先具列《閒詁》「古今字」及其相關術語之諸例於下，以便檢視：

編號	篇名	正文	字組	術語	備註
1	尙同上	其人茲眾	茲滋	古正作茲，今相承作滋	轉注字
2	非攻上	其不仁茲甚	茲滋	古今字	轉注字
3	天志下	視吾先君之法美（義）	義儀	義即古儀字	轉注字
4	明鬼下	必以眾之耳目之實知有與亡爲儀者也	亡無	亡古無字	
5	非儒下	夫憂妻子以大負絫	憂優	古止作憂，今別作優	轉注字
6	非儒下	是若人氣（气）	气乞	古乞作气	轉注字
7	經說下	其埶固不可指也	埶勢	埶即古勢字	轉注字

〔註50〕參林素清《戰國文字研究》。
〔註51〕見《說文》「余」字注。
〔註52〕見《經韻樓集》「古今字」條。
〔註53〕見《說文》「祐」字箋。
〔註54〕參陳韻珊〈論「古今字」——從用字與造字的觀點〉，收錄於《史語所集刊》第六十六本，第一分。

8	公孟	卿士費仲	中仲	古今字	轉注字
9	備城門	內後長五寸	內枘	古今字	轉注字
10	備城門	葆離鄉老弱國中及也大城	也他	也即古他字	轉注字
11	備城門	復車者在（左）之	左佐	古今字	轉注字
12	備穴	以左客穴	左佐	古今字	同（11）轉注字
13	迎敵祠	左置旌于隅練名	名銘	古今字	轉注字
14	號令	辯護諸門	辨辦	辨即今辦字	轉注字
15	號令	燔曼延燔人	曼蔓	曼延字古止作曼	轉注字
16	號令	其在蕁（薄）害	薄簿	薄古簿字	轉注字
17	號令	死上目行（徇）	徇徇	古今字	轉注字

由上表所列，可知孫氏之「古今字」亦有二類：

4-1 造字相承

此類居其絕大多數，達十五則，固爲其「第一因」也。茲先舉其尤爲顯著之例以證成之：

（1）〈尙同上〉「其人茲眾」孫氏云：「《說文・艸部》云：『茲，艸木多益。』〈水部〉云：『滋，益也。古正作『茲』，今相承作『滋』。」

　案：孫氏乃以「茲」與「滋」義近形相承，而謂其爲古今字。可見其對古今字之觀點，主承徐氏而來，即連「相承」一詞亦如出一轍也。

（5）〈非儒下〉「夫憂妻子以大負絫」孫氏云：「『憂妻子』謂憂厚於妻子，猶下文云『厚所至私』也。《國策・趙策》云：『夫人優愛孺子。』《說文・夊部》云：『憂，和之行也。』引《詩》曰：『布政憂憂。』今《詩・商頌・長發》作『優』。案：古無『優』字，優厚字止作『憂』，今別作『優』，而以『憂』爲憂愁字。《墨子》書多古字，此亦其一也。」

　案：孫氏此就文字孳乳之觀點推論「憂」、「優」是爲古今字，極具卓識，當亦受徐說之啓發。

故可由此推知，孫氏「古今字」之說，似頗受徐說之影響。而於其餘諸例中，孫氏雖未曾明言其具造字相承之關係，當亦多屬此類，譬如：

（6）〈非儒下〉「是若人氣」孫氏云：「『氣』與『乞』通，古『乞』作『气』，即雲气字，下文云『夏乞麥禾』，是其證。」

案：《說文》：「气，雲气也。」或借爲气假之气，銘文已有之，如齊侯壺「洹子孟姜用气（乞）嘉命」即其例也。後或爲與雲气字別嫌，而省一筆別作「乞」字，故仍是與「气」具造字相承之關係，而孫氏云「古乞作气」，殆即著眼於此也。

（16）〈號令〉「其在葬害」孫氏云：「『葬害』疑當作『薄者』。『薄』，古『簿』字。」

案：段注（見「専」下）云：「《說文》無『簿』有『薄』，蓋後人易艸爲竹以分別其字耳。」說至塙。故「薄」與「簿」乃爲造字相承而改易其偏旁也，而孫氏以爲「古今字」。

由此可知，孫氏「古今字」之說主要承自徐氏而更加推衍之，意指造字相承而增、刪、改易其偏旁，固不限於「增偏旁」也。而此亦即本文所謂之「轉注字」，說詳第二節。

唯孫氏於此中亦有立說未安者：

（10）〈備城門〉「葆離鄉老弱國中及也大城」孫氏云：「『也』即古『他』字，不必改，說詳前。」

案：〈經說下〉「謂也」孫氏云：「疑當讀爲『他』。」則孫氏此云「也」、「他」古今字，似意指用字假借者。唯孫氏又於〈備穴〉「斬艾與柴長尺」注云：「此書多用省借字，如以『也』爲『他』。」是孫氏於同一「也」、「他」字例，而有不同說法，並無定見，上文已略論之矣（參 3-2），今則再添一例。

4-2 古今用字不同

孫氏所云「古今字」，亦有出於「古今用字不同」者，凡二則：

（4）〈明鬼下〉「必以眾之耳目之實知有與亡爲儀者也」孫氏云：「『亡』吳鈔本作『無』。『亡』，古『無』字，篇中諸有『無』字，疑古本並作『亡』。」

案：「亡」與「無」字形不同，而孫氏亦以爲古今字，則乃是依據古今用字不同之觀點以論之。夫「亡」與「無」孫氏固嘗以爲音近可假借，而實當爲同源字，說已見前（參 2-2（1））。

（13）〈迎敵祠〉「左置旌于隅練名」孫氏云：「『名』、『銘』古今字。（中略）《儀禮・士喪禮》云：『爲銘各以其物，亡則以緇，長半幅、赬木長終幅，廣三寸，書名于末。』鄭注云：『銘，明旌也。』『今文銘皆爲名。』《周禮・司勳》云：『銘書於王之大常。』是凡旌旗之屬，通謂之銘。此作名，與《禮》今文正同。《說文》亦無『銘』字。」

案：孫氏此云「名」、「銘」古今字，乃是依據古、今文經本不同而用字有異之情

形爲說，故亦隸屬此類。唯「名」與「銘」實當具有造字相承之關係，亦可歸入前一類，蓋此二類「有重疊，也有不同」〔註 55〕是也。

故由此可見，孫氏之「古今字」乃兼採段、徐二氏之說也，而以徐說爲主，段說爲輔。

最後，綜合本節觀之，孫氏使用術語之情形頗爲複雜，其術語所意指之涵義可自一種至四種不等，爲省便覽，茲將上述各術語之涵義簡單彙整如下，以清眉目：

術　　語	涵　　義
音（聲）同、音（聲）近	意指假借或聲誤。
聲類同	意指假借或聲誤。
音（聲）轉、一聲之轉	意指假借、聲誤、或轉語。
音（聲）義同、音（聲）義近、音近義同（用）	意指同源字、或體、偶或指假借。
假借	即指假借。
讀爲（作）（如）	意指假借、偶或用以別義。
通、通用、字通	意指假借、同源字、轉語、或體等，蓋凡音近者皆可謂之「通」。
同、字同	與「通」例之用法全同，亦可意指假借、同源字、轉語、或體等。
當爲，當作（從）	主要指誤字、亦可指假借、或省借。前者又可包括形誤、聲誤、或形聲相近而誤等三種情形。
省、省借字	前者意指省文或省借字。後者則專指省借字。
古今字	主要指其造字相承，偶亦指古今用字不同。

故於面對《閒詁》任一術語之際，須首先仔細辨析其實際所指之涵義究爲何，以免混淆而誤解孫氏之本意也。

第二節　《閒詁》術語觀念之檢討

藉由前一節對《閒詁》訓詁術語之統計、分析，已然清晰反映孫氏訓詁之若干基本觀念及現象，而今即將此諸觀念與現象予以整理、歸納，並逐一檢視之，以期更完整呈現孫氏訓詁之真實面貌：

〔註 55〕參陳韻珊〈論「古今字」—從用字與造字的觀點〉，收錄於《史語所集刊》第六十六本，第一分。

1. 訓詁之術語可具多義性

　　夫術語既是用以表達概念者，則須有明確之涵義以確定其內涵、外延，且其涵義應為統一、固定、而意義單一者，方足以精準傳達概念。然《閒詁》之使用術語顯然允許其具多義性，故或同一術語表達多種不同概念；或同一概念運用不同之術語表示，模糊含混之處，不一而足，使後學者莫衷一是。前者於上節已具體論述之，後者則歸納如下：

　　　　形誤——除使用一般用語「誤」、「訛」外，多以「當為（作）」術語表示之，
　　　　　　　　都六百餘則。

　　　　聲誤——亦可言「誤」、「訛」外，「音同（近）」、「聲類同」及「音（聲）轉」
　　　　　　　　諸例中偶亦有指聲誤者，凡二十餘則。

　　　　假借——用以表達假借之術語多矣，其「當為（作）」、「音同（近）」、「聲類同」、
　　　　　　　　「音（聲）轉」、「假借」、「讀為」、「通」、「同」，甚或「古今字」、「聲
　　　　　　　　義通」諸例，皆可用以指假借，共四百餘則。

　　　　同源字——孫氏無「同源字」之名，而以「音（聲）義同（近）」、「音（聲）
　　　　　　　　近義同」等術語涵括之，此外，其「通」及「同」術語中，偶亦有指
　　　　　　　　同源字者，凡三十餘則。

　　　　轉語——可以「音（聲）轉」、「通」、或「同」等術語表示之，凡十餘則。

　　　　或體——除言「或體」、「異文」、「重文」、「別體」、「變體」外，孫氏又有言「省
　　　　　　　　（借）」者，此外，「音（聲）義同（近）」、「通」及「同」例中，亦
　　　　　　　　間有指或體者，都七十餘則。

　　　　古今字——即謂之「古今字」，凡十餘則。

　　由上所述，可見《閒詁》訓詁術語之涵義極不明確，故面對其任一術語之際，需先解讀其實際所指之概念究為何；而欲研究某一概念時，又需蒐羅所有相關術語以求周全，徒增後學者之困擾，然此實乃傳統訓詁學之通病，不獨孫氏為然也。

2. 訓詁之音韻條件著重聲韻母雙重關係

　　孫氏從事訓詁善於利用音韻關係，且對音韻條件之要求頗為嚴格，不論於其設定音韻條件之術語、或運用音韻關係之術語中，皆能注重聲韻母之雙重關係，總計二者之字例共達五百餘則，其中屬聲韻母雙重同近者即佔四百多則，可謂其主要條件。其次則為雙聲者，亦有七十餘則。雖然，偶亦有但憑疊韻、或聲韻母俱異者處乎其間，然僅十數則而已，直可以例外視之。由此可見，孫氏對音韻條件要求之嚴謹，庶幾不致流於「音無不轉」之臆說，而相當程度地保障其訓詁立說之正確性。

3. 訓詁之立論間有相矛盾者

《閒詁》訓詁之立論間有相矛盾者，其或源於概念之混淆：如「省借」與「假借」間即難分阡陌〔註 56〕；另一方面，其立說相矛盾者，亦有出於實際之困難：如其既謂「愚、遇聲之誤」，又言「遇當爲愚，同聲假借字」〔註 57〕；既以「忠、中通」，又云「忠疑當爲中之誤」〔註 58〕。夫「假借」與「聲誤」雖於理論上判然可分，然於實際上卻不易明確畫分界限，故孫氏自不免偶有混淆。

4. 訓詁之觀點或採不同角度

《閒詁》訓詁之觀點或有不同：其主要採行訓詁學用字之觀點，故習言「假借」、「讀爲」、「通」、「同」等術語，蓋凡音近者皆可假借、通用。其中，尤以「音（聲）義同」、「音近義同（用）」及「通」、「同」等術語可兼指同源字、轉語及假借等，益證其術語乃以讀音之同近爲唯一條件，而不論其是否兼具意義關係，凡此皆可視爲王念孫「詁訓之旨，本於聲音」（《廣雅疏證·序》）主張之具體實踐；另一方面，孫氏又偶或採文字學之造字觀點，所謂「古今字」是也，以闡明其造字相承之關係。《閒詁》訓詁即兼採此二種不同觀點，而未能加以統籌之，故不免時相牴牾：如「欄」與「闌」當具「古今字」之衍生關係，而孫氏以爲「假借」，說詳下節。又如「儹」與「儼」、「竇」與「𡅏」之形、音、義皆近，當具造字相承之淵源，孫氏但言其「聲義並近」〔註 59〕，亦有失文字學之觀點。其次，觀其據文字學造字觀點所言之「古今字」中，又有兼採用字觀點者，如以「亡」、「無」爲古今字，即其例也〔註 60〕，則是對於同一術語，乃可有不同之觀點，尤爲混亂矣。

由此可知，孫氏雖本諸傳統訓詁學疏證古書之旨，以用字觀點爲主；然偶亦衝破訓詁學之藩籬，而夾雜文字學之觀點，唯仍限於零星、片段之個例，未能形成全面性之統一觀點，致其對同一概念、甚至同一術語，時或以不同之觀點詮釋之，反而破壞全書之一致性，而成爲《閒詁》訓詁之一大致命傷。然此亦非孫氏個人之疏失，實乃時代之局限也。蓋清代自王筠有所謂「分別文」、「累增字」之說〔註 61〕，至徐灝以造字相承關係說「古今字」，顯示由訓詁學用字觀點趨於文字

〔註 56〕參第六章第一節 3-2。
〔註 57〕參第六章第一節 3-2（86）。
〔註 58〕參第五章第三節 1.。
〔註 59〕參第六章第一節 1-2-4-1（286）、（428）。
〔註 60〕參第六章第一節 4-2。
〔註 61〕王筠云：「字有不須偏旁，而義已足者，則其偏旁爲後人遞加也。其加偏旁而義遂異者是爲分別文。其種類有二：一則正義爲借義所奪，因加偏旁以別之者也。一則本

學造字觀點之演變〔註62〕。唯仍處於途徑始闢，奧窔粗窺之階段，已略具系統觀念之芻形，而尚未能形成完整之字義體系。有鑑於此，筆者碩士論文《系統字義研究‧論字義系統》，曾擬構一字義系統架構，欲結合語言學、文字學及訓詁學之觀點，以建構一字成系統之發展演變情形。茲不揣淺陋，略述其大概於後，以與《闈詁》作爲比較、對照也。

所謂字義，包括本義、引申義及假借義三端。其本義明，方可逐步推斷引申義及假借義。故訓詁字義，首須確定本義。而本義之認定，又須由其本形加以推求之。

由本義可發展蛻變出引申義，引申義復可以發展蛻變，成爲新引申義，而層出不窮，故引申實爲訓詁字義之最主要內容。

假借則是基於讀音同近之關係，以兼表另一語言，而與其本義、引申義絲毫無干。所謂「讀音同近」，乃指聲韻母之雙重同近。而對於「與其本義、引申義絲毫無干」之詮釋，則今昔看法有異。蓋孫氏等傳統學者多從用字之平面觀點視之，以各字爲獨立單位，則不同之二字間其本義、引申義自然無關，偶或通用，即爲假借也，故《闈詁》處理假借之例多達四百餘則；然若自系統字義之立體觀點觀之，則其形、音、義俱近之二字間，抑或具有發展、衍生之關係，當爲「轉注字」，而非假借，此亦即本系統與孫說之最大歧異處，說詳下文。

轉注字乃是基於一字之引申義或假借義爲與本義有所區別，遂分化出新字，而形成轉注專字；另一方面，有時其引申義或假借義盛行，反奪其本義，致本義若無專字可用，亦產生轉注專字〔註63〕。故唯有透過轉注，不再視各字爲完全獨

字義多，既加偏旁，則只分其一義也。其加偏旁而義仍不異者，是謂累增字。」（《說文釋例》卷八。）

〔註62〕同（1）4.「古今字」。

〔註63〕關於「轉注字」，歷來異說紛紜，《說文‧敘》云：「轉注者，建類一首，同意相受，考老是也。」然以其言過於含混，致後學者言人人殊，如戴震云：「轉注之云，古人以其語言立爲名類，通以今人語言，猶曰『互訓』云爾。轉相爲注，互相爲訓，古今語也。」（〈答江慎修論小學書〉，收錄於《戴東原先生全集》），段玉裁亦云：「轉注猶言互訓也。」是戴、段二氏皆以互訓爲轉注。而朱駿聲云：「就本字本訓而以展轉引申爲他訓者曰轉注。」（《說文通訓定聲‧自敘》）乃以引申爲轉注。至章太炎則云：「蓋字者，孳乳而寖多，字之未造，語言先之矣。以文字代語言，各循其聲，方語有殊，名義一也。其音或雙聲相轉，疊韻相迤，則爲更制一字，此所謂轉注也。」（〈轉注假借說〉，收錄於《章氏叢書‧國故論衡上》）是其所謂轉注，意謂「音近義同形異諸字之間之轉相注釋」（林尹語，見林著，《文字學概說‧轉注》，頁157），而其造字之因，肇端於方言之流轉也。章氏此說一出，後學者多從之，如林尹之《文字學概說》及潘重規之《中國文字學》等皆主其說。唯文字者，兼具形、音、義三者，則轉注亦應兼就此三者而言之，章氏之說，偏於音義，略於字形（參許談輝〈文字學導讀〉，收錄於《國學導讀叢編》二，頁194）。故魯實先修正其說曰：「其曰『建

立單位，始能了解一字成系統之發展演變情形，以建立一完整之字義系統。而持此字義系統之觀點以重新檢視《閒詁》，則見解自然不同。實則孫氏於《閒詁》中已偶或觸及此觀點，其所謂「古今字」以闡明造字相承之關係，實即今之轉注字也。唯其既未形成全面性之觀點，所論列者僅十餘則，猶如鳳毛麟角；且「古今字」之名易生混淆，蓋或體字、假借字等亦或有古今之別，不獨於此為然，考《閒詁》「古今字」有兼指假借者，即以其名之故也；又且「古今字」不見於六書造字法則，故今正其名曰「轉注字」是也。「古今字」而外，孫氏以為假借之諸例中，亦多實可視為轉注字者，如：

〈兼愛中〉「教馴其臣」孫氏云：「『馴』讀為『訓』。」

案：《廣雅·釋詁一》：「訓，順也。」而若飼養野馬使之順服則形成轉注「馴」

類一首』者，謂造聲韻同類之字，出於一文。其云『同意相受』者，謂此聲韻同類之字，皆承一文之義而孳乳。轉謂轉逶，注謂注釋，故有因義轉而注者，有因音轉而注者，此所以名之曰轉注也。」又云：「有因義轉而注者，厥有二途，其一為存初義，以別於假借與引申。其二為明義訓，以別於一字兼數義。」「文字所以寫語言，語言有古今之異，有方域之殊。……以故其因音轉而孳乳之轉注字，有屬雙聲者，有屬疊韻者。」（《轉注釋義》，頁 1）故知其所謂「音轉而注者」，即承章氏之說而來；而所謂「義轉而注者」，則說明轉注之發生，「在於初文因假借、引申而義轉，乃別制一字以存其本義，是為同音轉注。」（參許談輝說，同前。）然如前文所言，其「音轉而注者」，既僅具音義關係，則二者是為語言關係，而非文字關係，當無與於「六書」造字之法則，故今別立「轉語」一目以指之（說詳下），而不視為「轉注」。至若其「義轉而注者」，則與龍師宇純之「轉注說」適可相互發明，龍師云：「轉注字實經兩階段而形成，其初僅有『表音』部分而不盡是表意的，故其『表音』部分為字之本體，表意部分可有可無。」又云：「轉注字有的是因語言孳生增表意之一體而來，有的是因文字假借增表意之一體而成。」（《中國文字學》，頁 141）「尚有一類文字，亦因假借而來，其與裸媒等字之不同，裸媒等字增加意符是為別於本義，此類字增加意符是為別於其借義。」（同前，頁 156）故魯氏以為初文因假借、引申而義轉，乃別制轉注字以存其本義；龍師則除以轉注字為別於其借義，與魯說之前者同外，又以初文因假借、引申，乃別制轉注字以專其假借、引申之義。今則合二說而言之，即轉注字乃基於一字之「引申義或假借義為與本義有所區別，遂分化出新字，而形成轉注專字」；「另一方面，有時其引申義或假借義盛行，反奪其本義，致本義若無專字可用，亦產生轉注專字」（參拙著，《系統字義研究》，頁 4）是也。實則此即裘錫圭先生所曰之「分化字」。裘先生云：「分散多義字職務的主要方法，是把一個字分化成兩個或幾個字，使原來由一個字承擔的職務，由兩個或幾個字來分擔。我們把用來分擔職務的新造字稱為分化字。」（《文字學概要》，頁 223）「通過加注或改換偏旁造分化字：這是最常用的一種分化文字的方法。」「有些有比較常用的假借義或引申義的字，通過加注意符分化出一個字來表示它們的本義。」「有些字通過加注意符分化出新字來表示引申義。」「有些字通過加注意符分化出新字來表示假借義。」（同前，頁 228～230）可謂與本文所謂之轉注字不啻如出一轍也。見《漢語詞義引申導論》，頁 185。

字，《說文》：「馴，馬順也。」是也。故「馴」當爲「訓」之轉注專字，而
孫氏以爲假借。

　　〈非攻上〉「至入人欄廐」孫氏云：「『欄』即『闌』之借字。《説文・
　門部》云：『闌，門遮也。』《廣雅・釋室》云：『欄，牢也。』畢云：『《説
　文》無『欄』字。《玉篇》云：『木欄』也。』」

案：《說文通訓定聲》（見「闌」下）云：「後世所用欄干字。按：欄者遮也，干者
　　閒也。」是「欄」當爲「闌」之轉注專字，蓋古時門遮以木爲門之，故其字
　　从木。而孫氏亦以爲假借。

皆是其例也。今以其數過於繁多，茲不一一論列之，唯於上節之表格備註欄內註明
其當爲轉注字者，而於此，但列其統計數字如下：其「假借」例106則中有45則當
爲轉注字，「讀爲」例82則中亦有40則當爲轉注字，「通」例指假借之191則中有
63則實當爲轉注字，「同」例指假借之44則中亦有16則當爲轉注字。其他如單言
「音近」、「聲類同」、「音轉」諸例而指假借之23則中有8則當爲轉注字，單言「當
爲」、「當作」例而指假借之10則中有1則當爲轉注字，故總計《閒詁》斷爲假借之
456則中，多達173則實當爲轉注字，佔其三分之一強，且分布於「假借」、「讀爲」、
「通」及「同」諸例之比例皆約爲三分之一左右，相當平均，應具有特殊指標意義
——即過去以爲非常普遍之古書假借現象，實則其中有相當數量當爲轉注專字。對
於此說法，現代學者已略有論及，如羅止堅云：「當初使用文字的人，總想找到一個
音義有關他所用的字，在他認爲是個適合的字，並不是完全不考慮意義。這要看使
用文字的人的文化程度。（中略）不能說是用別字。」〔註64〕陸宗達則曰：「純粹的
同音借用爲數並不多。」〔註65〕皆不失爲有識之見。故知經由轉注字之確立，則其
訓詁系統之架構，及對假借字之認定皆將迥然異於舊說。另一方面，孫氏於意指其
他概念之術語中，亦偶有實爲轉注字者，包括「當爲」、「當作」術語意指誤字之諸
例中有10則當爲轉注字，「音義同」等術語意指同源字及或體諸例中各有2則當爲
轉注字，至於「省借」術語之涵義不明確，若其與「假借」無別，則其中亦有10
則當爲轉注字。而若再累計其「古今字」之16則轉注字，則《閒詁》可改列爲轉注
字之例共213則也。

　　轉注字既經形成，即與一般字無異，亦可有本義、引申及假借。唯由本義、引
申義而來之轉注字，有時又兼用爲其本字、或同系統中其他轉注字之義，因此等字
本各有所司，僅偶一混用，既不能視爲「假借」，故今別立爲「通用」一目以指之，

〔註64〕見《漢語詞義引申導論》，頁185。
〔註65〕見《訓詁與訓詁學・因聲求義論》。

此亦與傳統以「通用」表音近皆可通用者有別。例如：

> 〈親士〉「近臣則喑」畢沅云：「當爲『瘖』，《說文》云：『瘖，不能言也。』『喑，宋齊謂兒泣不止曰喑。』非此義。《玉篇》云：『瘖，於深切，不能言。』『喑，於金、於甘二切，啼極無聲也。』則作『喑』亦是。」孫氏云：「喑、瘖字同，〈尚賢下篇〉有瘖字。《晏子‧諫下篇》云：『近臣嘿，遠臣瘖。』又云：『朝居嚴，則下無言，下無言，則上無聞矣。下無言，則吾謂之瘖，上無聞，則吾謂之聾。』《說苑‧正諫篇》：『晏子云：下無言則謂之喑。』『喑』即『瘖』也。又《穀梁‧文六年傳》云：『下闇則上聾。』闇與喑、瘖字亦通。」

案：《說文》：「音，聲也。」或可引申爲泣啼聲，而形成轉注「喑」字，《說文》：「宋齊謂兒泣不止曰喑。」是也。泣不止則易失聲，故《方言一》云：「平原謂啼極無聲謂之唴哴，齊宋之間謂之喑。」或又因而形成轉注「瘖」字，《說文》：「瘖，不能言也。」《釋名‧釋疾病》：「瘖，唵然無聲也。」而〈親士〉此謂「無言也」而仍書「喑」字，實用同「瘖」字，是爲通用也。

然而僅只於討論本字及轉注字諸義，仍未能完足字義之「系統」。因形體迥然不同之二字間，有時又具有或體、同源或轉語等語言關係，亦當表識於其字義系統之下。雖然，孫氏訓詁中亦或有包含同源字等具語言關係者，唯仍是出之以訓詁學之觀點，仍僅著重於取其聲音之片面關係而非音義雙重之語言關係。而今既爲建立字義系統，則需將其相關之語言關係亦一併予以釐清。由此可見訓詁與字義系統二者之性質不盡相同，然適足以相輔相成，蓋唯有透過字義系統之細密分析，方能眞正深入理解孫氏訓詁之內涵。

所謂或體，乃指二字音義全同，代表同一語言。孫氏於「音（聲）義同（近）」、「通」及「同」諸例中皆有意指音義全同而當爲或體者，如以吡與仳「聲義同」〔註66〕，砥與底「字通」〔註67〕等皆其例也。唯孫氏並未特別加以標明，而今俱爲之正名以界定之也。

至於同源，則是二字來自同一語源，其意義同，唯讀音略異（或同音）。孫氏亦無同源字之名，然於「音（聲）義同（近）」、「音（聲）近義同」及「通」、「同」等術語中不乏指陳同源字者，如其以員與運「聲義相近」〔註68〕，又云運、員「音近

〔註66〕參第六章第一節 1-2-4-2（257）。
〔註67〕參第六章第一節 1-2-7-4（85）。
〔註68〕參第六章第一節 1-2-4-1（215）。

古通」〔註69〕，今則一併視之爲「同源字」。

轉語亦爲二字間之親屬語言現象，唯其始爲一語，其後因受時空之影響，而音有殊異，或雙聲相轉，或疊韻相迻，遂爲異語，故謂之「轉語」。孫氏於「音（聲）轉」、「通」及「同」諸例中亦皆有音轉且義同者，當即指此也，如以𦤀、窬、遇、逆「音並相轉」〔註70〕，以別與辯「聲近字通」〔註71〕，今亦一併正名曰「轉語」。

反之，同一字形而有二義，揆其義漠然無關，而皆爲「本義」，則視爲同形異字，如立與立（位）字，一爲站立字，一爲位置字，當爲同形異字，其後於後者加人旁而形成轉注「位」字，而孫氏則以「位」爲「立」之借字，非是〔註72〕。

至此乃能完成一字之字義系統，爲清眉目，茲將此一系統簡單圖列之如下：

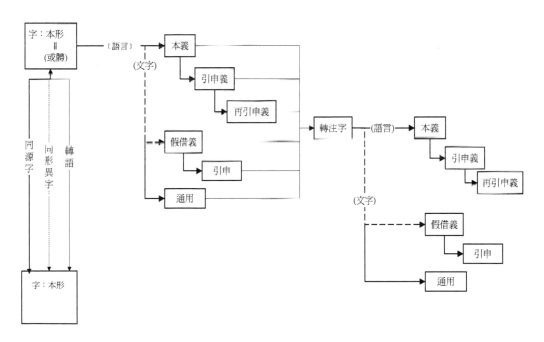

由上圖清晰可見，本系統既具有明確之術語及統一之觀點，且能兼顧一字之平行與直線發展關係，而形成一完整之體系。故持此系統以與《閒詁》相較，自然呈現迥然不同之面貌與意義也。

〔註69〕參第六章第一節 1-2-7-2（206）。
〔註70〕參第六章第一節 1-2-3-3（331）。
〔註71〕參第六章第一節 1-2-7-3（161）。
〔註72〕參第七章第（50）則。

第七章 《閒詁》訓詁補正

　　夫《閒詁》於訓詁上之成就與貢獻，經由上述諸章之討論，已然清晰可見；然而，不可否認地，其中隱藏之缺失與誤謬，亦容或有之，關於此，孫氏亦不曾諱言，嘗謂：「此書甫成，已有旋覺其誤者，則其不自覺而待補正於後人，殆必有倍蓰於是者，其敢侈然以自足邪！」〔註 1〕是孫氏固亦殷殷寄望於後人之訂正、補苴也。故今不揣淺陋，爲作〈補正〉，非敢續貂，聊以貢獻愚者之一得耳。

　　本文所補正者凡六十四則，唯其中有二十四則於前數章之討論中，已然隨文而發，爲免重複，茲不再贅述，唯於其條目下註明頁次，以便檢索也。

親　士

（1）「分議者延延」孫氏引洪頤煊說云：「延延，長也。」

　案：參 30 頁〔案*1〕。

脩　身

（2）「接之肌膚」孫氏云：「《小爾雅·廣詁》云：『接，達也。』亦與挾通。《儀禮·鄉射禮》鄭注：『古文"挾"皆作"接"，俗作"浹"，義並同。』《呂氏春秋·諭威篇》云：『其藏於民心，捷於肌膚也，深痛疾固。』高注云：『捷，養也。』案：捷、接字亦通，高失其義。」

　案：參 61 頁〔案*2〕。

（3）「君子以身戴行者也」孫氏云：「戴、載古通。《春秋·隱十年經》『伐戴』，《穀梁》作『伐載』。《釋名·釋姿容》云：『戴，載也。』」

　案：「戴」、「載」古韻雖皆在之部，然一爲端母，一爲精母，聲母有別，難以假借。《說文》：「戴，分物得增益曰戴。」「載，乘也。」故二者音義皆異，不得

〔註 1〕見《定本閒詁·自序》。

通用，經傳中「戴」、「載」每相混淆，當爲形訛〔註2〕。

辭　過

（4）「謹此則止」孫氏引畢沅云：「『謹』，『廑』字假音。」

案：孫氏既引畢沅說而別無他說，可見同意其說。《說文》：「廑，少劣之居。」
《說文繫傳》：「僅能居也。」故廑字殆由僅而來，《說文》：「僅，材能也。」
《說文繫傳》：「僅能如此，是財能如此。」《公羊傳‧僖十六年》「僅逮是月」
何注：「劣及是月。」〈周語〉「余一人僅亦守府」韋注：「僅猶劣也。」是僅
有才暫、少劣之義，後引申爲少劣之居，遂形成轉注專字廑。而《墨子》此
文以「謹此則止」謂爲宮室、衣服諸法，其「謹」明爲「僅」之借字，畢氏
以爲「廑」字假音，非是。

尚賢上

（5）「牆立既，謹上爲鑿一門」孫氏云：「『謹上』疑當爲『謹止』。〈辭過篇〉云：『謹
此則止。』謹上爲鑿一門，『謹』與『僅』通。言於牆閒開一門，不敢多爲門
戶也。」

案：劉昶《續墨子閒詁》讀「牆立既謹」句，云：「『牆立既謹』者，牆成而塗墍
也。蓋『立』者，成也。『既』爲『塈』之音假，《說文》：『塈，仰涂也。從
土，既聲。』錢竹汀云：『假借只用其聲耳。』『謹』乃『墐』之音假，《說
文》：『墐，黏土也。從土黃省聲。』《禮記‧內則》『塗之以謹』，正字即『涂
之以墐』。此牆城塗墍之徵也。」說極是。《書‧梓材》：「既勤垣墉，惟其塗
墍茨。」傳：「已勤立垣牆，惟其塗墍茨蓋之。」與此文意略同，孫說失之。

（6）「距年之言也」孫氏引畢沅云：「距年，〈下篇〉作豎年，猶遠年。」又，〈下篇〉
「豎年之言然」畢云：「豎，距字借音。」

案：參 51 頁〔案*6〕。

（7）「其說將必挾震威彊」

案：參 65 頁〔案*7〕。

（8）「故不察尙賢爲政之本也」畢沅云：「當云『不可不察』。」孫氏云：「『故』亦
與『胡』同。畢云：『當云"不可不察"。』非。」

案：參 66 頁〔案*8〕。

尚賢下

（9）「我賞因而誘之矣」孫氏云：「『賞』當爲『嘗』，嘗試也。此句爲下文發端。書

〔註 2〕參拙著，《系統字義研究》，頁 151。

中『嘗』字多訛爲『賞』，詳〈尚同下篇〉。」

案：〈尚同下〉「然胡不賞使家君試用家君」孫氏從王念孫之說云：「『賞』字義不可通，『賞』當爲『嘗』。『嘗』『賞』字相似，又涉上下文賞罰而誤。」是王、孫二氏皆以「賞」爲「嘗」之形誤。然「賞」與「嘗」並從尚得聲，形亦復近，故當爲形、聲相近而誤也。

尚同上

（10）「溱溱而至者」孫氏云：「溱溱，言風雨之盛也。《詩‧小雅‧無羊》云：『室家溱溱。』毛傳云：『溱溱，眾也。』《廣雅‧釋言》云：『蓁蓁，盛也。』溱、蓁聲同字通，〈中篇〉作『荐臻』。」

案：「溱溱」，各本並作「湊湊」，獨孫本從《御覽》作「溱溱」。今案：孫本是也，諸本並誤。蓋〈中篇〉云「荐臻」，臻乃荐之音轉，仍也（說詳（11）則）。又因臻、溱音同，故「荐臻」或又可音轉爲「溱溱」，頻仍也。溱溱，其後或誤爲形近之湊湊，獨孫本從《御覽》仍書其止字，唯孫氏意以「溱溱」與「蓁蓁」通用，言盛也，則又誤矣。

尚同中

（11）「荐臻而至者」孫氏云：「荐，薦同。《毛詩‧大雅‧節南山》傳云：『薦，重也。』《爾雅‧釋詁》云：『臻、仍，乃也。』仍與重義亦同。《易‧坎象》『水荐至』釋文引京房『荐』作『臻』。」

案：孫說是也。《爾雅‧釋詁》：「臻、仍，乃也。」義疏：「臻者，下文云：『薦也。』薦與荐同，《釋言》云：『荐，再也。』又與洊同、與臻通。《易‧坎傳》云：『水洊至。』釋文引京房作臻、干寶作洊。《說文》洊作薦，從薦聲，讀若尊。是薦、臻聲轉。薦訓重也、再也，與仍義又同矣。」是薦、荐、臻並可爲一音之轉（三者皆精系字，韻部分屬元、文、眞三部），仍也。故「荐臻而至」，是謂頻仍而至也。

（12）「當若尚同之不可不察」俞樾云：「『若』字衍文。」孫氏云：「惟『若』字實非衍文，當若，猶言當如。〈尚賢中篇〉云：『故當若之二物者，王公大人未知以尚賢使能爲政也。』〈兼愛下篇〉云：『當若兼之不可不行也，此聖王之道而萬民之大利也。』〈非攻下篇〉云：『當若繁爲攻伐，此實天下之巨害也。』又云：『故當若非攻之爲說，而將不可不察者，此也。』〈節葬下篇〉云：『故當若節喪之爲政，而不可不察此者也。』〈明鬼下篇〉云：『當若鬼神之有也，將不可不尊明也。』〈非命下篇〉云：『當若有命者之言，不可不強非也。』皆其證。俞以『若』爲衍文，失之。」

案：參 67 頁〔案*12〕。

尚同下

（13）「非特富貴游佚而擇之也」孫氏云：「『擇』當依〈中篇〉讀爲『措』。」

案：《說文》：「措，置也。」「擇，柬選也。」所謂「非特富貴游佚而安置之」與「非特富貴游佚而柬選之」，文意相近，不須假借。

兼愛上

（14）「兼愛」

案：「兼愛」義孫氏無說，然爲墨家之重要思想，且其確切涵義至今仍眾說紛紜，未有定論，可大致歸納爲二類：第一類說法以「兼」爲「普遍」義。第二類說法以「兼」兼具「普遍」與「相互」二義。今則以前期墨家之「兼愛」包含二不同層次之涵義：就天與聖王而言，「兼」爲合併義，「兼愛」指合併天下而愛之或偏愛天下人；就一般人而言，「兼」是相互義，「兼相愛」指人我彼此之相愛。至於後期墨家「兼」字之涵義則蛻變爲全整義，所謂「兼愛」是指人類全整之愛，可見兼愛說至此已產生根本性之變化矣〔註3〕。

兼愛中

（15）「天屑臨文王慈」畢沅云：「《漢書・武帝紀》云：『屑然如有聞。』」孫氏云：「《後漢書》李注云：『屑，顧也。』」

案：尹桐陽《墨子新釋》云：「屑，惜也。臨，黎也。窮黎爲天所惜憐，故曰屑臨。」劉昶云：「『屑』、『切』疊韻，音誼皆通。（《說文》：『屑，動作切切也。从尸，肖聲。』《爾雅》：『屑，切也。』）古文作『屑』，隸變作屑。切者，近也。臨者，視也。林谷幽門無人，明必見之（〈天志上篇〉）。故知屑臨者，無幽不燭耳。」于省吾《墨子新證》云：「屑，《說文》作『屑』。《書・多士》：『大淫，泆有辭。』馬本『泆』作『屑』。『屑』、『佾』古同字。『屑』應讀作『異』，『佾』、『異』雙聲，並喻母字。《爾雅・釋詁》：『臨，視也。』言天對於文王之慈惠，特加殊異之臨視也。猶今俗書牘言青睞。孟鼎：『古天異臨子。』古讀故。屑臨即異臨，是異臨乃古人語例。」王煥鑣《墨子校釋》云：「『屑』當作『屑』，諸說是也。《方言十二》：『屑，往勞也。』勞猶勤也。《說文》：『臨，監臨也。』《爾雅・釋詁》：『臨，視也。』《論語・爲政》：『臨之以莊。』皇疏：『謂以高視下也。』《詩・小明》：『照臨下土。』鄭箋以臨爲察。『天屑臨文王慈』者，言天殷勤察視文王之慈也。劉訓『屑』爲『切』，于訓『屑』

爲『異』，音義皆可通，備舉之以供讀者考焉。」今案：孫氏引《後漢書》李注，當爲《後漢書・馬援列傳》：「盡心納忠，不屑毀譽。」注引王逸注《楚辭》曰：「屑，顧也。」然王氏此注今本楚辭未見，且稽之《後漢書》原文，所謂「不屑毀譽」殆謂輕視、不加意毀譽之意，蓋不屑有輕蔑、不爲之意，徐灝《說文解字注箋》：「《漢書・董仲舒傳》：『所爲屑屑，夙興夜寐。』顏注：『屑屑，動作之貌。』案：屑屑猶切切也。動作謂之屑屑，故有所不爲者，謂之不屑。」故李注於此引「顧」釋「屑」，殆以不屑、不顧皆有不顧念、不在意之意，所謂「義隔而類通」者也，而不得逕以「屑」有「顧」義，因屑之本義既爲動作切切也（見《說文》），無以引申爲顧義，且屑（古韻在脂部、心母）與顧（魚部、見母）音相遠，亦不得假借，故後人多不從其說，而別爲之解，如尹氏以屑爲惜也，劉氏以爲近也，王氏以爲勤也，然皆於古書無徵；至若于氏以屑爲異，二者亦韻母相遠（一在脂部、一在之部），難以假借，故說皆未諦。今則疑「屑」乃「雇」字之訛，蓋雇字小篆作雇，若其字漫漶，因誤爲屑（屑）矣。雇與顧音近可相假借，如《漢書・鼂錯傳》「斂民財以雇其功」注：「若今言雇賃也。」即其例。《說文》：「顧，還視也。」段注：「還視者，返而視也。〈檜風箋〉云：『迴首曰顧。』」而《墨子》此文云：「昔者文王之治西土，若日若月，……天顧臨文王慈。」殆即與《詩・皇矣》之：「上帝臨下有赫，監觀四方，……乃眷西顧。」文意正相仿。鄭箋：「乃眷然運視西顧見文王之德。」孔疏：「乃從殷都眷然迴首西顧於歧周之地，而見文王。」是「顧」字乃取其迴首西顧之意，蓋文王在西土，故云，此處則與「臨」合爲同義複詞，「顧臨」謂迴首臨視也。而孫氏雖得其解，然不知其所以然，是猶一間未達也。

（16）「有所雜於生人之閒」孫氏云：「雜，讀爲集。《廣雅・釋詁》云：『集，成也。』『就也。』言連獨之人得以成就其生業。」

案：《說文》：「雜，五彩相合。从衣，集聲。」是其字本當作襍，而與「集」字形、音、義俱近，當爲集之轉注專字，故雜字可有集義，《方言三》：「雜，集也。」是也。所謂「有所雜於生人之閒」，殆謂聚集雜廁於生民之間，庶幾不致縈獨也，〈親士〉「雖雜庸民」，雜亦謂雜廁、雜居，或猶此之比也，孫氏釋爲「得以成就其生業」，恐非。

非攻中

（17）「雖四五國則得利焉。」

案：「則」字孫無說。尹桐陽云：「則，特也。」謝德三云：「『則』爲關係詞，用

以表示假設關係，其意猶『如』、『若』。」（《墨子虛詞用法研究》）今案：尹氏以爲特也，然則字並無特義。謝氏謂「則」猶如、若，然「雖四五國若得利焉」與下文「若醫四五人得利焉」之文例不一，恐亦非。今疑「則」猶以也，裴學海《古書虛字集釋》已有此解。〈尙同中〉引《書·呂刑》「折則刑」，孔《書》作「制以刑」（折與制同），亦以「則」爲「以」。「以」者，因此也，「雖四五國則得利焉」謂雖四五國因此得利焉。

（18）「和合其祝藥」孫氏云：「《周禮·瘍醫》：『掌腫瘍、潰瘍、金瘍、折瘍之祝藥。』鄭注云：『祝當爲注，讀如注病之注，聲之誤也。注謂附著藥。』彼祝藥爲劍瘍附著之藥，此下文云食，則與彼異。」

案：參71頁〔案*18〕。

非攻下

（19）「必反大國之說」孫氏云：「『反』當作『交』，二字形近，詳〈七患篇〉。此謂與大國交相說。下文云『以此效大國，則小國之君說』。交、效字通。」

案：王闓運《墨子注》云：「說，謂攻伐之說。」王景曦《墨商》云：「反，如字。大國之所說者，攻伐也，仁人非攻，故反之。」今案：二王氏之說是也。考《墨子》書中言「大國」者凡二十九次，而多斥其攻小國，如：〈兼愛下〉「若大國之攻小國也」、〈節葬下〉「欲以禁止大國之攻小國也」、〈耕柱〉「大國之攻小國，譬猶童子之爲馬也。」等等，即本篇下文亦云：「大國之不義也，……大國之攻小國也。」蓋墨子時大國以攻伐小國爲能事，故墨子非之。孫氏則以「反」爲「交」之訛，謂與大國交相說，恐非墨子之意。故「反」字實不誤，而與下文之「效」字更了不相涉也。

（20）「四電誘祇」孫氏云：「未詳，疑當爲『雷電誖振』，『雷』壞字爲『田』，又誤爲『四』。『誖』、『誘』，『振』、『祇』，形並相近。『誖』、『勃』，『振』、『震』，字通。《書·無逸》云『治民祇懼』，《史記·魯世家》『祇』作『震』，是其證也。」

案：孫氏以「四」爲「雷」字之誤壞，疑是。而謂「誘祇」乃「誖振」之誤，謂勃震也，則說較迂曲。今疑「誘」字不誤，而「祇」乃「祇」字之訛，「誘祇」，尹桐陽云：「致神也，〈大司樂〉所謂『地祇皆出』，〈司巫〉所謂『巫降之禮』是。」尹說然。夫誘有導義，《孔子家語·正論解》「天誘其衷」注：「天導其善。」是也。而祇者，《說文》云「地祇也」。故「雷電誘祇」是謂雷電致神、導神，一如《楚辭·大司命》：「令飄風兮先驅，使凍雨兮灑塵。」注：「言司命爵位尊高，出則風伯雨師先驅爲軷路也。」亦以風雨爲神之先

導也，與此意略同。

（21）「卿制大極」畢沅云：「《說文》云：『卿，章也。』」孫氏云：「疑當爲『鄉制四極』，『鄉』與『卿』形近。『四』，篆文作『𦉪』，與『大』篆文亦近，故互訛。『鄉』即『饗』之省。」

案：畢說近是。孫氏以「大」爲「四」之訛；「卿」爲「鄉」之訛、「鄉」又「饗」之省。然所謂「饗制四極」，於義難通。故王煥鑣云：「『卿』、『鄉』義俱難通。〈天志中〉云：『以磨爲日月星辰以昭道之，制爲四時春秋冬夏以紀綱之。』《淮南子·精神訓》云：『別爲陰陽，離爲八極。』與此文略近。『卿制大極』疑即『制爲八極』之訛。」王氏引〈天志中〉及《淮南子》文而云「與此文略近」，甚是；唯其疑「卿制大極」即「制爲八極」之訛，對「卿」字既無解釋，「大」字亦與「八」字形體不近，無致誤之可能。且上文既云「磨爲山川」、「別物（案：龍師宇純云：「物當作爲。」（參〈墨子閒詁補正〉））上下」，「磨」與「別」皆分別義，而「制」字則無別義，文例不一。故今以原文實不誤。《說文》：「卿，章也。」《尚書大傳》：「百工相合而歌卿雲。」《說文通訓定聲》云：「卿借爲景。」《禮斗威儀》：「景雲，景，明也，言雲氣光明也。」《詩·車牽》：「景行行止。」箋：「景，明也。」是「卿」字可借爲景（二者皆上古陽部，見系字），而有章明義。「極」字則可訓爲法則，屈萬里先生《尚書集釋·洪範篇》「皇極」注云：「極，則也，法則也。《詩·殷武》『四方之極』，《後漢書·樊準傳》作『四方之則』，可證此義。」又於「皇建其有極」注云：「言君權之建立，應有法則。」說極是。故「卿制大極」乃謂明制大法，而「神民不違，天下乃靜」也。

（22）「鶴鳴十夕餘」孫氏云：「『鶴』舊本作『鸖』同。案：盧說是也。道藏本、季本並作『鸖』，今據改『鶴』字。唐姚元景〈造象記〉作『𪃟』，〈楚金禪師碑〉作『鷱』，並俗書訛變。《通鑑外紀、夏紀》云：『鶴鳴於國，十日十夕不止。』即本此文。《通志·夏紀》『鶴』作『鸛』，疑誤。」

案：參72頁〔案*22〕。

（23）「故當若非攻之爲說，而將不可不察者此也。」王念孫云：「『不可不察者此也』，本作『不可不察此者也』。此字指非攻之說而言，言欲爲仁義，則不可不察此非攻之說也。今本『此者』二字倒轉，則與上文今欲二字義不相屬矣。〈節葬篇〉『故當若節喪之爲政，而不可不察者此也』，『者此』，亦『此者』之誤。〈尚賢篇〉『故尚賢之爲說，而不可不察此者也』，〈明鬼篇〉『故當鬼神之有與無之別，以爲將不可以不明察此者也』，『此者』二字皆不誤。孫氏從其說，故

於〈節葬下〉改原文作「故當若節喪之爲政，而不可不察此者也。」而云：「『此者』二字，舊本倒，今依王校乙，詳〈非攻下篇〉。」

案：參 68 頁〔案*23〕。

節葬下

（24）「寢而理之」孫氏云：「後文云『扶而埋之』，『扶』王引之校改『挾』，此『寢』字疑亦挾字之誤。」

案：參 52 頁〔案*24〕。

（25）「面目陷隱」孫氏云：「《莊子・天地篇》『卑陬失色』釋文：『李云：卑陬，愧懼貌。一云：顏色不自得也。』此『隱』疑亦與『陬』同，皆形容阻喪之貌，與瘦異也。」

案：參 48 頁〔案*25〕。

（26）「後得生者，而久禁之。」孫氏云：「此謂死者親屬得生而禁其從事耳。」

案：參 51 頁〔案*26〕。

（27）「必是怨其親矣」孫氏云：「『是』據下文疑當作『且』。」

案：《古書虛字集釋》：「『是』猶『且』也。」夫此上文云「不弟弟必將怨其兄矣」作「將」，下文云「不忠臣必且亂其上矣」作「且」，此變其文爲「是」，以避其重沓，義則與「將」、「且」同，不須改字。

（28）「葛以緘之」孫氏云：「『緘』當作『繃』。《說文・系部》云：『繃，束也。』引《墨子》曰：『禹葬會稽，桐棺三寸，葛以繃之。』，即此文。《藝文類聚》十一、《御覽》三十七，引《帝王世紀》亦云：『禹葬會稽，葛以繃之。』段玉裁云：『繃，今《墨子》此句三見，皆作緘。古蒸、侵二部音轉最近也。』」

案：參 62 頁〔案*28〕。

（29）「日必捶垎」孫氏云：「疑當讀爲『捶除』。〈內則〉鄭注云：『捶，擣之也。』《說文・手部》云：『擣，一曰築也。』則捶亦有堅築之意。垎、除聲義亦通，謂除道也。」

案：孫氏以「垎、除聲義亦通」，說可從。蓋古者从土、从阜之字常無別，如阪字或作坂、阬字或作坑、附字或作坿等皆是，故除字亦或可作垎，而於此用爲動詞，治也，如《禮記・曲禮》「馳道不除」注：「除，治也。」除亦謂修治馳道也。唯孫氏又云「垎當讀爲除」，是以「垎」爲「除」之借字，則有可商。又、近年出土之長沙馬王堆漢墓，「垎」字數見，皆與「錫」字連言，謂「錫垎」（簡二二一、二二二、二二四），而其義難明，或以爲「垎似當讀

為涂」〔註4〕，不知然否。

天志上

（30）「猶有鄰家所避逃之」畢沅云：「《廣雅》云：『所，尻也。』《玉篇》云：『處所。』王念孫氏云：「『所』猶『可』也，言有鄰家可避逃也，下文同，畢引《廣雅》：『所，尻也。』失之。」孫氏云：「此當從畢說。下文云：『此有所避逃之者也。』又云：『無所避逃之。』即承此文。」

案：參 48 頁〔案*30〕。

天志下

（31）「立為天子以法也」孫氏云：「此『法也』即『廢也』之誤。《鐘鼎款識》皆以『瀍』為『廢』。」

案：參 56 頁〔案*31〕。

（32）「寬者然曰」孫氏云：「『寬』當為「嚻」之借字，聲義並與讙同。《說文・嚚部》云：『嚻，呼也。讀若讙。』寬、嚻同从莧聲，古通用。言今大國之君，皆嚻嚻然爭持攻國之論也。」

案：吳毓江《墨子校注》云：「孫謂『者』乃衍文，是也。寬然者，驕泰侈肆之意。《國語・吳語》曰：『以廣侈吳王之心，將必寬然有伯諸侯之心焉。』寬然，義與此同。韋注云：『寬，緩也。』失之。」其說至塙。蓋「寬」有大義，故或可引申為自大也，不煩假借。

明鬼下

（33）「請惑聞之見之」孫氏云：「『請』當讀為『誠』。《墨子》書多以『請』為『情』，又以『情』為『誠』，故此亦以『請』為『誠』。」

案：徐灝《說文解字注箋》（見「情」下）云：「發於本心謂之情。情猶誠也。故不誠者謂之不情。誠與實同義，故孟子曰：『聲聞過情，言過其實也。』」《淮南子・繆稱訓》「不戴其情」注：「情，誠也。」為上古耕部、從母字，故與「誠」字（耕部、禪母）之讀音有別，而意義相同，當為同義字，非關假借。至若「請」字，殆為「情」之轉注專字，《廣雅・釋詁三》：「請，求也。」蓋以情求之則為請，故得衍生。而《墨子》多以「請」為「情」，是為「通用」，謂誠也。

（34）「意雖使然」畢本「使」作「死」，云：「一本作『使』。」孫氏云：「道藏本、吳鈔本並作『使』，今從之。」

〔註4〕參《長沙馬王堆一號漢墓》。

案：參 66 頁〔案*34〕。

非樂上

（35）「眉之轉朴」孫氏云：「『明』、『眉』字通，《穆天子傳》云：『眉曰西王母之山。』即名也。《詩》『猗嗟名兮』，《爾雅》云『目上爲名』，亦即眉也。」

案：龍師宇純云：「眉明古但雙聲，似不得通用，孫所舉例，皆言名眉之相通也，與其所云明眉字通之說了不相涉。今案：明，字或从日，或从目，或从囧。金文明有作 🔲 與 🔲 者（見《古籀彙編》）。《墨》書多古字，其明字蓋或作 🔲，後人迻書爲 🔲，因誤爲眉耳。畢云：『眉，一本作明。』是眉爲明之誤字之證也。」〔註5〕其說至諦。蓋戰國時「明」字多書作上下式，如 🔲（《侯馬盟書》一五六·一）、🔲（《衡齋藏印》）等〔註6〕，因誤作「眉」矣。

非命上

（36）「百姓之誶也」畢沅云：「《爾雅》云：『誶，告也。』陸德明音義云：『沈音粹，郭音碎。』言以此告百姓。」蘇時學云：「誶，猶詬誶，謂不道之言。」俞樾云：「誶讀爲悴。《說文·心部》：『悴，憂也。』猶曰百姓之憂也，故曰說百姓之誶者，是滅天下之人也。畢釋非是。」孫氏云：「俞說是也。」

案：蘇說是也。《說文》：「誶，讓也。」《列子·力命》釋文引作「責讓也」。《漢書·賈誼傳》「立而誶語」注引張晏曰：「誶，責讓也。」是誶果有責讓義，而此云「百姓之誶也」，即謂百姓之責讓也，與下文「百姓之所非毀也」義相近。故誶字本義自可通，不煩假借，俞、孫氏之說皆非也。

（37）「禍厥先神禔不祀」畢沅云：「《孔書》作『遺厥先宗廟弗祀』，禔同示。」孫氏云：「〈天志中篇〉『禔』作『祇』。《說文·示部》云：『禔，安也。』《易》曰：『禔既平。』今《易·坎》九五作『祇既平』，釋文云：『祇，京作禔。』是祇、禔聲近古通用之證。」

案：「祇」爲上古佳部、群母字，「禔」爲佳部、禪母字，二者之聲母有別，恐難假借。今以「祇」字與「祇」（古韻在脂部，章母）形相近，竊疑諸書「祇」之作「禔」，或乃「祇」誤爲「祇」後，又假雙聲之「禔」字爲之。因孫書以雙聲言假借之例頗有，以疊韻言假借者則少見，故此說似較長。

非命中

（38）「於召公之執令於然」孫氏云：「此有脫誤，疑當作『召公之非執命亦然』。召公，蓋即召公奭，亦《周書》逸篇之文。」

〔註5〕參龍師，〈墨子閒詁補正〉。
〔註6〕見《古文字類編》。

案：參 47 頁〔案*38〕。

（39）「賣若信有命而致行之」俞樾云：「『賣』乃『藉』字之誤。藉若，猶言假如也，本書屢見。」孫氏云：「俞說近是。」

　　案：參 48 頁〔案*39〕。

非儒下

（40）「而親伯父宗兄而卑子也」孫氏云：「『卑子』疑當爲『婢子』，見《左·文元年傳》。『卑』即『婢』之省。」

　　案：孫氏此以「卑」爲「婢」之省借字，實有可議。考《左傳》「婢子」一語凡二見，一在〈僖十五年〉，云：「若晉君朝以入，則婢子夕以死。」乃秦穆姬自稱於穆公之前也。一見於〈僖二十二年〉，云：「寡君之使婢子侍執中櫛。」則懷嬴對子圉之言也。〈文元年〉則無「婢子」一語，孫氏失檢。又二例皆婦人自稱於夫前，乃謙辭而非正式稱謂，不知與《墨子》此例有何關係？孫氏語焉不詳，難以猜測。《墨子》上文未言「婢子」，蓋婢子不在服喪之列，而卑子義不當出自婢子也，孫說殊糾繞顛倒。

經　上

（41）「經」

　　案：參 35 頁〔案*41〕。

（42）「儇稹柢」孫氏云：「當爲『環俱柢』，皆聲之誤。」

　　案：「環稹柢」與「環俱柢」皆从「瞏具氏」得聲，形亦相近，故當爲形、聲相近而誤也，孫說未周。

經　下

（43）「非半弗斱」畢沅云：「《玉篇》云：『斱，知略切。破也。』盧云：『非此義。此當與斫斱義同。』沅案：『斱』即『斱』字異文耳。」楊葆彝云：「『斱』同『樫』。」孫氏云：「楊說是也。《集韻·十八藥》云：『樫，《說文》謂之樫，或從斤作斱。』此『斱』即『斱』之變體，舊本作『斱』，訛。斱、斫同詁，與斱音義亦略同，而字則異。畢說未審。」

　　案：孫氏從楊說以「斱」爲「斱」之變體，「斱」、「斫」同詁，說皆是；唯以「斱」與「斱」音義亦略同，則猶未審。蓋「斱」爲上古魚部、端母字，「斱」爲魚部、精母字，聲母有別，難以云「同」。故今以「斱」、「斱」是爲同義字也。

（44）「說在剃」孫氏云：「〈說〉云『車梯』。則『剃』當作『梯』，蓋聲之誤。」

　　案：「剃」與「梯」皆从弟得聲，形亦近，故或爲聲誤，或爲形誤，孫說未周。

（45）「說在始」孫氏云：「『始』疑當作『殆』，詳〈經說下〉。」又，〈經說下〉「未讓，始也，不可讓也。」孫氏云：「『未讓始也』疑當作『不讓殆也』。殆、始形近而誤，〈經〉同。」

案：「殆」、「始」皆从台聲，形亦近，故當爲形、聲相近而誤也，孫說未周。

經說上

（46）「佴，與人遇人，眾惛。」孫氏云：「眾惛，未詳。疑『惛』當爲『揗』，同聲假借字。《說文·手部》云：『揗，摩也。』言人眾相摩切。」

案：「惛」字乃字書所無，恐係誤字而非假借，孫說可商。又因《說文》段注：「《廣雅》曰：『揗，順也。』」而孫氏於此注云：「言人相與相遇，皆相伙比之意。」謂人與人之相與相遇，皆有倫次，故順也。《廣韻》云：「揗，手相安慰也。」《正字通》曰：「凡以思相撫，以心相恤，皆曰揗。」此所以「揗」誤從「心」旁乎？

（47）「免蚓還園」孫氏云：「竊疑『蚓』字即『蟓』之別體，《後漢書·吳漢傳》李注引《十三州志》云：『胊肒，其地下溼，多胊肒蟲。』肒音閏，即蟓之音轉。蚓从刃爲聲，猶以肒爲蟓也。《方言》云：『蚰蜒自關而東謂之蟓蚔，北燕謂之蚰蚭。』彼蚰字亦《說文》所無，與此蚓字形相近，疑『蚰蚭』亦當爲『蚓蚭』。蚓蟓字同。『蚭』『蚔』聲轉，傳寫訛作『蚰』，郭璞遂音爲奴六反矣。」

案：孫氏以「肒」爲「蟓」之音轉，說可從（參第六章第一節）；唯又引《方言》之「蟓蚔」或謂之「蚰蚭」，而以爲「蚓蟓字同，蚭蚔聲轉」，則有可商。考《爾雅·釋蟲》：「蟓衍，入耳。」注：「蚰蜒。」義疏：「《御覽》引高誘注：『蛉窮幽冀謂之蜻蚳，入耳之虫也。』《方言》云：『蚰蜒自關而東謂之蟓蚔，（中略）北燕謂之蚰蚭。』（下略）案：蟓蚔蚰蜒聲相轉；蚰蚭蜻蚳聲相近。」因「蚰」、「蜒」分別爲「以周切」、「以然切」（據《廣韻》），與「蟓」「蚔」適爲雙聲相轉；「蚰」（如六切）「蚭」（女夷切）與「蜻」（余六切，以上皆據《廣韻》）「蚳」（直尼切，據大徐音）則聲韻母並近，二者當爲同源詞，郝說然。而孫氏乃欲改「蚰」作「蚓」，而云「蚓蟓字同，蚭蚔聲轉」，非是。

經說下

（48）「謂也」孫氏云：「疑當讀爲『他』。」

案：金文「它」字作⦙，容庚云：「『它』與『也』爲一字，形狀相似，誤析爲二，後人別構音讀。然从也之迆、攷、馳、阤、柂、施六字仍獨它音，而沱字今

經典皆作池可證。」〔註7〕說至允。故「它」與「也」當為一字，而非假借。此亦《墨》書多古字之又一證也。

（49）「麀與霍執高」孫氏云：「（霍）以字形校之，疑當作『虎』，俗書『虎』『霍』二字，上半形相近。〈旗幟篇〉『虎旗』訛作『雰旗』，可以互證。」

案：「虎」字俗或作「尻」，故孫氏謂從俗書「虎」、「霍」二字起筆相近致誤也。然又因二字皆為上古魚部、曉母字，故或為形誤，或為聲誤也。

（50）「是不可智也，愚也。」孫氏云：「依〈經〉當作『遇也』，『愚』，『遇』聲之誤。」

案：「愚」、「遇」皆从禺得聲，形亦近，故當為形、聲相近而誤也。唯孫氏於〈兼愛下〉「意以天下之孝子為遇」注云：「『遇』當為『愚』，同聲假借字。」是孫氏於聲誤、假借間並無明確分野也。

（51）「景光之人煦若射」孫氏云：「此釋〈經下〉：『住景二，說在重。』『住』疑當作『位』，讀為『立』。」

案：「位」與「立」聲母之差異，雖可以複聲母解釋之，如《表稿》於「立」字加注「k-」，然韻母仍有分別，是以龍師宇純以為二者當為「同形異字」，蓋本以一「立」字代表語音無關之二語言，一為站立字，一為位置字，其後於後者加人旁而形成轉注「位」字〔註8〕。故此例若果如孫說，「住」當作「位」，而表「立」字，則或為音轉、或為形誤。

大　取

（52）「大取」畢沅云：「篇中言利之中取大，即大取之義也。」孫氏云：「畢說非也。此與下篇亦〈墨經〉之餘論，其名〈大取〉、〈小取〉者，與取譬之取同。〈小取篇〉云『以類取，以類予』，即此義。」

案：「取」字歷來異說紛紜，然恐皆未得其旨也。竊疑「取」乃墨家辯學之專門術語，表判斷義，所謂〈大取〉即大判斷，為對實際事物所作之思想內容之判斷（意斷）；〈小取〉則為即小判斷，主在討論語言形式之判斷（命題）等問題〔註9〕。

（53）「於所體之中，而權輕重之謂權。權非為是也，非非為非也。權，正也。斷指以存掔，利之中取大，害之中取小也。害之中取小也，非取害也，取利也。其所取者，人之所執也。遇盜人，而斷指以免身，利也；其遇盜人，害也。

〔註7〕見《金文詁林》引。

〔註8〕參龍師，〈再論上古音－b尾說〉，收錄於《臺大中文學報》創刊號。

〔註9〕說詳拙著，〈再論〈墨經〉、二〈取〉之篇名及其相關問題〉。

斷指與斷腕，利於天下相若，無擇也。死生利若，一無擇也。殺一人以存天下，非殺一人以利天下也。殺己以存天下，是殺己以利天下。於事爲之中，而權輕重之謂求。求爲之，非也。害之中取小，求爲義，非爲義也。爲暴人語天之爲是也，而性，爲暴人歌天之爲非也。諸陳執既有所爲，而我爲之陳執，執之所爲，因吾所爲也；若陳執未有所爲，而我爲之陳執，陳執因吾所爲也。暴人爲我爲天之以人非爲是也，而性。不可正而正之。利之中取大，非不得已也；害之中取小，不得已也。所未有而取焉，是利之中取大也；於所既有而棄焉，是害之中取小也。」

案：本段文字多有訛脫，過去諸家眾說紛紜，莫衷一是。今將其校訂如下：

> 於所體之中，而權輕重之謂權。權非爲是也，亦非爲非也。權，正也，利之中取大，害之中取小也。害之中取小者，斷指以存腕，非取害也，取利也。其所取者，人之所執也。遇盜人，而斷指以免身，利也；其遇盜人，害也。斷指與斷腕，利於天下相若，無擇也。死生利若，一無擇也。殺一人以存天下，非殺一人以利天下也。殺己以存天下，是殺己以利天下。於事爲之中，而權輕重之謂求。求爲之，非爲之也，求爲義，非爲義也。利之中取大，不可正而正之。爲暴人語天之爲是也，而性，爲暴人歌天之爲非也。諸陳執既有所爲，而我爲之陳執，執之所爲，因吾所爲也；若陳執未有所爲，而我爲之陳執，陳執因吾所爲也。暴人爲我爲天之以人非爲是也，而性。利之中取大，非不得已也；害之中取小，不得已也。於所未有而取焉，是利之中取大也；於所既有而棄焉，是害之中取小也。

至於本段之旨主在論述所以權衡之道，而就兩種不同之情境——未然之「於所未有」及已然之「於所既有」之中，論其「取」、「棄」之道，故文中分別標舉「於所體之中」及「於事爲之中」爲綱目，以分述「權」與「求」二者，而以爲「權」乃「於所既有而棄焉，是害之中取小也」；「求」則爲「於所未有而取焉，是利之中取大也」，其中差異，需仔細加以分辨〔註 10〕。

（54）「義可厚，厚之；義可薄，薄之，謂倫列。」孫氏云：「『謂』上，當重『之』字。《戰國策·宋策》高注云：『倫，等也。』〈服問〉鄭注云：『列，等比也。』」

案：孫氏殆以「倫」「列」皆有等義，吳毓江因謂「倫列，猶今言平等。」譚戒甫亦云：「倫列同義，……蓋此倫列即無差等，亦即今言平等之意。」（《墨辯發微》）皆從而釋「倫列」爲平等義。然考《說文》：「倫，輩也。」《宋策》

〔註 10〕 説詳拙著，〈《墨子·大取篇》「權」與「求」、「倫列」新解〉，收錄於《墨子研究論叢（六）》。

「內臨其倫」鮑注：「倫，其輩類。」是「倫」乃謂等輩也，而非逕有等義。至若「列」字，《小爾雅‧廣詁》：「列，次也。」《禮記‧服問》「上附下附列也」鄭注：「列，等比也。」孔疏：「其等列相似，故云列也。」則其「列」仍爲比次之義，亦非等也。而孫氏之所以必以「等」釋「倫列」，殆欲符合墨家「愛無差等」之旨，唯此文既云「義可厚，厚之；義可薄，薄之」，則爲有厚薄之差等，豈果如「愛無差等」之平等乎？蓋墨家之兼愛說，自飽受其他諸家之非難後，後期墨家遂不得不略作修正，而有所謂「愛無差等，施由親始」（《孟子‧滕文公上》墨者夷之語）之說，至〈大取篇〉更進一步揭示「志功爲辯」之觀念，以爲愛與利實際上有所分別，故雖「愛無厚薄」，然「利有厚薄」，實際得利者卻有厚薄之別。而其判斷厚薄之標準，則爲「義可厚，厚之；義可薄，薄之」，又因墨家固以「義」爲「利」，下文即云「義，利」，故實際即「利可厚，厚之；利可薄，薄之」也，如下文所列舉之「德行、君上、老長、親戚」，此皆其義（利）所當厚之類也。而如此之厚薄差等，墨者名之曰「倫列」，當爲後期墨家之專門術語，即以類列次之義（《禮記‧曲禮》「儗人必於其倫」注：「倫猶類也。」）亦即下文之以「類行」是也。惜過去學者多不明此，而或以夷之爲「推墨附儒」，不知墨家之「施由親始」，乃由「倫列」故，而與儒家之以親疏論厚薄，仍大異其趣矣〔註11〕。

（55）「聖人之附濆也，仁而無利愛，利愛生於慮。」孫氏云：「『附』，道藏本、吳鈔本並作『拊』。畢云：『濆字未詳。』」又云：「謂以仁待人，而無私愛利之心。凡愛利皆生於自私之心，不足爲仁也。〈經說上〉云：『慮也者，以其知有求也。』」

案：孫氏此說殆援儒釋墨，殊非墨旨。竊疑「濆」乃「憤」字之誤，借爲蠤，《說文》：「蠤，痛怨也。」《國語‧楚語》「使人無有怨痛於楚國」注：「痛，疾也。」是也。至若拊字，《方言‧十二》：「拊，疾也。」故與「濆」合爲同義複詞，謂疾痛也，若《論語‧衛靈公》：「君子疾沒世而名不稱焉。」然。而此云聖人之所疾痛也，仁而無利愛——「利愛」當即謂義，因墨家貴義，徒有仁而無義，乃其聖人所疾。至下句「利愛生於慮」，則在闡明「義」之本源乃出於「慮」。〈經上〉：「慮，求也。」〈經說上〉：「慮也者以其知有求也。而不必得之，若睨。」《說文》：「慮，謀思也。」故「慮求之知」乃指一種理性之知。而所謂「利愛生於慮」，是言利愛乃出於一種理性思維也〔註12〕。

〔註11〕說詳拙著，〈《墨子‧大取篇》「權」與「求」、「倫列」新解〉。
〔註12〕說詳拙著，〈試論墨家之仁義思想〉，收錄於《臺北師院語文集刊》5 期。

小　取

（56）「焉摹略萬物之然，論求群言之比」孫氏云：「《說文・手部》云：『摹，規也。』
《淮南子・本經訓》高注云：『略，約要也。』俞正燮云：『摹略，即今言之
模量，古言之無慮。』俞云：『"然"字無義，疑當作"狀"，"狀"誤爲
"狀"，因誤爲"然"。』」

案：此二句歷來各家說法可謂不一而足，然恐皆未得其的解。今案：「摹」、「略」、
「論」、「求」諸字皆可有求取、擇取義，至若「然」字可有應然義，「比」
字可有擇善而從之義，故所謂「摹略萬物之然」爲求取萬物之應然者，「論
求群言之比」乃擇取群言之善者而從之，二句適相對成文，其旨則在分別說
明〈大〉、〈小取〉之所以謀篇也〔註13〕。

耕　柱

（57）「是使翁難雉乙卜於白若之龜」孫氏云：「『翁』當作『兂』，《說文・口部》『嗑』
籀文作『兂』，經典或假爲『益』字。《漢書・百官公卿表》『兂作朕虞』是
也。兂與翁形近，〈節葬下篇〉『哭泣不秩聲嗑』，『嗑』亦誤作『翁』，是其證。」

案：參52頁〔案*57〕。

（58）「則是我爲苟陷人長也」孫氏云：「『苟陷人長』疑當作『苟啗人食』，啗、陷
聲同，食、長形近，故訛。」

案：「啗」、「陷」同从召聲，固爲「聲同」，然其形亦復近，故當爲形、聲相近而
誤也，孫說未周。

貴　義

（59）「鉅者白也」孫氏引俞樾云：「『鉅』無白義，字當作『豈』，豈者，皚之假字。
《廣雅・釋器》：『皚，白也。』『皚』省作『豈』，又誤作『巨』，因爲『鉅』
矣。《呂氏春秋・有始覽》『南方曰巨風』，李善注文選引作『凱風』，蓋亦省
『凱』爲『豈』，而誤爲『巨』也，可以爲證。」

案：章太炎云：「『鉅』訓大剛。大剛者，《太平御覽・珍寶部・金剛條》引服虔《通
俗文》曰：『亂金謂之鉅。』然則『鉅』實金剛。金剛爲純炭質，無雜磺者，
即晶瑩無色，此正昔人之所謂白。」〔註14〕龍師宇純云：「俞說迂遠牽強，
不足爲訓。『鉅』當爲『銀』，字之誤也。《說文》：『銀，白金也。』漢隸艮
作皀，〈三公山碑〉：『皀土爲山。』是其例，皃，漢隸作𧮫，故〈太尉陳珠
碑〉『遺跡邈而不（闕）』，〈外黃令高彪碑〉『德行邈然』，〈沛相楊統碑〉『勳

〔註13〕說詳拙著，〈再論〈墨經〉、二〈取〉之篇名及其相關問題〉。
〔註14〕見《文始・五》。

速藐矣』，〈繁陽令楊君碑〉『貞皦藐倫』，邈皆作遝，藐皆作藐。據此以推，銀亦當作鋠，銀作鋠，遂因形近而誤爲鉅字也，或曰：銀篆作鋠，壞去匕而爲鉬，因附會爲鉅字。〈尚賢中篇〉『距年之言』，〈尚同中篇〉作『相年之道』，畢云相由拒誤，拒爲距假字，是目訛作巨字之證也。」〔註15〕王煥鑣云：「《荀子‧議兵篇》云：『宛鉅鐵釶，慘如蠭蠆。《史記‧禮書》，亦稱『宛之鉅鐵』，其爲堅鋼無疑，惟其色未必白。又金剛石非習見之物，非時人所盡喻。竊疑『鉅』爲『銀』之形誤。《說文》云：『銀，白金也。』《爾雅‧釋器》：『白金謂之銀。』以銀爲白，盡人所知也。」今案：俞氏以「巨」爲「豈」之字誤，因巨與豈形相遠，學者多疑而不從。然《呂覽》「南方曰巨風」高注：「離氣所生，一曰凱風。《詩》曰：『凱風自南。』」畢校引孫云：「李善注《文選》、木元〈虛海賦〉、王子淵〈洞簫賦〉、潘安仁〈河陽縣作詩〉引俱作『凱風』。」則其「巨」字當亦爲「凱」之訛，信而有徵，非徒臆說耳。今以「豈」字戰國印作🜚，與「豐」字作🜚者形近易訛，又因「豐」侯馬盟書或書作🜚，遂又訛爲距、鉅矣，如本書〈尚賢中〉「距年之言也」，〈下篇〉作「豎年之言」，豎亦訛爲距，可以爲此之比（參第（6）則）。又、龍師、王氏以「鉅」爲「銀」字之訛，說亦可通。

公　輸

（60）「臣以三事之攻宋也」孫氏云：「『三事』疑當作『三吏』。」

案：「事」、「吏」二字皆爲上古之部字，聲母雖一屬精母、一爲來母，而偶有接觸，故孫氏殆以其形聲俱近而誤也。然今考金文「吏」與「事」同字，兩字聲母之不同，可視爲複聲母也，至小篆始區別爲二字〔註16〕。故此文以「事」爲「吏」，亦《墨》書多古字之一證也。孫說可商。

備城門

（61）「傒近」孫氏云：「當作『近傒』，『傒』與『蹊』字通，《釋名‧釋道》云：『步所用道曰蹊。蹊，傒也，言射疾則用之故還傒於正道也。』蓋正道爲道，閒道爲傒。『昵』『近』義同。畢云：『《說文》云："尼從後近之。""傒"即"谿"假音字。』失之。」

案：「蹊」爲「傒」之或體，《說文》：「傒，待也。从彳，奚聲。蹊，傒或从足。」是也。故其字作「傒」，殆爲「徯」之形誤。

〔註15〕參龍師，〈墨子閒詁補正〉。
〔註16〕參龍師《中國文字學》，頁197。

旗 幟

（62）「蓲葦有積」孫氏云：「《說文・艸部》云：『蓲，亂也。』『葦，大葭也』。」
〈雈部〉云：『蕉，小爵也。』音義並別。此『蓲』當爲『蕉』，經典省作『萑』，
或掍作『蓲』，非是。《周禮・司几筵》『萑席』，〈唐石經初刻〉亦誤作『蓲』。」

案：孫氏以「蓲葦」字當爲「蕉」，說是；唯以「蕉」字經典省作「萑」，則有未
安。段注云（見「蕉」下）：「（蕉）今人多作萑者，蓋其始假鴟屬之雈爲之，
後又誤爲艸多貌之萑。」以「萑」爲蕉之誤字，說較長。

（63）「相踵」孫氏云：「《說文・止部》云：『歱，跟也。』『踵』即『歱』之借字，
謂以足跟相躡也。」

案：參 53 頁〔案*63〕。

（64）「著之其署忠」孫氏云：「『忠』疑當爲『中』之誤。」

案：參 56 頁〔案*64〕。

第八章　結　論

　　孫詒讓爲清末樸學人師，其學無所不窺，尤於經子之校詁、目錄學及古文字學等三方面成績斐然。而《墨子閒詁》則爲其生平代表作，乃研究墨學最重要著作。

　　《墨子閒詁》之名，孫氏乃取自許愼《鴻烈閒詁》之題署，揆其意，殆以「閒」字有闡發疑義之義，故閒詁者，乃「發其疑牾，正其訓釋」也。至於孫氏所校定《閒詁》之版本有二：一爲聚珍本、一爲定本，今取二本相互對勘，共校得歧異處九百餘則，而依其性質分爲正文之異文、正文之異說及注文之異文、注文之異說四類，兩相對照之下，然後知定本所網羅，遠富於聚珍本；然就版本之校勘而論，則聚珍本之錯誤少於定本。故二者當比觀參照，不可偏廢，此余所以表而列之，備檢按也。

　　孫氏著《閒詁》，先從校勘入手，分析其校勘之法，可得以下四端：一、旁羅異本。二、參驗群書。三、審定文例。四、以理推求。此即校勘學所謂之對校、他校、本校、理校四法也。故知孫氏對校勘諸法運用之嫻熟，所謂「乾、嘉以來，校讎之業，惟瑞安孫詒讓最爲精審，幾可與王氏父子頡頏」是也。唯校定書籍，亦何容易，即精審如孫氏者，亦難免有所疏失，包括：校勘或有訛漏、版本猶多未備及校勘之體例不一等，本文皆一一評述之。

　　《閒詁》又詳於墨學之考證、輯錄、凡「墨翟行事之本末，道術之源流、學說之精微，史遷之所不詳，後儒之所勿考者，咸檢覈載籍，條貫而闡明之」，目之爲「墨學全書」可也。本文因分別就其考證墨子生平、考證《墨子》之書、考證墨學流傳及輯錄墨子相關資料等四大範疇，論述其得失，而其中閒有涉及訓詁者，亦一併討論之。

　　《閒詁》全書之最大成就，乃在訓詁一事，亦本文研究之重心也。故乃全面探討其所施用之訓詁方術，而歸納爲以下六端：

　　一、參驗群書。其參驗群書之範疇包括墨學相關書籍、古注、類書、關係書及

字書等。參驗之方法爲是者從之、非者正之、闕略者補之、疑者則存而不論也。至若參驗之疏失則有徵引未備、引據訛誤、曲解古書及取捨失當等弊端。然小疵不掩大醇，《閒詁》可謂集諸說之大成，復斷之以己見，故終能成一家之言也。

二、以形索義。孫氏精於文字之學，其運用文字學知識以從事於訓詁之具體表現則見於刊正形誤（此又分爲刊正一般形誤及刊正各種書體之誤）、辨識或體及考定古字等項，庶幾藉由字形之確認，進而闡釋字義，以正其訓詁也。

三、因聲求義。清儒研究聲韻學之成績卓著。故因聲求義法成爲其時應用最廣之訓詁方法，孫氏亦沿用之，而表現於訂正聲誤、通達假借、運用同源字、推明音轉及審定韻讀等多方面，皆「就古音以求古義」，誠所謂「訓詁之旨，本於聲音」也。

四、就義論義。孫氏又偶或利用其研究字義之心得，以闡釋《墨》書義，其具體作法則有發明引申義及判定同義字等事也。

五、審定文例。孫氏所審定之文例就其性質可分爲特殊文例及一般文例二類，而對《墨子》文例之確立及《墨》書文義之闡釋，皆多所貢獻。然其見而未備，甚至曲解文例之處，亦間有之，此則爲其疵也。

六、疏證名物制度。《閒詁》疏證名物制度之內容，主要乃以《周禮》證其制度，及以自然科學及兵法知識訂補〈經〉、〈說〉、〈備城門〉等篇。唯限於時代之隔閡，孫氏於此雖「孽孽有年，用思略盡」，而「所闚仍寡」也。

以上乃《閒詁》訓詁方法之總論。

而關於其訓詁諸法中，所涉及之專門術語之運用，對於其說之瞭解，頗有關係，不可不察，今乃擇其要者凡十一項，一一加以析論之，其目爲：音（聲）同（近）、聲類同、音（聲）轉、音（聲）義同（近）、假借、讀爲、通（用）、（字）同、當爲（作）、省（借）及古今字等等。本文試爲歸納、分析此諸術語之音韻條件及使用情形，而獲致以下四點結論：

一、訓詁之術語可具多義性。《閒詁》或以同一術語表達多種不同概念；或同一概念應用不同之術語表示之，模糊含混之處，不一而足。

二、訓詁之音韻條件著重聲韻母雙重關係。《閒詁》之論音韻，乃以聲韻母之雙重同近爲其主要條件；其次爲雙聲者；而僅有少數爲例外。可見孫氏對音韻條件要求之嚴格，而相當程度地保障其訓詁立說之正確性。

三、訓詁之立論間有相矛盾者。此或源於概念之混淆；或出於實際之困難。唯爲例並不多見。

四、訓詁之觀點或採不同角度。《閒詁》訓詁主要採訓詁學用字之觀點；又偶或採文字學之造字觀點，而未能加以統籌之，故不免時相牴牾，成爲全書之疵。然此

亦非孫氏個人之疏失，實乃時代之局限也。有鑑於此，本文乃提出字義系統之觀念，以與《閒詁》作為比較、對照，而顯示二者於假借之認定；轉注字之確立；同字、同源字及轉語之界定上，皆有顯著之差異也。

　　最後，本文則就《閒詁》訓詁疏失之例，為之訂正、補苴，凡六十四則。

附　錄　聚珍本與定本《閒詁》異文、異說對照表

表一、正文之異文

編號	篇　名	聚　珍　本	定　　本
1	墨序	世有成學「始」古文者	世有成學「治」古文者
2	三辯	周成王因先王之樂命曰騶虞	周成王因先王之樂「又自作樂」命曰騶虞
3	尚賢中	賊「傲」萬民	賊「敖」萬民
4	尚同中	以求興天下之「利除天下之」害	以求興天下之害
5	尚同中	天鬼之所深厚而能「彊」從事	天鬼之所深厚而能「彊」從事
6	非攻下	則我「田」兵強	則我「甲」兵強
7	節葬下	「人」則無食也	「入」則無食也
8	天志上	「曰」四海之內	四海之內
9	天志中	不可以不察義之所「從」出	不可以不察義之所「欲」出
10	天志中	得天之賞者有「矣」	得天之賞者有「之」
11	天志下	此豈有異賁「白黑」甘苦之別者哉	此豈有異賁「黑白」甘苦之別者哉
12	明鬼下	意不「忠」親之別	意不「宗」親之別
13	明鬼下	上以交鬼「神」之福	上以交鬼之福
14	非命上	上以說「王公大人」	上以說
15	非儒下	而求其人「焉」	而求其人「矣」
16	非儒下	夫一道術學業仁義「也」	夫一道術學業仁義「者」
17	非儒下	哀公迎孔「某」	哀公迎孔「子」
18	經說下	謂有智焉有不智焉「也」	謂有智焉有不智焉「可」
19	經下篇旁行句讀	或不非牛而非牛也「可」	或不非牛而非牛也

20	經下篇旁行句讀	且然不可正而不害說在宜歐	且然不可正而不害「用工」說在宜歐
21	經下篇旁行句讀	「芳」方之相合也說在下	「若」方之相合也說在下
22	經下篇旁行句讀	「不」知而「不」能指說在春	「所」知而「弗」能指說在春
23	備城門	皆爲「窰」	皆爲「寧」
24	備城門	爲「窰」	爲「寧」
25	備城門	二不積「笠」	二不積「苙」
26	備城門	「貍」渠	「鑿」渠
27	備高臨	一石三十「斤」	一石三十「鈞」
28	備梯	令「吾」死士	令「我」死士
29	備突	以木束之塗「元」上	以木束之塗「其」上
30	備突	「冠」即入	「寇」即入
31	備穴	穴疑有應「冠」	穴疑有應「寇」
32	備蛾傳	高者十「尺」	高者十「丈」
33	旗幟	五尺「男」子爲童旗	五尺「童」子爲童旗
34	旗幟	令皆明「曰」知之	令皆明「白」知之
35	號令	必出於「公王」	必出於「王公」
36	號令	巫祝「吏」與望氣者	巫祝「史」與望氣者
37	號令	令葆「官」見	令葆「宮」見
38	號令	其「欲」復以佐「土」者	其「次」復以佐「上」者
39	號令	見寇越陳「表」	見寇越陳「去」
40	號令	踰時不「窰」	踰時不「寧」
41	襍守	終「歲」十二石	終「歲」十二石
42	襍守	善蓋上治「中」令可載矢	善蓋上治，令可載矢
43	襍守	率萬「冢」而城方三里	率萬「家」而城方三里
44	墨子附錄	韓吏部尊孟「氏」	韓吏部尊孟「子」
45	墨子舊敘	勝注墨「辯」	勝注墨「辨」
46	墨子舊敘	三年之「叟」畢	三年之「喪」畢
47	墨子舊敘	皆一一詳「辯」之	皆一一詳「辨」之

48	墨子舊敘	曩與女爲「苟」生，今與女爲「苟」義	曩與女爲「茍」生，今與女爲「茍」義
49	墨子舊敘	而孟子獨「拒」楊墨	而孟子獨「距」楊墨
50	墨子舊敘	故雖他說之詩於理，不安於心「者」，皆從而「則」之	故雖他說之詩於理，不安於心，皆從而「和」之
51	墨子舊敘	被之以無父之罪	「斷然」被之以無父之罪
52	墨子舊敘	何以見孟子之「辨」	何以見孟子之「辯」
53	墨子後語	雖問涉偏「駁」	雖問涉偏「駮」
54	墨子後語	「氾」愛兼利而非鬪	「氾」愛兼利而非鬪
55	墨子後語	不用吾道而「我」往焉	不用吾道而「吾」往焉
56	墨子年表	竊疑昭公實被放「弑」	竊疑昭公實被放「殺」
57	墨子年表	（齊宣公四十五）代魯取都	代魯取都「田和」
58	墨子年表	（周安王廿四）安王「季」年	安王「末」年
59	墨子緒聞	裂裳「裹」足	裂裳「裹」足
60	墨子緒聞	楚有「杞」梓豫章	楚有「杞」梓豫章
61	墨學通論	春秋之後，道術紛「岐」	春秋之後，道術紛「歧」
62	墨學通論	暴暴如「丘山」	暴暴如「山丘」
63	墨學通論	樂姚「治」以險	樂姚「冶」以險
64	墨學通論	夫子「巳」卒十旬矣	夫子「已」卒十旬矣
65	墨學通論	「景」公曰：禮其可以治乎	「晏」公曰：禮其可以治乎
66	墨學通論	孔子怒景公之不封「巳」	孔子怒景公之不封「己」
67	墨學通論	乃樹鴟夷子皮於田常之「門」	乃樹鴟夷子皮於田常之「問」
68	墨家諸子鉤沈	遂爲財者之「的」	遂爲財者之「的」

表二、正文之異說

編號	篇　名	聚　珍　本	定　　　本
1	自序		〈定本・自序〉
2	經下	知其所以不知說在以「名」，「取」物知所以然	知其所以不知說在以「名取」，物知所以然
3	經下	說在盈否	說在盈否「知」
4	經說下	及「及」	及
5	經說上	兵	兵「立」
6	經上篇旁行句讀		讀此書旁行
7	墨子篇目考	此即劉錄之佚文，今考耕柱篇：「子夏之徒問於子墨子曰：君子有鬭乎」，子政即據彼文，但不見所謂文子者，它書載子夏弟子亦無文子，竊疑別錄本云魯陽文子，文子爲楚司馬子期之子，亦稍後於七十子，故舉以爲證，小司馬索引挩魯陽二字，又誤衍文子即三字，遂若文子爲子夏弟子，故不可通耳。	此即劉錄之佚文，考文子，今書未見，他書載子夏弟子，亦無文子。唯史記儒林傳云：「如田子方、段干木、吳起、禽滑釐之屬，皆受業於子夏之倫，則疑文子當爲禽子，又今耕柱篇：「子夏之徒問於子墨子曰：君子有鬭乎」，子政或兼即據彼文也。
8	墨子佚文		使造三年而成一葉，天下之葉少哉
9	墨子佚文	右「五」條畢本無今校增	右「六」條畢本無今校增
10	墨子舊敍		乾隆五十七年十二月一日，張惠言書
11	墨學傳授考	學於墨子	與田子方段干木吳起受業於子夏，後學於墨子

表三、注文之異文

編號	篇　名	正　文	注　文	
			聚　珍　本	定　　本
1	親士	逝淺者速竭	俗書「遊」字作遊	俗書「游」字作遊
2	所染	大夫種	文選豪士賦	文選豪士賦「序」
3	辭過	夏則不輕而清	清七性反字從二「冰」冷也	清七性反字從二「秋」冷也
4	辭過	息於絺綌之中	以絺綌爲中衣「者」	以絺綌爲中衣「則」
5	三辯	息於竽瑟之樂	「御」大夫十北面	大夫士北面
6	三辯	息於聆缶之樂	「瓵」字本作瓵	「瓬」字本作瓵
7	三辯	息於聆缶之樂	「士」大夫息於竽瑟	「上」大夫息於竽瑟
8	尚賢上	門庭庶子	新序雜事「一」	新序雜事「二」
9	尚賢上	文王舉閎夭泰於罝罔之中	兔罝有公侯腹心之「語」	兔罝有公侯腹心之「詩」
10	尚賢中	唯毋得賢人而使之	聰耳明目「與」	聰耳明目「爲」
11	尚賢中	唯毋得賢人而使之	興師以「攻」伐鄰國	興師以「及」伐鄰國
12	尚賢中	以裨輔而身	孔傳云布求「賢」智	孔傳云布求「聖」智
13	尚賢中	乃熱照無有及也	言其罪績用弗成亦「止」見有所不及耳	言其罪績用弗成亦「正」見有所不及耳
14	尚賢中	農殖嘉穀	后稷下「教」民播種	后稷下「降」民播種
16	尚賢下	圜土之上	月令孔疏引鄭「志」	月令孔疏引鄭「記」
17	尚賢下	告女訟刑	後漢書劉愷傳「季」注	後漢書劉愷傳「李」注
18	尚同中	置以爲左右將軍大夫	水經河水酈「道元」注	水經河水酈注
19	尚同中	傍薦之	薦進也謂在「上」之人	薦進也謂在「位」之人
20	尚同中	苗民否用練，折則刑	史記吳「起」傳	史記吳「越」傳
21	兼愛下	是故別非也	「與」此爲對文	「爲」此爲對文

22	兼愛下	擇即取兼	「二」字舊脫	「舊」字舊脫
23	非攻中	不勝而辟	此闚字「之」假音	此闚字「之之」假音
24	非攻中	雖北者且不一著何	墨子與子夏「之」門人同時	墨子與子夏子門人同時
25	非攻中	雖北者且不一著何	道藏本作「一且一字並衍文」	道藏本作「且不一並衍一字」
26	非攻中	戰於柏舉	舉水之「所」出也	舉水之「折」出也
27	非攻中	九夷之國莫不賓服	九夷實在淮泗之「間」	九夷實在淮泗之「閒」
28	非攻下	焉磿爲山川別物上下	以「磿」爲磑磨之磨	以「磨」爲磑磨之磨
29	非攻下	遝至于夏王桀	「遝」與還字形相似而誤	「還」與還字形相似而誤
30	非攻下	出自有遽	我先「王」熊摯	我先「生」熊摯
31	節用中	輪車鞼匏	說文革部云「軍」攻皮治鼓工也	說文革部云「鞞」攻皮治鼓工也
32	節用中	津人不飾	左傳「昭」二十四年	左傳「云」二十四年
33	節葬下	終勿廢也	「詒讓案將下當依俞校補求字餘並非是」	「案將下俞校補求字是也餘並非非」
34	節葬下	然後金玉珠璣比乎身	漢書「土」尊傳	漢書「王」尊傳
35	節葬下	葬南已之市	城羅「苹」路	城羅「泌」路
36	天志上	將惡逃避之	墨子正以晏日之不可「逃辟」起下文	墨子正以晏日之不可「避逃」起下文
37	天志上	天下百姓未得之明知也	天之爲「改」	天之爲「政」
38	天志中	雷降雪霜雨露	雷蓋實字之「誤」	雷蓋實字之「義」
39	天志中	使之賞賢而罰暴	畢「云」	畢「本」
40	明鬼下	田車數百乘	杜伯射「王」於畝回	杜伯射「宣王」於畝回
41	明鬼下	王乎禽推哆大戲	推哆大戲「主別」兕虎	推哆大戲「生列」兕虎
42	明鬼下	皆得如具飲食之	於是乎「合」其州鄉朋友婚姻	於是乎「令」其州鄉朋友婚姻
43	非樂上	小人否	否當爲「㗊」	否當爲「㗇」

44	非命上	古者湯對於亳	秦「窐」公與亳王哉	秦「寧」公與亳王哉
45	非命上	禍厥先神禔不祀	作棄禔作「示」	作棄禔作「祇」
46	非命中	至有饑寒凍餒之憂	饑吳鈔本「作飢」	饑「上下篇並作飢」吳鈔本「同」
47	非命下	曰何書焉存	此「到」句	此「倒」句
48	非命下	捆布縿	「案」此「文」本書凡三見	此「之」本書凡三見
49	非命下	捆布縿	與孟子淮南「子」字同然	與孟子淮南「書」字同然
50	非儒下	君子笑之怒曰散人焉知良儒	此「言」儒者詬君子之語	此「述」儒者詬君子之語
51	非儒下	何故相	古謂「爲」相與	古謂「與」相與
52	非儒下	景公曰嗚呼	道藏本吳本作呼	道藏本吳「鈔」本作呼
53	非儒下	孔某之誅也	蘇云誅當「作」謀	蘇云誅當「讀」謀
54	經上	中同長也	原「畢」云	原「本」云
55	經上	厚有所人也	無厚大高	無厚「亦」大高
56	經上	諾不一利用	若「畢云」云五諾也	若「說所」云五諾也
57	經下	擢慮不疑	荀子「用」兵篇	荀子「議」兵篇
58	經下	堯之義也生於今而處於古	下「文」又云	下又云
59	經下	景迎日說在搏	「經」云	「說」云
60	經說上	端與端俱盡	「與舊本」	「舊本與」
61	經說上	不若當犬	案經攸「疑」即彼之誤	案經攸即彼之誤
62	經說上	爲欲離其指	並當爲靳之訛「文」	並當爲靳之訛
63	經說上	舉也	舉彼實也「之義」	舉彼實也
64	經說上	仗者兩而勿偏	當作權	「仗」當作權
65	經說上	鳥折用桐	「鳥疑」當爲	「疑鳥」當爲
66	經說上	鳥折用桐	折「疑」當爲梗	折當爲梗
67	經說下	所鑿水景亦小而必正景過正	大之誤「劉嶽雲云景過正者言光線必正行也」	「即」大之誤
68	大取	人右以其請得焉	「杜」注云	「柱」注云

69	大取	其利人不厚於正夫	正讀如征「誤」	正讀如征「語」
70	耕柱	我毋俞於人乎	太平御「覽」	太平御「覺」
71	耕柱	駕驥與羊	太平御「覽」	太平御「覺」
72	耕柱	治魯國之政	敬「子」武伯之子	敬「之」武伯之子
73	耕柱	則是我爲苟陷人長也	苟「啗」人食,「啗」陷聲同	苟「啗」人食,「陷」陷聲同
74	耕柱	呼靈數千	不勝而「入」	不勝而「人」
75	耕柱	此諸侯之所謂良寶也	周之靈珪出於土「石」	周之靈珪出於土「□」
76	貴義	是猶舍穫爲擽粟也	畢云「擽」拾也	畢云「攔」拾也
77	備城門	令足以爲柴搏	小者「合」束謂之柴	小者「令」束謂之柴
78	備城門	斗大容二斗以上到三斗	又有科「以」容水	又有科「之」容水
79	備城門	爲烟矢射火城門上	「煙」亦熛之誤	亦熛「火」之誤
80	備城門	門者皆無得挾斧斤	以上言城「門」關鎖之法	以上言城「關」關鎖之法
81	備城門	辟長六尺	備穴篇「云」作臂	備穴篇「正」作臂
82	備城門	及隴樅	「已」上木弩之法	「畢云以」上木弩之法
83	備城門	戒以爲湯	畢云「已」上積石「笠」狗屍	畢云「己」上積石「苙」狗屍
84	備城門	爲衝術	皆以當衝「隧」	皆以當衝「遂」
85	備城門	俾倪廣三尺	城「上」小垣也	城「土」小垣也
86	備城門	五十二者十步而二	五斗以上	「大」五斗以上「者」
87	備城門	大容苴	苴當爲苣「苗」字之誤	苴當爲苣字之誤
88	備城門	率一步一人	十步有「什」長	十步有「十」長
89	備城門	城上之備渠譫	譫「蓋裾」字之誤	譫「與襜」字之誤
90	備城門	似磨鹿卷收	磨鹿吳鈔本作「鹿」	磨鹿吳鈔本作「鹿」
91	備梯	乃管酒塊脯	塊道藏本吳鈔本並作「槐」	塊道藏本吳鈔本並作「槐」

92	備梯	昧萊坐之	「景」公獵休	「晏」公獵休
93	備梯	姑亡姑亡	亦見公「孟」篇	亦見公「輸」篇
94	備水	亓二十人，人擅有方	疑亦當作「尢」	疑亦當作「亓」
95	備穴	鑿穴迎之	通典守據法「云」地聽	通典守據法地聽
96	備穴	灰康長五竇	說文「本」部云「柢」竟也	說文「木」部云「互」竟也
97	備穴	灰康長五竇	有兩蔟「藜」皆長極其戶「也」	有兩蔟「藜」皆長極其戶
98	備穴	屬四	屬「斲」之省	屬「劚」之省
99	備穴	穴未得慎毋追	言己不謹其備且勿追「冦」	言己不謹其備且勿追「冦」
100	備穴	鑿如前	言穴向前鑿「之」	言穴向前鑿「也」
101	備穴	鑿如前	突門各爲窯竈竇「人」門四五尺	突門各爲窯竈竇「入」門四五尺
102	備穴	令亓突入伏尺	畢云亓突人舊作亦突「人」	畢云亓突入舊作亦突「入」
103	備穴	爲傳士之口，受六參	參疑當「爲」槊形	參疑當「作」槊形
104	備穴	金與扶林長四尺	周禮「大」宰	周禮「太」宰
105	備穴	金與扶林長四尺	即謂以銅爲斫	即謂以銅爲斫「也」
106	備穴	尿有慮枚	慮疑「鑪」之省「鑪」錯銅鐵也	慮疑「鱸」之省「鑪」錯銅鐵也
107	備穴	爲斤斧鋸鑿鑺	「鑺」局虞切	「鑺」局虞切
108	備蛾傳	廣從丈各二尺	王「說」是也	王「校」是也
109	備蛾傳	社格狸四尺	則獸亂於「釋」矣	則獸亂於「澤」矣
110	迎敵祠	謹微察之	微伺「問」之也	微伺「間」之也
111	迎敵祠	有敗氣	風雲氣候及雜「占」也	風雲氣候及雜「古」也
112	迎敵祠	縣師受事	周禮地官有縣師上「土」二人	周禮地官有縣師上「士」二人
113	迎敵祠	築薦通塗	薦與荐通左哀八年杜注云「栫」雍也	薦與荐通左「傳」哀八年杜注云雍也

114	迎敵祠	澤急而奏之	畢云居中者「擇」急事奏之	畢云居中者「澤」急事奏之
115	迎敵祠	所以閹客之氣也	畢云閹「遏」也	畢云閹「遏」也
116	迎敵祠	舍於中太廟之右	茅本太作大中「大」廟侯國「大」祖之廟也	茅本太作大中「太」廟侯國「太」祖之廟也
117	旗幟	菅茅有積	「宐」爲索	「宜」爲索
118	旗幟	井竈有處	須「灰」炭稈鐵舉「亦」旗	須「灰」炭稈鐵舉「赤」旗
119	旗幟	節各有辨	周禮小宰「傅」別朝士	周禮小宰「傅」別朝士
120	旗幟	長四十尺	號令篇云四「靣」四門之將	號令篇云四「面」四門之將
121	號令	辯護諸門	辨即今「辦」治字	辨即今「辨」治字
122	號令	火突高	「詥讓案」說文本云	說文本云
123	號令	相指相乎相麾	畢云舊作「歴」以意改說文手部云「摩」旌旗然作「歴」義「亦通」	畢云舊作「歷」以意改說文手部「摩」旌旗「所以」然作「歷」義「似亦可廣雅釋詁云歷過也」
124	號令	相靡相乎相麾	靡摩字「通」	靡摩字「同」
125	號令	當術	術隧通「當」術	術隧通「作」術
126	號令	中涓	史記萬石君傳正義如「涫」云	史記萬石君傳正義如「淳」云
127	號令	數錄其署	或其鄉邑「己」爲敵人所取	或其鄉邑「已」爲敵人所取
128	號令	令屬繕夫爲	「雜」守篇云	「襍」守篇云
129	號令	著之其署隔	畢云舊作「刞」	畢云舊作「郖」
130	號令	收粟米布帛錢金	與「雜」守篇合	與「襍」守篇合
131	襍守	許之二百石之吏	此文能「入深」至主國者	此文能「深入」至主國者
132	襍守	備從麾所指	「缶」茅本作繫垂	「岳」茅本作繫垂
133	襍守	舉五垂	隸書表字作「表」	隸書表字作「表」
134	襍守	即燒之	林木不能盡入者「燔」之	林木不能盡入者「燒」之
135	襍守	踰時不	吉日告凶日「寍」	吉日告凶日「寧」

136	襍守	死上目行	「徇行日目」	「日目徇行」
137	襍守	極發其近者往佐	高注云「極」急也	高注云「亟」急也
138	襍守	袾葉	郭注云一名「芪」草「芪」與芫皆毒魚之草「芪」芸林袾字形並相近	郭注云一名「芒」草「芒」與芫皆毒魚之草「芒」芸林袾字形並相近
139	襍守	輪軥	茅本「軥」作「軥」	茅本「軥」作「軥」
140	墨子目錄	□□第五十九	十二攻「具」	十二攻「其」
141	墨子佚文	令有力者斬之	翻倒弓弩「兩」射	翻倒弓弩「而」射
142	墨子傳略	似當以魯人爲是	自魯趨而十日十夜至於郢	自魯趨而「往」十日十夜至於郢
143	墨子傳略	楚惠王時	渚諸宮舊事「一」	渚宮舊事「二」
144	墨學傳授考	與墨子齊俑	以墨翟禽滑釐並「俑」	以里翟禽滑釐並「傳」

表四、注文之異說

編號	篇名	正　　文	注　　文 聚珍本	注　　文 定　　本
1	親士	親士第一	遂移冠篇首耳	遂舉以冠首耳
2	親士	親士第一	唐本已如是已	唐以前本已如是已
3	親士	而尚攝中國之賢君	合諸侯不必云賢君畢說未允凡古字訓合者引申之皆有齊等之義此攝疑亦謂齊等言得上與中國賢君齊稱也	畢說未允攝當與攝通左襄十一年傳云武震以攝威之韓詩外傳云上攝萬乘下不敢敖乎匹夫此義與彼同謂越王之威足以攝中國賢君也
4	親士	而支苟者詻詻	而校支字則未	而以支爲致則未俞說尤誤
5	親士	近臣則喑		尚賢下篇有瘖字
6	親士	此其銛	說文刀部云利銛也	
7	親士	孟賁之殺其勇也		漢書東方朔傳顏師古並注
8	所染	染絲者而歎曰		言字疑衍公羊隱十一年何休注云稱子冠氏上者著其爲師也其不冠子者他師列子天瑞篇張注云載子於姓上者首章是弟子之所記故也
9	所染	沈尹		李惇云宣十二年左傳邲之戰孫叔敖令尹也而將中軍者爲沈尹注云沈或作寢寢縣也韓詩外傳所載楚樊姬事與淮南子新序正同但淮南新序並曰虞邱子惟外傳則曰沈令尹乃知沈尹即虞邱子令尹者其官沈者其氏或食邑也案李說是也沈尹莖
10	所染	宋康染於唐鞅佃不禮	此疑捝一王字	
11	法儀	當皆法其父母奚若		詳天志下篇

12	七患	游者愛佼	莊子至樂篇若果養乎予果歡乎養當讀爲恙爾雅釋詁恙憂也故與歡爲對文也此云仕者持祿游者恙交恙當讀爲養引爾雅恙憂也之訓以釋之	
13	七患	用不可不節也不盡收則下盡御	王云畢說非也古音立在緝部節在質部則立節非韻原本立作力力在職部方節亦非韻畢未能了然於古音之界限但知古人之合而不知古人之分故往往非韻而以爲韻若一一辨正徒煩筆墨故發凡於此以例其餘明於三代兩漢之音者自能辨之也	王云畢說非也古音立在緝部節仕質部則立節非韻原本立作力力在職部方節亦非韻
14	七患	爲者疾食者眾則歲無豐		案俞說未塙此疑當作爲者疾食者寡則歲無凶爲者緩食者眾則歲無豐此上文咸以歲善與歲凶對舉是其證今本挩食者寡至爲者緩十字之義遂舛牾不合矣
15	七患	此之謂國備		畢據周書之傳篇文此文亦本夏箴而與文傳小異考穀梁莊二十八年傳云國無三年之畜曰國非其國也與此文略同疑先秦所傳夏箴文本如是也
16	辭過	冬則練帛之中		中經典亦作衷說文衣部云衷裏褻衣穀梁宣九年傳云或衣其衣或衷其襦范注云衷者襦在裏也是對文衷爲裏衣散文則通言衣
17	辭過	珠玉以爲珮		大戴禮記保傅篇云玉珮上有蔥衡下有雙璜衝牙珠以納其間琚瑀以雜之珮
18	三辯	息於聆缶之樂		瓴甕同物
19	三辯	又脩九招		畢說未審
20	三辯	又自作樂命曰象	至此書云武王作象與董鄭諸儒說同呂氏春秋古樂篇謂象爲周公作	淮南子氾論訓云周武象高注云武王樂也 此皆以象爲武王所作畢專據呂覽古樂篇以疑此書殊爲失考

21	三辯	命曰騶虞		王說是也據增
22	尚賢上	堯舉舜於服澤之陽		乃命于順澤之陽疑即本此書
23	尚賢上	尚欲祖述堯舜禹湯之道		王說未塙
24	尚賢中	無故富貴	無故疑當為毋故毋貫古今字爾雅釋詁云貫習也毋故猶言故舊狎習耳毋母形近毋無音近毋三寫成無遂不可通上文不言毋故者以故可賅於富貴之中也韓非子孤憤篇云凡當塗者之於人主也希不信愛也又五蠹故舊注釋習故為慣習故舊即此毋故之義呂氏春秋求人篇亦云故賢主之於賢者也物莫之妨戚愛習故不以害之	竊疑故當為攻即功之借字下篇云其所賞者已無故矣故亦攻之訛可以互證
25	尚賢中	天下皆得其利	道藏本作列誤	道藏本作列案上篇云列德而尚賢又云以德就列則此云皆得其列或謂尊卑賢否皆得其等無僭越列也此亦義得通而不及作利之長故今不據改
26	尚賢中	鰥寡不蓋		今書群后以下十四字在皇帝清問下民上
27	尚賢中	維假於民		王鳴盛云疑隸變相似而誤
28	尚賢中	有一危弓不能張		鄭注云危猶疾也
29	尚賢下	告女訟刑		王鳴盛云墨子作訟从詳而傳寫誤案王說是也
30	尚賢下	此非可學能者也		王校能上增而字
31	尚同上	腐歹餘財不以相分	說文云歹腐也或从	說文云歹腐也
32	尚同上	天子三公既以立		以已通
33	尚同中	而國既已治矣		舊本而下脫國字今據王校補
34	尚同中	苗民否用練折則刑	緇衣作命者古靈令通用皆訓善令之為命字之岐誤也	

35	尚同下	光譽令聞先人發之		禮記孔子閒居鄭注云令善也言以名德善聞
36	尚同下	不若二耳之聽也		以下兩句文例校之疑二目之視視當作睹二耳之聽聽當作聰今本皆傳寫掍之
37	兼愛中	焚舟失火		黃紹箕云御覽引作焚其室竊疑本當作焚舟室越絕外傳記越地傳云舟室者句踐船宮也蓋即教舟師之地故下篇云伏水火而死者不可勝數也言或赴火或蹈水死者甚眾也後人不喻舟室之義則誤刪舟字校本書者又刪室字遂致岐互矣案黃說亦通
38	兼愛中	洒為底柱		洒與下之灑同當讀所官反洒即謂分流也
39	兼愛中	以利荊楚干越	干越者吳越也	
40	兼愛下	所以皆聞兼而非者		非下當有之字
41	兼愛下	疾病不待養	侍亦當作從俞校為持詳前下同	
42	兼愛下	猶挈泰山以超江河		非攻中篇備梯篇又並作大小
43	兼愛下	小人之所視		親士篇云其直如矢其平如砥底仍作砥與毛詩同
44	非攻中	以是攻戰也	史記世家簡王元年滅莒案當周考王十年 與史不同此云齊人有之則國策是也	蘇云史記云楚簡王元年北伐滅莒據此則莒實為齊滅故其地在戰國屬齊
45	非攻中	又攻茲范氏而大敗之		淮南子人間訓亦謂張武為智伯謀伐范中行滅之
46	非攻中	又圍趙襄子於晉陽		事在魯悼公十五年
47	非攻下	有神人面鳥身，若瑾以待	古文	鐘鼎古文 或云瑾當作璜於形近但于四方之玉不合
48	非攻下	後乃遂幾	廣雅釋詁云幾微也	說文茲部云幾微也

49	非攻下	于夏之城間西北之隅		備城門篇云城四面四隅皆爲高磨櫼考工記匠人城隅之制九雉鄭注云城隅謂角浮思也詩邶風靜女篇俟我于城隅
50	非攻下	河出綠圖		易緯乾鑿度云昌以西伯受命改正朔布王號于天下受籙應河圖綠籙通
51	非攻下	黃鳥之旗		詒讓案黃鳥之旗疑即周禮巾車之大赤亦即可常之鳥隼爲旟考工記輈人云鳥旟七斿以象鶉火也國語吳語謂之赤旗曲禮云行前朱雀而後玄武朱雀即指鳥旟言之黃與朱色近故赤旟謂之黃鳥之旗大赤爲周正色之旗流俗緣飾遂以爲天賜之祥矣
52	非攻下	越王緊虧	盧校緊改繁云即無餘也繁舊作緊非以意改畢從之詒讓案緊虧無攷盧肊改繁爲緊亦無據今仍從舊本 此緊虧疑據周世越君始稱王者言之 與史記越世家以允常子句踐始爲越王不同	盧云即無餘也繁舊作緊非以意改畢本亦依盧校今從之史記周本紀共主名緊扈與此相類 依盧校緊虧即吳餘疑無餘本名無虧左傳僖十七年齊有公子無虧越王名或與彼同古語無常言之或曰緊無周禮職方氏幽州鎮山醫無閭醫亦與緊音同續漢書郡國志遼東屬國吳慮縣有醫無閭山是醫無閭短言之曰無慮則無虧長言之亦可云無緊虧短言之又可云醫虧虧餘亦聲相轉也
53	節用上	若純三年而字生，生可以二三年矣	詒讓案蘇戴說是也說文宀部云字乳也廣雅釋詁云字乳生也	說文子部云字乳也
54	節葬下	諸侯力征	征政通	征正政通 天志上篇作力政下篇及
55	節葬下	故古聖王		趙咨傳注引
56	節葬下	制爲葬埋之法		宋書禮志引尸子禹治水爲喪法墨子所述或即夏法與

57	節葬下	衣衾三領		七患篇云死又厚爲棺槨多爲衣裘則葬有用裘者
58	天志上	中詬鬼	中下詬字道藏本吳鈔本並作誣	道藏本吳鈔本並作中誣鬼大戴禮記本命篇云誣鬼神者罪及二世則作誣義亦通
59	天志上	反天意者力政也		力政下篇作力正謂以力相制義詳節葬下篇
60	天志中	撽遂萬物以利之	兼愛中篇曰以兼相愛交相利之法易之又曰況兼相愛交相利與此異矣又曰欲天下之治而惡其亂當兼相愛交相利下篇曰今若夫兼相愛交相利此自先聖六王者親行之非命七篇曰與其百姓兼相愛交相利然則愛言兼利言交固本書之通異矣 案撽遂萬物以利之 俞說未塙	案俞說迂曲不足據 依韓非子撽鹿義推之疑當爲敺御之義遂或當爲逐之誤然則遂字又似非誤未能質定也
61	天志中	謂之不善意行		善行政不善刑政也
62	天志下	然而莫知以相極戒也	廣詁篇	廣雅釋詁亟敬也亟爲敬故亦爲儆矣亟又與苟通 爾雅釋詁篇
63	天志下	別之爲道也力正		正上篇並作政字通力正義詳明鬼下篇
64	天志下	發其綛處	綛即從之訛從隸古或作㣪	綛當爲縱之訛縱隸古或作縱縱又從之借字縱處即從遽亦通
65	天志下	因以爲文義		案王據非攻篇證此是也而改文爲大則非是此當作因以爲之義爲與謂通文即之之訛言因以稱之曰義也
66	明鬼下	諸侯力正		天志下篇云兼之爲道也義正別之爲道也力正
67	明鬼下	燕將馳祖		顏之推還冤記又作燕之沮澤當國之大祀 俞正燮據說苑臣術云魏翟璜乘軒車載華蓋時以閒暇祖之於野蓋所謂馳祖者也未知是否

68	明鬼下	宋之有桑林	以此書證之桑林當即祭桑林之樂蓋湯禱旱於桑林後世沿襲遂以盛樂祀桑林矣	淮南子脩務訓云湯旱以身禱於桑山之林高注云桑山之林能爲雲雨故禱之以此書及淮南子證之桑林蓋大林之名湯禱旱於彼故宋亦立其祀左昭二十一年傳云宋城舊廬及桑林之門當即望祀之處因湯以盛樂禱旱於桑林後世沿襲遂有桑林之樂矣
69	明鬼下	盟齊之神社		詒讓案周禮司盟云有獄訟者則使之盟詛凡盟詛各以其地域之眾庶共其牲而致焉鄭注云使其邑閭出牲而來盟此所云與禮合
70	明鬼下	施行不可以不董		禮記內則塗之以謹塗玉篇引作董涂亦謹董通用之證
71	明鬼下	吉日丁卯		漢書翼奉傳云東方之情怒也怒行陰賊亥卯主之是以王者惡子卯也西方之情喜也喜行寬大巳酉主是以王者吉午酉也是吉卯之義
72	明鬼下	祥上帝伐元山帝行		山帝疑亦當爲上帝
73	明鬼下	且禽艾之道之日 得璣無小	 翟灝云逸周書世俘解有禽艾侯之語當即此禽艾	翟灝云逸周書世俘解有禽艾侯之語當即此禽艾
74	明鬼下	若神有	疑當云若誠有誠神一聲之轉	以上文校之疑當云若鬼神誠有
75	非樂上	天子出絲二衛		案緯非絲數量之名畢說未允衛疑當爲術術與遂古通月令經術鄭注讀爲遂是其例西京雜記鄒長倩遺公孫弘書五絲爲䋲倍䋲爲升倍升爲緎倍緎爲紀倍紀爲䋺倍䋺爲䋻遂即䋻也此假借術又訛作衛遂不可通耳
76	非樂上	小人否		猶書呂刑云其罰惟倍
77	非樂上	乃言日		後數句非命下篇別爲大誓文疑當作大誓日

78	明鬼下	黃言孔章	此承上文「恆舞于宮而言」	此承上文
79	非命上			注蘇林云非有命者言儒者孰有命而反勸人修德積善政教與行相反故譏之也
80	非命上	故言必有三表		表儀義同左文六年傳云引之表儀
81	非命上	曰我命固且貧	舊本挩固字今據吳鈔本增此與下文例同	
82	非命中	亦嘗見命之物		以下文核之亦嘗下當有有字
83	非命中	外之歐騁田獵畢		案騁畢本作聘訛孟子盡心篇云驅騁田獵國語齊語云田狩畢注云畢掩雉兔之網也弋雉之借字詳備高臨篇
84	非命中	繁飾有命以教眾愚樸人久矣		王校近是
85	非命中	棄闕其先神而不祀也	以天志中篇及上篇校之此闕當爲厥共字衍	以天志中篇及上篇校之闕亦當讀爲厥與上闕師同此當云棄闕先神示而不祀也示祀同傳寫誤作亓核者不憭因此書其字多作亓遂又改爲其復誤移著先神上不知闕即厥字不當更云其也天志篇正作棄厥先神祇不祀可證非儒下篇其道不可以期世期晏子春秋作示亦亓示其三字展轉訛變之比例也
86	非命下	夫豈可以爲命哉		據下文命上當有其字
87	非命下	多治麻統葛緒		畢校統作紿云
88	非儒下	而親伯父宗兄而卑子也	廣雅釋詁裨小也方言曰篡小者謂之箄史記孟子荀卿列傳於是有裨海環之索隱曰裨海小海也	
89	非儒下	隱知豫力		案俞說近是卑子疑當爲婢子見左文元年傳卑即婢之省號令篇云舍事後就亦與此義同

90	非儒下	知白公之謀而奉之以石乞		白公楚平王孫名勝其與
91	非儒下	夫儒浩居而自順者也		大戴禮記文王官人篇云自順而不讓又云有道而自順孔廣森云自順謂順非也
92	非儒下	伏尸以言術數		蘇校未墒依吳本則術當讀爲遂月令審端徑術鄭注云術周禮作遂此當爲隧之叚字謂伏尸之多以隧數計猶言以澤量也或云
93	非儒下	周公旦非其人也邪		又按詩小雅四月云先祖匪人胡甯忍予人亦即仁字言先祖于我其不仁乎彼匪人與此非人之意字例並同鄭詩箋云我我先祖非人乎則詁人如字失其恉趣此可以證其誤
94	非儒下	桼雕刑殘		俞正燮謂即漆雕馮敨漆雕馮見家語好生篇說苑權謀篇又作漆雕馬人二書無形殘之文俞說
95	經上		墨辯有上下經凡四篇	墨辯有上下經「經各有說」凡四篇
96	經上	柱隅四讙也	說文帀部云帀周也謂方隅相楮柱	爲方「柱」隅角四出
97	經上	忠以爲利而強低也		荀子臣道篇之逆命而利君謂之忠
98	經上	佴自作也	佐與貳義相近老子以道佐人主者唐景龍二年石刻作以道作人主者佐形似本易相混而此	佐與貳義相近作佐形似
99	經上	作嗛也	洪讀嗛爲慊於義可通	洪以謂爲涓非讀嗛爲慊則于義可通
100	經上	利所得而喜也		畢云謂夢所見誤
101	經上	名實合爲	言名有此三義	四者言異而義相因張并上爲一經云之有三聞一說二親三皆合名實而成於爲恐未墒
102	經上	彌異所也	王引之云彌異所非不移其所之謂也畢說	王引之云畢說

103	經上	服執	音略相近	
104	經上	服執	則求執之九當	
105	經上	易也	言法異則當觀其所宜物經說上篇庫區穴若斯貌常明庫非訛字	
106	經上	易也	又誤并下句為一經並不足據	不足據
107	經上	舌無非	詒讓案畢謂此篇每句兩截分寫是而釋無非為無背則非此舌無非三字亦是經文	
108	經上	於存與孰存		下有挩文
109	經上	駟異說	詒讓案今以說校之此三字自為下經發端語本本屬所存與者於存與孰存讀亦不與說在同對文顧說繆駟疑常為四之誤下又挩足字	
110	經上	夫與履	以上並中同名之	
111	經上	廣與脩	古書二字互誤者不可枚舉	
112	經上	無欲惡之為益損也說在宜	為益損疑當作無益損宜謂欲惡任情惟意所適	經上云平知無欲惡也說釋以惔然蓋謂淡泊無所愛憎人已或益或損隨宜無宗或疑為益損當作無益損
113	經下	說在頓	說無頓義疑當覩	說無頓義疑當覩說文目部云睹見也古文作覩
114	經下	臨鑑而立景到	算家稱為格術案沈鄭二義即此景到之義	
115	經下	景一小而易一大而舌說在中之外	彼文言	經說下言
116	經下	使殷美	殷說作殿未詳其義	殷說作殿
117	經下	景不徙說在改為		此景謂日光所照光蔽成陰
118	經下	景迎日說在摶		上云鑑團景一與此義異
119	經下	倚者不可正	疑當作止此言轉重法故非邪正之謂	邪倚則不正又疑此論轉重法則正或當為止說
120	經下	唯吾謂非名也則不可說在	仮亦與反同反者謂不應也	仮亦與反同反謂卻之不應也

121	經下	慮	凡下云知云恕者並述經	與下文知恕並述經
122	經下	知也者以其知過物而能貌之		說文兒部云兒頌儀也籒文作貌能貌之謂能知物之形容與經說下貌能爲貌態異
123	經下	若明		按恕當作
124	經下	愛己者非爲用己也不若愛馬	與此義正同	或與彼同
125	經說上	著若明	疑涉上文而衍	疑著當爲者屬上讀涉上文而誤作著又并衍若明二字
126	經說上	吾事治矣人有治南北	此義難通疑當作人	有疑當讀爲又或當作人
127	經說上	自前日且自後日己方然亦且		俞云此當讀爲且句自前日且句自後日己句方然亦且句蓋凡事從事前言之或臨事言之皆可日且如歲且更始之且事前之且也如匪且有且之且毛傳日此也此方然之且也惟從事後言之則爲己然之事不得言且故云自後日己
128	經說上	上報下之功也罰		此句上當有賞字
129	經說上	有久之不止當馬非馬	當馬非牛亦通	當馬非牛亦無義可說
130	經說上	及及	疑當作不及	
131	經說上	得二	則得白又得堅也	亦謂得白得堅分其爲二也
132	經說上	體攖不相盡	畢云此釋經上攖相得也	
133	經說上	端	蓋印上尺與端或盡或不盡句之挩字誤	疑即上尺與端句之挩字誤
134	經說上	次無厚而后可		畢本作後 似謂體極薄而相次比或亦足備一義
135	經說上	不若當犬	可以互證	不足據
136	經說上	爲欲難其指	指後文又云	
137	經說上	無遺於其害也而猶欲雜之則離之		或疑離亦薪之誤上欲薪屬意下薪之屬事也亦通

138	經說上	趨之而得力則弗趨也	篆書人字作冗故誤爲力耳俞讀非是	篆書之誤 俞說未塙
139	經說上	謂也不必成濕	言以命令謂人爲之不必待成而後爲使也 凡从晶从彙之字與从㬊之字往往相掍	凡从晶彙與从㬊字多相掍
140	經說上	兵	吳鈔本作力	兵吳鈔本作力並未詳
141	經說上	反中志工	此義難通疑當作其反中志正猶云反經合道	疑當作反也反與正上下文義相對工疑功之省大取篇云志功爲辯又云志功不可以相從也是其證
142	經說上	正也臧之爲		志功相合爲得其正
143	經說上	鳥折用桐		此義難通
144	經說上	五色	畢云此釋經上諸不・利用	
145	經說下		爲今泰西之說所從出凤未孳涉	與今泰西光重學說略同孳涉未深
146	經說下	大小也	物盡猶言盡物之數	
147	經說下	未	即前說之字之	似即上句之字爲
148	經說下	無謂則報也	執服難成是也	報與美之相偶疑即上文之敷亦當爲假之訛或云報與反義同經下云唯吾謂非名也則不可說在仮是也臺執又云執服難成三說並通未知孰是
149	經說下	爲握者之顧倍非智之任也	漢書五行志服虔注云觭者奇偶之奇	俞說非是
150	經說下	若耳目異	謂視聽殊用	謂視聽殊用各有所不能
151	經說下	爲務則士	土形盡古書多互是其證言	荀子哀公篇務而拘領淮南子汜論訓務作鏊是其例當爲土之形近
152	經說下	惟是當牛馬		按唯是言應者則爲是
153	經說下	無堅得白必相盈也		又疑必當爲不即說上堅白異處不相盈之義亦通
154	經說下	盡古息		殷家僑云光至謂光複過物徑也至極也影止漸不見也按殷訓至爲極亦非是

155	經說下	故成景於上首 敝上光故成景 於下	畢云以表言非也	
156	經說下	故景庫內也		殷氏謂景庫謂聚光點非是此
157	經說下	木杝		殷云木即謂立柱也
158	經說下	景短大	近地故景短而大	斜近地故景短陰景濃光不內 侵故大殷云木即謂立柱也短 淡也大光複多也淡者雖長而 視之如短不清故也按殷說與 文義相迕不可從
159	經說下	景長小	遠地故景長而小	正遠地故景長複映射景界不 清故小殷云正則長近根則清 也小光複小也亦非是
160	經說下	大小於木則景 大於木非獨小 也	大小於木疑當作光小於木	疑當非光小于木
161	經說下	貌能白黑	能與態同 日光具紅黃藍綠紫橙黃靛藍 七色試以三稜透光鏡即見若 物盡受全日之光則為白色若 滅其入質之光線則為黑色	
162	經說下	異於光鑒	此似	此家上多寡以下言
163	經說下	景當俱就	去就疑亦據遠近之俱謂所照 之景不一而同見於鑒也	就謂漸近線景不一而同為約 行也
164	經說下	去亣當俱		去謂漸遠線景不一同為侈行 也
165	經說下	俱用北	未詳	疑當作由此言俱之義猶比也
166	經說下	鑒者之臭		殷云臭之為言蓄也
167	經說下	於鑒無所不鑒 景之臭無數而 必過正	之義亦難通	似謂光線必穿交點而過殷云 正則當限之內體正而明也過 正則影倒而線侈行矣按殷說 亦通劉云言光線必正行也恐 非
168	經說下	景亦小		按陳說近是凡突鏡邊容下而 中高處其面微平故有內外界 中之內謂平面之內

169	經說下	中之外		光理亦未必與此合姑存以備考謂突鏡平面之外近邊低仄處
170	經說下	景亦小		景亦近大遠小與中之內同
171	經說下	而必易		鏡側邪面既不平則光線邪射其景亦易易即邪也
172	經說下	鑒鑒者近則所鑒大景亦大亦遠		劉云近遠指人距鑑而言
173	經說下	所鑒小景亦小而必正景過正		極發光點與受光處距遠景小據近景大之義詳經下
174	經說下	故招負衡木	喬木亦作招木可證	招木亦當爲喬木
175	經說下	極勝重也	畢說非也	畢說不足據
176	經說下	繩制挈之也若以錐刺之	言持錐刺其繩則不正也	
177	經說下	車梯也	古蓋有於車爲梯故	古乘載車 依下文蓋假爲斜西升重 側人升高或亦用之矣
178	經說下	重其弦其前		縣重于前蓋以助升重之力其一端繫于所升之物所以挈之也 畢說難通 既縣重更于車前別以繩引之欲使所升之重物自斜西漸進而上也或云當作引其後之義較遜
179	經說下	載弦其前載弦其	疑當作載引其後載引先其 軪疑軸之形訛下同車梯引其後及軸者蓋所以行之	此申言之或涉上下文而衍 畢說未塙以字形校之頗與軸相近而以聲類求之則疑當爲前胡之假字周禮大行人侯伯立當前侯注鄭司農云前侯駟馬車轅前胡下垂扗地者是也胡在車前與此上文正合義爲長也此與下句亦申言重其前引其前之義
180	經說下	挈且挈則行		行謂重物上升無所阻滯與車行異也

181	經說下	直也	以其邪而仍兼直勢也故必旁引之而後行	以其挈引之而無異直升也
182	經說下	重不下		下即流也或當爲不之誤
183	經說下	若夫繩之引軲也是猶自舟中引橫也	皆是與引之故行也	皆藉引之力也
184	經說下	軸倚焉則不正	正疑當作止此以轉重言欲其利轉而不止也	
185	經說下	石絫石耳	而止也 正疑當作止畢謂車制非	而不正以其無挈引之故也若車梯前有挈引之力則雖邪倚而引物升轉不患其不正而流也 車梯用以升重非正車制也彼說非
186	經說下	方石去地尺		疑謂柱下質礙
187	經說下	異則或謂之牛牛或謂之馬也	言牛馬異物下牛字疑當爲亓與上句文例同	
188	經說下	謂而有智焉有不智焉		疑亦當有也字
189	經說下	若識麋與魚之數惟所利無欲惡	此釋經下無欲惡之爲益損也說在宜言麋	
190	經說下	愛也則唯恕弗治也	改唯與雖通治疑當爲給言知愛利人而力不能偏給此釋經下不能而不害說在害	改徒知不足爲益損或云唯與雖通治疑當爲給言知愛利人而力不可偏給亦不足爲益損也亦通
191	經說下	堯霍	此亦當同說詳前畢云據下文作臛疑非	然于此文不合畢云據下文作臛
192	經說下	誰勝	兩舉其色則無勝	勝猶言當上文云當者勝也謂兩舉白黑未知孰勝
193	經說下	仁仁愛也	疑衍一仁字	張校謂次仁字衍今按首仁字疑述經
194	經說下	是狂舉也若左目出右目入	顏經末丙字當作非仟顏疑觭作之誤	顏經亦有誤此亦舉狂舉之類
195	經說下	學也	言學者或有此	
196	經說下	是教也	其學無益告之始知是謂之教依經當作非	

197	經說下	以學爲無益也教諄	此言學者不專篤若左目出右目入則雖學亦無益矣但學者不知其學之無益此教者所當告也若因此逆存學爲皆無益則於教諄矣	此言學或有益或無益故教亦有是有否否則諄矣
198	經上篇旁行句讀	恕明也		同畢張楊本並作恕誤
199	經上篇旁行句讀	名實合爲		畢張楊並合前爲一經誤
200	經上篇旁行句讀	執所言而意得見心之辯也		無說
201	經上篇旁行句讀	服執		畢張楊以服執說巧轉則求其故大益爲一經誤
202	經上篇旁行句讀	止因以別道	讀此書旁行案此校語舊本誤入止又今附注於此	
203	經上篇旁行句讀	舌無非		畢張並以三字與上校語爲誤
204	人取	以臧爲利其親也而利之	上利字舊本挩今據吳鈔本補	吳鈔本爲下有利字疑衍利
205	大取	倪日之言		一日間見爾雅釋言云閒倪也案倪有閒訓此疑亦當與閒義同方言云閒非也孟子離婁篇云政不足閒也倪閒蓋謂駁難相非故下云乃客之言
206	大取	子深其深淺其淺益其益尊其尊		案俞說是也後漢書光武十王傳瓚沛獻尊節李注引禮記恭敬尊節令曲禮作樽節尊樽剗聲類並同
207	小取	與心毋空乎		列子仲尼篇文摯謂龍叔曰子心六孔流通一孔不達張注云舊說聖人心有七孔也
208	小取	內膠而不解也此乃是而不然者也	王亦校改然云案上文白馬馬也以下但言是不言非故曰此乃是而然者也獲之親人也以下言是又言非故曰此乃是而不然者也且夫讀書非好書也以下亦是非並言而以此三句承之則亦當云此乃是而不然者也寫者脫去不字耳	

209	小取	此乃是而不然者也	今依王校補詳前	王云上文白馬馬也以下但言是不言非故曰此乃是而然者也獲之親人也以下言是又言非故曰此乃是而不然者也且夫讀書非好書也以下亦是非並言而以此三句承之則亦當云此乃是而不然者也寫者脫去不字耳案王校是也今據補
210	耕柱	鼎成三足而方	詒讓案銅劍讚亦作三足	按二王說是也此書多古字舊本蓋作三足故訛為三後文楚四竟之田四今本亦訛三可證銅劍讚亦訛作三足
211	貴義	故曰萬事莫貴於義也		淮南子泰族訓云天下大利也比之身則小身之重也比之義則輕義本此
212	貴義	子墨子北之齊遇日者		詒讓案高承事物紀原引亦作溫
213	公孟	公孟子謂子墨子曰		宋翔鳳云孟子公明儀公明高曾子弟子公孟子與墨子問難皆儒家之言孟與明通公孟子即公明子其人非儀即高正與墨翟同時
214	公孟	摺忽		荀子法行篇六章甫絢履紳而摺笏
215	公孟	昔者越王句踐剪髮文身		說苑奉使篇越諸發曰越剪髮文身爛然成章以像龍子者將避水神也
216	公孟	告子勝為仁	文選陳琳書	
217	魯問	或所為賞與為是也		賞譽亦見尚同下篇
218	魯問	有家厚		周書嘗麥篇云邑乃命百姓遂享于家
219	備城門	鉤	即魯問篇所謂鉤距之備蓋此之謂也案依此書則鉤與梯不同孔說未析	即魯問篇所謂鉤距之鉤蓋此之謂也馬瑞辰云墨子分鉤與梯子為二則鉤非即雲梯明矣六韜軍用篇有飛鉤長八寸鉤芒長四寸梯長六尺以上千二百枚蓋即詩之鉤傳云鉤鉤梯者謂以鉤鉤梯而上故又申之曰所以鉤引上城者非謂鉤即梯也正義失之案馬說是也

220	備城門	轒輼	畢云轒輼十一太公六韜軍略曰三軍有大事 有雲梯飛樓太平御覽周遷輿服雜事曰	畢云轒輼十一太平御覽太公六韜曰凡三軍有大事 有雲梯飛樓周遷輿服雜事曰
221	備城門	軒車	此軒車疑即樓車亦即六韜所謂飛樓楚辭招魂王注云軒樓版也	此軒車疑即樓車楚辭招魂王注云軒樓版也兵馬瑞辰云六韜軍用篇飛樓蓋即墨子之軒車左傳之巢車
222	備城門	此十四者具則民亦不宜上矣	德字通死與亦直與宜並形近而訛	死亦形近而訛悳德字通悳字壞缺謹存直形與宜字尤相似故
223	備城門	沈機長二丈		又疑沈當為沆之誤詳經說下篇沆與阬通下文云塹中深大石阬即塹也
224	備城門	七尺一居屬	說文金部云鋸槍唐也斤部云斷斫也又木部云欘斬也爾雅釋器云斫謂之定考工記鄭注引作句欘管子小匡篇又作鋸欘畢云疑鋸欘	畢云疑鋸欘案畢據管子小匡篇文尹知章注云鋸欘鑷類也說文金部云鋸槍唐也非此義又木部云欘斬斤部云斷斫也廣雅釋器云鋸鉏也集韻引埤倉云鑷鉏也爾雅釋器云斫斷謂之定郭注云鋤也考工記車人鄭注引爾雅作句欘又云斷斤柄是斷有兩義此居屬與築蘽類列則當為鋤竊疑居鋸即倨之假字斫與句同斤柄箸刃其形句故謂之句斷鋤柄箸金其形倨故謂之倨斷名與義各相應也爾雅斫斷當為斤郭注失之
225	備城門	五步一蘽	蘽欙之別體	蘽欙之別體備蛾傳篇云土五步一母下二十晶晶亦即蘽之省但彼文五步而土母下二十晶則不止一蘽矣疑此文當作五步有晶與下五築有梯文例同
226	備城門	長斧柄長八尺	亦五築所有	備蛾傳篇云斧柄長六尺此較彼長二尺故曰長斧六韜軍用篇大柯斧刃長八寸重八斤柄長五尺以上一名天鉞後文又云斧尿長三尺蓋皆斧柯之短者也此亦五築所有

227	備城門	斧其兩端	斧其兩端未詳其制 無此四字疑別械之挩文又案 斧疑當爲兌	斧其兩端義頗難通 無此四字疑斧當爲兌
228	備城門	穴隊若衝隊	隊隧字通左哀十三年	隊隧字通左傳襄二十二年齊伐晉爲二隊又哀十三年
229	備城門	毋令土漏		土疑當爲上
230	備城門	治裾諸（延）	薄並作裾但二字形聲俱遠不知何以訛易諸延亦未詳	薄並作裾黃紹箕云裾當爲椐之訛釋名釋宮室籬以柴竹作之青徐之閒曰椐椐居也居於中也廣雅釋宮櫨杝也玉篇木部櫨藩落籬廣韻九魚櫨枯藩籬名說文無櫨即椐之後出字案黃說是也廣雅以椐與藩欏落同訓杝欏落即羅落則椐亦即藩杝羅落之名六韜軍用篇說守城有天羅虎落漢書晁錯傳爲中周顏注鄭氏云虎落者外蕃也師古云以竹篾相連遮落之地也此篇下文亦云馮垣外內以柴爲藩制並同蓋皆以柴木交互爲藩也諸當爲者之假字
231	備城門	延堞		謂裾與堞相連屬
232	備城門	皆積參石蒺藜	行馬蒺藜	行馬蒺藜本草陶弘景注云蒺藜多生道上而葉布地子有刺狀如菱而小令軍家乃著鐵作之以布敵路上亦呼疾藜言其凶傷也
233	備城門	二步置連梃	案後總舉守城之備	案此當從畢校後總舉守城之備
234	備城門	及攏樅	吳鈔本二字並從手下同畢云	道藏本吳鈔本二字並從手下同
235	備城門	二步積苙（苙）	此不知何字之	畢本作苙畢本非也苙當爲苣之訛後文人擅苣長五節也彼五節當爲五尺此長度倍之蓋苣束草爲之有大小長短之異當時所擅用其小者其大者則積之以備急猝夜戰之用改長度特信於恆也苣與苙形近故訛後文爵穴大客苣苣今本苣與此亦相類舊本作苙艸形尚存畢校作苙失之彌遠矣

236	備城門	大一圍		儀禮喪服鄭注云中人之扼圍九寸
237	備城門	五十步一方	案此方疑戶字之誤	案俞說未塙方疑戶字之誤
238	備城門	樓居	二字並字書所無畢以輡爲吻亦無義疑輡當爲輣之訛引作樓車木樓之近阽者或爲輣車之制與	二字並字書所無畢以爲坫近是以輡爲吻則無義疑當從勾左定九年傳載蔥靈寢於其中孔疏引賈逵云蔥靈衣車也有蔥有靈左傳蔥靈即囪櫺疑蔥有作者亦與囪通樓輡即樓囪也或謂當爲輣之訛亦通
239	備城門	百步爲幽隧	可與此互證幽隧猶言闇溝也	可與此互證考工記匠人竇其崇三尺鄭注云宮中水道幽隧猶之闇溝也
240	備城門	三尺而爲一薪	薪皋未詳	疑即前頡皋之皋
241	備城門	成水且用之	疑亦斗之誤	疑亦斗之誤且用之三字無義疑當作瓦罌大三字其讀當屬卜以盛水瓦罌大五斗以上者十字爲一句瓦與且大與之形並相近罌上從䀉與用亦略相類備穴篇瓦罌訛作月明與此亦可互證但舊本並同未敢輒改姑仍之
242	備城門	而錯守焉	楚辭國殤	論語包咸注云錯置也錯守猶言置守或云楚辭國殤王逸注云錯交也謂交錯相更代而守亦通
243	備城門	城持出必爲明塡	疑當爲旗之誤下並同	疑當爲旗形近而誤史記封禪書塡星出如瓜索隱云塡本亦作旗是其證下並同
244	備城門	狗走	又作狗犀皆一物也	又作狗犀竊疑此本名狗棲猶詩王風云雞棲棲犀聲近字通爾雅釋艸孤棲瓣詩衛風碩人作孤犀可證棲或省作妻與走形近故訛古蓋爲闌棧以棲狗守城樹杙爲藩似之故亦謂之狗棲猶鑿穴謂之鼠穴矣
245	備城門	吏人各得亓任	詒讓案此釋皆稱其任句義疑亦舊注錯入正文	案蘇校是也吏使古字亦通此釋皆稱其任句義疑亦舊注錯入正文又襍守篇云使人各得其所長天下事當與此文例相似疑此與彼數語當相屬或有錯簡也

246	備高臨	左右縛弩皆於植		縛當作縛
247	備高臨	以弦鉤弦	以弦鉤弦義難通	此義難通
248	備高臨	筐高八尺	爲上下筐之高度	爲上下筐之高度上下分之各四尺也後襍守篇說軺車板箱亦高四尺
249	備高臨	引弦鹿長奴	詒讓案此疑當作鹿盧	案畢說未塙此疑當作鹿盧
250	備梯	以車推引之裾城外	詒讓案裾亦見備城門篇蓋於城外別植木爲薄	詒讓案裾當爲椐之訛詳備城門篇下並同蓋於城外別植木爲薄
251	備穴	使度門廣狹		狹俗字它篇並作陜此疑當同
252	備穴	縛柱施火		縛舊本作縛依王校改
253	備穴	用榣若爲穴戶	榣未詳疑即梓之異文蘇云榣或桐字之訛亦通	榣未詳疑當爲柏鐘鼎古文從台者或兼從司省今所見彝器款識公姐敢始字作契是其例也此榣字亦當從木說文木部柏來㫳也此疑假爲梓字說文梓楸也從木宰聲與柏古音同部得相通借墨書多古文此亦其一也蘇云榣或桐字之訛非是
254	備穴	爲之戶及關籥獨順		獨順義不可通鑿疑當爲繩幀二字屬關籥爲句繩從黽獨從屬偏旁相似史記倉公傳肝氣濁而靜集解徐廣云濁一作黽此繩訛作獨與彼相類幀順二字此書亦多互訛前幀罍幀字今本亦作順是其證也關籥繩幀以爲門戶啓閉繫蔽之用備城門篇云諸門戶皆令鑿而冪孔孔之各爲二冪一鑿而繫繩長四尺亦見襍守篇是繫繩冪鑿乃守門戶之恆制也或讀獨順屬下句失之
255	備穴	得往來行亓中	言內能出外不能入也	
256	備穴	皆爲穴月屋	畢云月疑穴字	
257	備穴	爲傳土之口受六參	參石即礤石可證案即蘽之假字	參石即礤石可證彼篇又云五步一壘備蛾傳篇云土五步一册下二十晶粲晶壘蘽並即蘽之假字

258	備穴	難穴	難疑鑿之誤下並同	難當爲斲二字形近古書多訛詳耕柱及經篇下並同
259	備穴	取城外池脣木月散之什	斬即塹之省外什瓦月	瓦目外什形近而誤
260	備穴	斬穴	內穴並形之誤	斬即塹之省內穴亦形之誤
261	備穴	爲短矛		短道藏本作距誤
262	備穴	以金劍爲難	亦形近而訛見耕柱篇	訛難與前說同
263	備穴	皮及垯	疑當作及瓦缶	疑當作及瓦缶缶去形近俗書或增益偏旁作垎又訛作垯遂不可通
264	備穴	屎長三尺		考工記車人爲車柯長三尺博三寸厚一寸有半五分其長以其一爲之首鄭注云謂今剛關頭斧柯其柄也 案此屎即柯斫即首也屎長三尺與彼制同六韜軍用篇亦云伐木大斧重八斤柄長三尺以上
265	備穴	以燭穴中	蓋亦益之誤蘇云	蓋當亦益之誤道藏本作蓋則疑蓋之訛屬上櫓蓋爲句亦通蘇云
266	備蛾傳	大十尺	尺疑有誤	必疑有誤十當作大寸十即寸之訛尺當爲大屬下讀備城門篇有大梴即此
267	備蛾傳	置薄城外	蓋於城外植木爲藩蔽備梯篇作梮畢云疑即欓字所謂壁柱	蓋於城外植木爲藩蔽薄備梯篇作梮畢云疑即欓字所謂壁柱黃紹箕云說文艸部薄林薄也一曰蠶薄荀子禮論篇楊倞注云薄器竹葦之器此書所云梮蓋即編本爲藩杝也梮爲古聲孳生字薄爲甫聲孳生字二字同部聲近義同案黃說是也亦詳前備城門篇畢說失之
268	迎敵祠	巫卜以請守		守上當依王校增報
269	迎敵祠	無以爲客菌	蘇云菌疑與捆義	
270	迎敵祠	腹病者以起		但審校文意似謂肉醯等當以養病者則病者當爲守圍受傷之人不宜專舉腹病此似有訛字竊疑腹或當爲腜即䐡之正字屬上醯腜爲句於義較通

271	旗幟	竟士	竟競之借字畢云	竟競之借字逸周書度訓篇云楊舉力竟亦以竟爲競畢云
272	旗幟	如畫數	又誤解如進數三字	又誤解如進數三字案王說是也
273	旗幟	如畫數	今據刪	今據刪王校增字太多未塙未鼓字或當屬下讀
274	旗幟	諸守牲格者	牲格疑當作柞格詳備蛾傳篇	牲格蓋植木爲養牲闌格守城藩落象之因以爲名備蛾傳篇云社格貍四尺高者十尺木長短相雜兌其上而外內厚塗之疑亦即此彼社格當爲柞格或此牲亦當作柞牲杜柞形並相近
275	旗幟	必出於公王	畢遂以王字屬下句失之	畢讀以王字屬下句亦通
276	號令		是其證傳寫到作公王	是其證傳寫誤倒耳
277	號令	無大屬草蓋少用桑	乘桼形相近言室惡民貧	乘桼形相近車用涉上而訛言室惡民貧
278	號令	城將如今	畢云當爲令王引之云畢說非也如猶乃也	畢云當爲令王引之云如猶乃也
279	號令	里中父老小	小下疑挩一字	老小上下疑有挩字
280	號令	相指相乎相麾	莊子天地篇云交臂歷指	莊子天地篇云交臂歷指亦足備義
281	號令	及婦人侍前者		侍舊本訛待蘇云待當作侍也今據正
282	號令	符不合牧守言	詒讓案當作收	案蘇校是也此當作收
283	號令	皆以執龜	字誤	此字誤前耕柱篇自若之龜龜舊本作黿疑此亦當爲龜之訛但執龜義亦難通疑當作執圭說文土部云楚爵有執圭圭龜音相近而訛此謂使操節閉門者必以有爵者亦愼重其事也
284	號令	輒復上篇	詒讓案月令鄭注云	詒讓案說文門部作關月令鄭注云
285	號令	吏卒民各自大書於傑	傑吳鈔本作桀洪云傑即桀假字桀與楬通	傑吳鈔本作桀案備蛾傳篇亦作桀洪云傑即桀假字爾雅釋宮云雞棲於弋爲榤榤即桀之俗桀與楬通
286	號令	亟發使者往勞	蘇云主函謂主文書者勞讀去聲謂慰問也案蘇不知函爲亟字之訛而妄爲之說不可從	蘇云勞讀去聲謂慰問也

287	號令	明白爲之解之		周禮地官調人鄭眾注云今二千石以令解仇怨後復相報移徙之是漢以前有吏以令爲民解怨之法
288	號令	若貧人食	此字衍	此字衍或當爲貧乏食亦通
289	號令	非令衛司馬門	非疑當爲并	孫子用間篇亦有門者詳前非疑當爲并
290	號令	巫祝吏與望氣者	吏吳鈔本茅本作史義並通	史舊本作吏今據吳鈔本茅本改迎敵祠篇有祝史
291	號令	令葆官見	蘇云官當作宮	宮舊本作官蘇云當作宮是也今據正
292	號令	葆不得有室	葆宮不得無室疑有挩誤	備城門篇云城門內不得有室爲周宮若然葆宮亦無室唯有周宮也
293	襍守	舉二烽躬妻	妻疑要之訛射要謂急趨要害	妻疑要之訛上文屢云要塞卜文又云有要有害可證射要謂急趨要害
294	襍守	城會舉舞烽五藍	案王說是也	案王說以藍爲鼓甚塙惟依舊本則前二烽皆無鼓三烽一鼓四烽二鼓鼓數與烽亦不必盡相應依王說鼓數各如烽則增字太多不知塙否今未敢輕改
295	襍守	墉善其上	蘇云善與膳通	蘇云善與膳通案蘇說未塙此善下有挩字後說文說輻車云善蓋上備穴篇云善塗亓實際此疑亦當云善蓋其上或云善塗其上
296	襍守	溝井可竇塞	說文穴部云竇塞也畢云竇同塡	竇舊本作竇畢云同塡王校作竇今據改說文穴部云竇塞也
297	襍守	皆札書藏之		周禮調人云凡有怨者成之不可成者則書之先動者誅之鄭注云不可成不可平也書之記其姓名辯本也此札書與彼義同
298	襍守	眣者小五尺	孟子梁惠王篇反其旄倪趙注云	孟子梁惠王篇趙注云
299	襍守	爲解車以枱城矣	案蘇說近是	案蘇說近是但下以字非衍
300	襍守	輪軲	道藏本茅本軲作軸疑軸之誤亦見經說下	道藏本茅本軲作軸亦見經說下

301	襍守	輪軹		案畢說未塙軹疑即車前胡字形又與軸相近詳經說下篇輪與軹不得同度疑亦有捝誤
302	襍守	廣十尺	廣當爲長轂廣長必無十尺此亦足證軹之是軸而非轂也	轂廣度必無十尺此亦足證畢說之非但胡即輈前下垂柱地者亦不得有廣度疑指車前軌當胡處而言下箱與轅等亦長丈則軌長廣正方矣若爲軸則當云長不當云廣未能質定也
303	襍守	轅長丈		此蓋直轅與考工記大車同長丈當爲轅出箱前者之度下云箱長與轅等則并當箭與箭前二者計之轅通 長二丈也車人凡爲轅三其輪崇此輪六尺而轅二丈贏於彼也
304	襍守	廣六尺		凡輪廣與崇等考工記車人鄭注柏車山車輪高六尺此與彼度同
305	襍守	爲板箱長與轅等	蓋長於常制二尺也	蓋長於大車二尺也
306	墨子佚文	朱橡不刮	詒讓案後漢書作斲	詒讓案後漢書文選魏都賦注作斲又文選東京賦注引作刊
307	墨子舊敘	惠施公孫龍祖述其學以正別		孫星衍校改
308	墨子舊敘	（張惠言書墨子經後篇尾）	張氏墨子經說注必有精論惜未見傳本謹附錄是跋俟更訪之	
309	墨子年表	魯穆公元		魯問篇魯君謂墨子曰恐齊攻我疑即穆公
310	墨學傳授考	禽子名滑釐	成玄英莊子疏尊師篇作滑黎列子三易問篇莊子天下篇說苑反質篇作□□列子楊朱篇	本書公輸篇案司馬貞史記索隱成玄英莊子疏……尊師篇作滑黎列子楊朱篇
311	墨子緒聞	五行變化墨子五卷	皆道家僞託之書也	皆道家僞託之書五代史唐家人傳云魏州民自言有墨子術能役鬼神化丹砂水銀即此術也

參考書目

一、傳統文獻（依作者時代為序）

1. （漢）王逸注，（宋）洪興祖補註，《楚辭補註》（藝文印書館，1981 年（六版））。
2. （漢）司馬遷撰，（劉宋）裴駰等注，《史記三家注》（洪氏出版社，1975 年）。
3. （漢）服虔，《通俗文》（藝文印書館，1972 年）。
4. （漢）班固撰，（唐）顏師古注，《漢書》（洪氏出版社，1975 年）。
5. （漢）高誘注，《淮南子》（《諸子集成》本，1972 年）。
6. （漢）高誘注，（清）畢沅校，《呂氏春秋新校正》（《諸子集成》本，1972 年）。
7. （漢）楊雄著，周祖謨校箋，《方言校箋》（北京中華書局，1993 年）。
8. （漢）劉向輯錄，（漢）高誘注，《戰國策》（中華書局《四部備要》本，1972 年）。
9. （漢）劉熙，《釋名》（商務印書館《四部叢刊正編》本，1965 年）。
10. （漢）戴德，《大戴禮記》（商務印書館《四部叢刊初編》本，1965 年）。
11. （三國吳）韋昭解，《國語》（藝文印書館，1985 年）。
12. （晉）王弼等注，（唐）孔穎達等疏，《十三經注疏》（藝文印書館，1985 年（十版））。
13. （晉）王弼，《老子道德經注》（《諸子集成》本，1972 年）。
14. （晉）張湛，《列子注》（《諸子集成》本，1972 年）。
15. （晉）郭璞傳，（清）郝懿行箋疏，《山海經箋疏》（《四部備要》本，1966 年）。
16. （梁）蕭統編，（唐）李善等注，《昭明文選》（文化圖書公司，1979 年（再版））。
17. （梁）顧野王，《玉篇》（中華書局《四部備要》本，1966 年）。
18. （唐）尹知章注，（清）戴望校正，《管子校正》（世界書局新編《諸子集成》本，1972 年）。
19. （唐）玄應著，周法高編，《一切經音義》（史語所專刊之四十七，1962 年）。

20. （唐）陸德明，《經典釋文》（漢京文化事業有限公司，1980 年）。

21. （唐）楊倞注，（清）王先謙集解，《荀子集解》（《諸子集成》本，1972 年）。

22. （唐）慧苑，《華嚴經音義》（粵雅堂叢書）。

23. （唐）顏師古，《匡謬正俗》（藝文印書館，1970 年）。

24. （宋）丁度等，《集韻》（商務印書館，1965 年）。

25. （宋）李昉等，《太平御覽》（商務印書館影印文淵閣《四庫全書》本，1983 年）。

26. （宋）陳彭年等重修，《校正宋本廣韻》（藝文印書館，1981 年（校正五版））。

27. （清）尹桐陽，《墨子新釋》（《墨子集成》本，1975 年）。

28. （清）王引之，《經義述聞》（鼎文書局，1973 年）。

29. （清）王先慎，《韓非子集解》（《諸子集成》本，1972 年）。

30. （清）王先謙，《莊子集解》（《諸子集成》本，1972 年）。

31. （清）王先謙補注，（清）錢大昕考異，《漢書補注》（新文豐出版公司，1975 年）。

32. （清）王念孫，《讀書雜志・墨子雜志》（廣文書局，1963 年）。

33. （清）王念孫著，陳雄根標點，《廣雅疏證（標點本）》（中文大學出版社，1978 年）。

34. （清）王景曦，《墨商》（《墨子集成》本，1975 年）。

35. （清）王闓運，《墨子注》（《墨子集成》本，1975 年）。

36. （清）阮元，《揅經室集》（商務印書館，1965 年）。

37. （清）阮元等，《經籍纂詁》（宏業書局，1980 年）。

38. （清）吳汝綸，《點勘墨子讀本》（《墨子集成》本，1975 年）。

39. （清）胡承珙，《小爾雅義證》（中華書局《四部備要》本，1969 年）。

40. （清）俞樾，《春在堂全書》（中國文獻出版社，1968 年）。

41. （清）俞樾，《群經平議》（河洛圖書出版社，1975 年）。

42. （清）俞樾，《諸子平議・墨子平議》（世界書局，1973 年（三版））。

43. （清）段玉裁，《經韻樓集》（藝文印書館，1970 年）。

44. （清）孫詒讓，《孫籀廎先生集》（藝文印書館，1963 年）。

45. （清）孫詒讓，《墨子閒詁（定本）》（世界書局新編《諸子集成》本，1972 年）。

46. （清）孫詒讓，《墨子閒詁（聚珍本）》（成文出版社《無求備齋墨子集成》本，1975 年）。

47. （清）孫詒讓著，孫以楷點校，《墨子閒詁（點校本）》（華正書局，1987 年）。

48. （清）郝懿行，《爾雅義疏》（漢京文化事業有限公司，1985 年）。

49. （清）畢沅，《墨子注》（中華書局，1987 年（臺四版））。

50. （清）郭慶藩，《莊子集釋》（《諸子集成》本，1972 年）。

51. （清）陳澧，《東塾讀書記・諸子書》（商務印書館，1967 年）。

52. （清）陶鴻慶，《讀墨子札記》（藝文印書館，1957 年）。

53. （清）戴震，《戴東原先生全集》（大化書局，1978 年）。

54. （清）龔自珍，《龔自珍全集》（河洛圖書出版社，1975 年）。

二、近人論著（依作者筆畫為序）

1. 丁福保，《說文解字詁林》（鼎文書局，1983 年（二版））。

2. 于省吾，《雙劍誃諸子新證・墨子新證》（藝文印書館，1957 年）。

3. 方東樹，《漢學商兌》（新文豐出版公司，1989 年）。

4. 王力，《中國語言學史》（泰順出版社，1972 年）。

5. 王力，《同源字典》（文史哲出版社，1983 年）。

6. 王力，《龍蟲並雕齋文集》（北京中華書局，1980 年）。

7. 王冬珍，《墨學新探》（世界書局，1989 年（四版））。

8. 王更生，《籀廎學記》（臺灣師範大學國文研究所博士論文，1972 年）。

9. 王叔岷，《校讎學》（臺聯國風出版社，1972 年（重刊））。

10. 王叔岷，《諸子斠證・墨子斠證》（世界書局，1964 年）。

11. 王欣夫，《文獻學講義》（丹青出版社，1986 年）。

12. 王煥鑣，《墨子校釋》（浙江文藝出版社，1984 年）。

13. 王煥鑣，《墨子校釋商兌》（中國社會科學出版社，1986 年）。

14. 甘肅省博物館編，《漢簡研究文集》（甘肅人民出版社，1984 年）。

15. 朱芳圃，《孫詒讓年譜》（商務印書館，1980 年）。

16. 江淑惠，《郭沫若的金石文字學研究》（臺大中研所博士論文，1991 年）。

17. 何九盈，《中國古代語言學史（增訂本）》（廣東教育出版社，1995 年）。

18. 吳毓江，《墨子校注（點校本）》（西南師範大學出版社，1992 年）。

19. 呂紹虞，《中國目錄學史稿》（商務印書館，1980 年）。

20. 岑仲勉，《墨子城守各篇簡注》（《墨子集成》本，1975 年）。

21. 李存智，《秦漢簡牘帛書之音韻學研究》（臺大中研所博士論文，1995 年）。

22. 李孝定，《甲骨文字集釋》（中央研究院歷史語言研究所專刊之五十，1982 年（四版））。

23. 李孝定，《漢字的起源與演變論叢》（聯經出版事業公司，1986 年）。

24. 李圃，《異體字字典》（學林出版社，1997 年）。

25. 李笠，《定本墨子閒詁校補》（藝文印書館，1981 年（二版））。

26. 李漁叔，《墨子今註今譯》（商務印書館，1974 年）。

27. 李漁叔，《墨辯新注》（商務印書館，1974 年）。

28. 李廣星主編，《墨子研究論叢（六）》（北京圖書館出版社，2004 年）。

29. 沈有鼎，《墨經的邏輯學》（中國社會科學出版社，1980 年）。

30. 沈寶春，《王筠之金文學研究》（臺大中研所博士論文，1990 年）。

31. 周大璞，《訓詁學初稿》（武漢大學出版社，1987 年）。

32. 周云之，《墨經校注・今譯・研究——墨經邏輯學》（甘肅人民出版社，1993 年）。

33. 周法高，《中國古代語法稱代編》（臺聯國風出版社，1972 年）。

34. 周法高，《金文詁林》（中文出版社，1975 年）。

35. 周法高，《金文詁林補》（史語所專刊之七十七，1982 年）。

36. 周師富美，《墨子假借字集證》（臺灣大學中文研究所碩士論文，1959 年）。

37. 屈萬里，《尚書釋義》（文化大學出版社，1980 年）。

38. 屈萬里，《詩經釋義》（中華文化出版事業委員會，1952 年）。

39. 易孟醇，《先秦語法》（湖南教育出版社，1989 年）。

40. 林尹，《文字學概說》（正中書局，1971 年）。

41. 林尹，《訓詁學概要》（正中書局，1987 年）。

42. 林素清，《戰國文字研究》（臺大中研所博士論文，1983 年）。

43. 俞敏，謝紀鋒編，《虛詞詁林》（黑龍江人民出版社，1992 年）。

44. 姜寶昌，《墨經訓釋》（齊魯書社，1993 年）。

45. 洪成玉，《古今字》（語文出版社，1995 年）。

46. 洪成玉，《古漢語詞義分析》（天津人民出版社，1985 年）。

47. 洪業主編，《墨子引得》（哈佛燕京學社引得編纂處，1961 年）。

48. 胡奇光，《中國小學史》（上海人民出版社，1987 年）。

49. 胡楚生，《訓詁學大綱》（華正書局，1989 年（二版））。

50. 范耕研，《墨辯疏證》（商務印書館，1967 年）。

51. 唐蘭，《中國文字學》（上海古籍出版社，1979 年（新版））。

52. 唐蘭，《古文字學導論》（齊魯書社，1981 年）。

53. 孫海波，《甲骨文編》（藝文印書館，1938 年）。

54. 徐中舒，《漢語古文字字形表》（文史哲出版社，1988 年（再版））。

55. 馬宗霍，《墨子閒詁參正》（齊魯書社）。

56. 高亨，《墨子新箋》（《墨子集成》本，1975 年）。

57. 高亨，《墨經校詮》（世界書局，1958 年）。

58. 高明，《中國古文字學通論》（文物出版社，1996 年）。

59. 高明，《古文字類編》（北京中華書局，1980 年）。

60. 張和寒主編，《墨子研究論叢（一）》（山東大學出版社，1991 年）。

61. 張和寒主編，《墨子研究論叢（二）》（山東大學出版社，1993 年）。

62. 張和寒主編，《墨子研究論叢（三）》（山東大學出版社，1995 年）。

63. 張師以仁，《中國語文學論集》（東昇出版公司，1981 年）。

64. 張純一，《晏子春秋校注》（世界書局，1955 年）。

65. 張純一，《墨子閒詁箋》（世界書局，1975 年（六版））。

66. 張純一，《墨子集解》（《墨子集成》本，1975 年）。

67. 梁啓超，《子墨子學說》（中華書局，1956 年（臺一版））。

68. 梁啓超，《中國近三百年學術史》（華正書局，1979 年）。

69. 梁啓超，《近代學風之地理的分布》（中華書局，1956 年）。

70. 梁啓超，《清代學術概論》（中華書局，1978 年（臺九版））。

71. 梁啓超，《墨子學案》（中華書局，1957 年（臺一版））。

72. 梁啓超，《墨經校釋》（中華書局，1957 年（臺一版））。

73. 陳垣，《陳垣史學論著選》（木鐸出版社，1982 年）。

74. 陳柱，《墨子刊誤刊誤》（《墨子集成》本，1975 年）。

75. 陳柱，《墨學十論》（《墨子集成》本，1975 年）。

76. 陳振風，《孫詒讓之生平與學術思想》（臺大中研所碩士論文，1977 年）。

77. 陳問梅，《墨學之省察》（學生書局，1988 年）。

78. 陳新雄，《訓詁學·上》（學生書局，1994 年）。

79. 陳暐仁，《孫詒讓的金文學》（臺大中研所碩士論文，1996 年）。

80. 陸宗達，王寧，《訓詁與訓詁學》（山西教育出版社，1994 年）。

81. 章太炎，《章氏叢書》（世界書局，1958 年）。

82. 湖南省博物館，中國科學院考古研究所編，《長沙馬王堆一號漢墓》（文物出版社，1973 年）。

83. 湯可敬編，《古代漢語》（北京出版社，1992 年）。

84. 程師元敏，《尚書二十八篇之作者與著成時代》（國科會獎助論文）。

85. 舒梅之等著，《雲夢秦簡研究》（帛書出版社，1986 年）。

86. 馮春田等編，《王力語言學詞典》（山東教育出版社，1995 年）。

87. 馮浩菲，《中國訓詁學》（山東大學出版社，1995 年）。

88. 傅斯年，《傅孟眞先生集》（臺灣大學，1952 年）。

89. 楊伯峻，何樂士，《古漢語語法及其發展》（語文出版社，1992 年）。

90. 楊俊光，《墨子新論》（江蘇教育出版社，1992 年）。

91. 楊寬，《墨經哲學》（《墨子集成》本，1975 年）。

92. 楊樹達,《積微居小學金石論叢（增訂本)》（北京科學出版社,1971 年）。

93. 楊樹達,《積微翁回憶錄》（上海古籍出版社,1986 年）。

94. 葉玉麟,《白話譯解墨子》（《墨子集成》本,1975 年）。

95. 董同龢,《上古音韻表稿》（臺聯國風出版社,1975 年（三版））。

96. 董同龢,《漢語音韻學》（文史哲出版社,1983 年（七版））。

97. 董作賓,《甲骨學六十年》（藝文印書館,1965 年）。

98. 裘錫圭,《文字學概要》（北京商務印書館,1988 年）。

99. 管錫華,《校勘學》（安徽教育出版社,1991 年）。

100. 齊佩瑢,《訓詁學概論》（廣文書局,1984 年）。

101. 劉又辛,《文字訓詁論集》（北京中華書局,1993 年）。

102. 劉文清,《系統字義研究——古韻之部端章二系字組》（臺大中研所碩士論文,1988 年）。

103. 劉昶,《續墨子閒詁》（藝文印書館,1957 年）。

104. 劉師培,《墨子拾補》（藝文印書館,1957 年）。

105. 潘重規,《中國文字學》（東大圖書公司,1977 年）。

106. 蔣紹愚,《古漢語詞匯綱要》（北京大學出版社,1989 年）。

107. 蔡仁厚,《墨子哲學》（東大圖書公司,1978 年）。

108. 魯實先,《轉注釋義》（洙泗出版社,1992 年）。

109. 盧貞玲,《系統字義研究——古韻之部幫見二系字組》（臺大中研所碩士論文,1988 年）。

110. 錢穆,《墨子》（商務印書館,1930 年）。

111. 龍師宇純,《中國文字學》（學生書局,1982 年（三版））。

112. 謝德三,《墨子虛詞用法研究》（學海出版社,1984 年）。

113. 羅正堅,《漢語詞義引申導論》（南京大學出版社,1996 年）。

114. 羅根澤,《墨子考索》（《墨子集成》本,1975 年）。

115. 譚戒甫,《墨辯發微》（《墨子集成》本,1975 年）。

116. 譚家健,《墨子研究》（貴州教育出版社,1995 年）。

117. 嚴靈峰,《墨子知見書目》（學生書局,1969 年）。

118. 嚴靈峰,《墨子簡編》（商務印書館,1968 年）。

119. 釋太虛,《墨子平議》（太虛大師全書出版委員會）。

120. 鐘友聯,《墨家的哲學方法》（東大圖書公司,1986 年）。

121. 欒調甫,《墨子研究論文集》（《墨子集成》本,1975 年）。

122. （日）秋山儀,《墨子全書》（《墨子集成》本,1975 年）。

三、單篇論文（依作者筆畫為序）

1. 田立剛，〈先秦邏輯史上「說」範疇的產生與發展〉（南開學報 1993 年第 5 期）。

2. 李方桂，〈上古音研究〉（清華學報新九卷一～二期合刊，1971 年）。

3. 周師富美，〈墨子書中的儒〉（故宮圖書季刊第三卷第四期，1973 年）。

4. 周師富美，〈墨子虛詞用法研究〉（文史哲學報第 15 期，1966 年）。

5. 周師富美，〈墨辯與墨學〉（臺大中文學報創刊號，1985 年）。

6. 張玉芳，〈墨子之詩書學研覈〉（中國文學研究第 9 期，1995 年）。

7. 曹元弼，〈書孫氏周禮正義後〉（浙江學報第一卷第一期，1947 年）。

8. 許錟輝，〈文字學導讀〉（《國學導讀叢編二》，康橋出版事業公司，1989 年（再增訂八版））。

9. 陳韻珊，〈論「古文字」—從用字與造字觀點〉（史語所集刊第 66 本第 1 分，1995 年）。

10. 劉文清，〈《墨子‧人取篇》「權」與「求」‧「偏列」新解〉（《墨了研究論叢（六）》，2004 年）。

11. 劉文清，〈甲骨文字考釋二則〉（中國文學研究第 5 期，1991 年）。

12. 劉文清，〈再論〈墨經〉、二〈取〉之篇名及其相關問題〉（大陸雜誌，102 卷 3 期，2001 年）。

13. 劉文清，〈訓詁學新體系之建構〉（臺大文史哲學報第六十二期，2005 年）。

14. 劉文清，〈試論墨家之仁義思想〉（臺北師院語文集刊 5 期，2000 年）。

15. 劉文清，〈墨家兼愛思想之嬗變—從「兼」字涵義談起〉（「墨學現代化」國際學術研討會，2005 年）。

16. 劉文清，〈讀書雜志「聲近而義同」訓詁術語探析〉（《龍宇純先生七秩晉五壽慶論文集》，2002 年）。

17. 鄭吉雄，〈論墨子傳本及版本的幾個問題〉（新潮第 44 期，1985 年）。

18. 龍師宇純，〈上古陰聲字具輔音韻尾說檢討〉（史語所集刊第 50 本第 4 分，1979 年）。

19. 龍師宇純，〈再論上古音－b 尾說〉（臺大中文學報創刊號，1985 年）。

20. 龍師宇純，〈有關古書假借的幾點淺見〉（第一屆國際訓詁學研討會論文集，1997 年）。

21. 龍師宇純，〈論反訓〉（華國第四期）。

22. 龍師宇純，〈墨子閒詁補正〉（學術季刊第四卷第二期，1955 年）。